MY SISTER

所有爱消失的地方

[英] 米歇尔·亚当斯 著
Michelle Adams

余莉 译

有些人童年就走丢了，直到成年之后才把自己找回来……

北京联合出版公司
Beijing United Publishing Co.,Ltd.

目　录

第1章

电话"嗡嗡"地响着，就像蟑螂在床底凿洞。明明没有危险，可我感到害怕。这种害怕就像睡前听到敲门声——总会带来坏消息，或是近在眼前的杀人犯，正要实践某种幻想。我转头，看见睡在身边的安东尼奥。他全身赤裸，只有臀部搭着一张白色的被单，就像解开的宽外袍。他的呼吸舒缓又平静。我知道他做的是美梦，因为他在咂嘴；而且，他肌肉抽动的样子，像极了一个满足的婴儿。我看了一眼闹钟上发光的红色数字，2：02，这是一个警报信号。

我慢慢地伸手去拿电话，瞥见屏幕上显示着：未知号码。我按下绿色接听键，听到电话那头传来一个欢快的声音。但欢快是骗人的，只有笨蛋才会上当。"嗨，是我。你好啊。"见没人回答，她又说，"听得见我说话吗？"

瞬间，一阵寒意蔓延到身上，我不由得把被单往上拉了拉，盖住胸部。我的左胸比右胸低一点点，这便是脊椎侧凸十五度造成的美。那是艾丽的声音，我知道是她——我与不堪回首的过去仅有的联结。我费尽心机在我和她之间凿了一道深深的裂缝，可是，六年之后，她终于还是从裂缝中爬了出来——像在泥土中蠕动的虫子一样——找到了我。

我抬起手，打开灯，照亮房间里那些漆黑的、满是怪物的角落。

把电话拿到耳边时，我能听到她的呼吸声，它从阴影里爬过来，等着我开口。

我转过身背对安东尼奥，翻身的时候，臀部跟着抽搐起来。"你想干什么？"我强装镇定，尽量让自己的声音听起来自信一点儿。过去的经验告诉我，这种时候不能客气，也不能激动，这样才不会刺激到她。

"和你说话啊，你可不准挂我电话。你干吗这么小声？"我听到她咯咯的笑声，就好像我们是久违的朋友，好像这是两个年轻的傻姑娘之间的正常对话。可我和她都清楚，并不是。我应该不顾她的威胁，毅然挂掉电话，可我做不到，已经太迟了。

"现在是半夜。"我能听出自己的声音在颤抖。我确实在颤抖，在艰难地吞咽。

电话那头传来一阵沙沙声，她应该是在看表。她现在在哪里呢？这么晚了，她要干什么？"其实已经是凌晨了，不过管他呢。"

"你想干什么？"我又问，感觉她撬开我的皮肤，正在一寸一寸地往里面爬。

艾丽是我的姐姐，是我恍若前世的记忆里唯一的姐姐。每一次回忆从前，我都像透过被大雨淋湿的窗户观望窗外一样，眼前一片模糊。我甚至不确定那些记忆是不是真实的。二十九年的时间，足够让一切天翻地覆。

三岁的时候，我开始了自己的第二次人生。那是一个明媚的春日，冬天的寒霜已经融化，附近森林里的动物开始告别冬眠，出来觅食。我身上裹着厚厚的羊毛外套，里面也穿了很多层衣服，关节都没法儿动弹了。那个生我的女人，一言不发地把羊毛手套戴在我的手上。多么特别的三岁记忆啊。

她带着我走过一条干燥的泥巴路，路旁杂草横生。一辆车在前面等着我们。我发育较晚，或者，说得准确一点儿，身体的某些部分根本就没有发育，比如我的臀部，只是一个被松散的筋腱托起来的难看的窝。我还不太会走路。她把我推到后座上，将我绑住，我一点儿都没有反抗，至少，我觉得我没有。也许我什么都不记得了，这全都是大脑耍的把戏，只是为了让我觉得自己还有过去，让我觉得在那次人生里，我还有父母，还有除了艾丽以外的人。

有时候我觉得自己还记得妈妈的脸：和我的很像，只不过要老一些、红一些，唇边长满了像蜘蛛网一样的唇纹。可有时候，我又不太确定。不过，我能确定的是，她没有给我留下最后的忠告，教我怎么做一个好孩子；也没有给我一个蜻蜓点水式的吻，支撑我挺过难关。如果有，我一定会记得，不是吗？她用力地关上车门，退开一步，任由姑妈姑父载着我离开，好像这是世间最平常的事。当时我就明白，有些东西结束了。我被送走、被放逐、被抛弃了。

"伊里尼，你在听吗？我说我想和你说说话。"艾丽尖锐的声音像刀锋一般迅速地传过来，将我扳回了现实。

"说什么？"我小声说。一切又开始了。我能感觉到她就在我身上，正慢慢地滑回原位。

电话那头的她吸了一口气，试着平静下来："我们多久没说过话了？"

我又离安东尼奥远了点儿，不想吵醒他。"艾丽，现在已经凌晨两点了。明天我还要上班，没有时间说这些。"虽然既可悲又徒劳，但我不得不试一下。最后的挣扎，为了远离她。

"骗子。"她吐出一句。于是我知道，我还是惹怒她了。我掀了被单，把双脚伸出床外，拨开挡在眼前的刘海儿，握紧电话放到耳边，听见自己的脉搏在猛烈地跳动。"明天是星期天，你不上班。"

"拜托了，你说你想怎么样吧。"

"是妈妈。"她如此随意地说出了这个词，就像朋友间的昵称一样，这让我很震惊。在我的世界里，这是一个太陌生的词了，因为我是被抛弃的。她说"妈妈"，好像我认识"妈妈"似的，好像"妈妈"是属于我的一样。

"她怎么了？"我小声说。

"她死了。"

我的呼吸停止了片刻。她不在了，我又失去她了。我用满是汗的手掌捂住嘴，而艾丽在等我回应。见我不说话，她最后问道："那么，你要来参加葬礼吗？"

这是一个合情合理的问题，我却没法儿回答。因为对我来说，妈妈只不过是一个概念，一种幼稚的愿望，一场遥不可及的梦。可是，好奇心驱使着我，还有些事情我需要知道。

"也许吧。"我结结巴巴地说。

"不要勉强。你不想他们，他们也未必想你。"

我多么希望这句话伤不到我，但即便过了这么多年，一想到并不会有人在乎我的存在，我还是感到痛苦。"那你为什么还叫我去呢？"我说。此时，我意识到我那自信的面具已经滑落。

"因为我需要你啊。"她说话的语气，就好像很惊讶我居然还不明白似的，好像她不知道我一直在躲避她的电话似的。我换了二十三次号码，搬了无数次家，就是为了让她找不到。这一次我逃离了六年，是目前为止最久的一次。可是，她一出现，我就变得软弱，被她需要让我觉得很无力。真容易被摆布啊。"伊里尼，你还欠我的。我为你做过的那些事，你都忘了吗？"

她说得没错，我确实欠她的。我怎么能够忘记呢？也许我们的父母抛弃了我，但艾丽从未接受这一点。她这一生都在试图爬回我身边，有她在，我的过去总是乱七八糟，就像风暴后的废墟。"不，我没有忘记。"我一边说，一边转身看了一眼还在熟睡的安东尼奥。我无奈地紧闭双眼，假装这样就能让一切消失。我不在这里，你看不到我。真幼稚。我紧紧地抓着床单，一滴眼泪顺着眼角流了出来。我想问她这一次是怎么知道我电话号码的。一定是有人告诉了她。也许是杰米玛姑妈，她是唯一在我生活中扮演母亲角色的人。如果她还会接我的电话，我倒要打给她问一问，让她体会体会被家人背叛的滋味。

"如果你要来的话，明天给我打电话哟，"艾丽说，"我希望你来。别让我亲自去伦敦找你。"我还来不及回答，她就挂了电话。

第 2 章

　　我坐在床边，不知所措，看着时钟上的数字由 2:06 变成 2:07。短短五分钟，六年的努力就付之东流。如今，艾丽又回到我的生活中，就像从未离开过一样。我站起来，脚步踉跄，这通电话似乎把地心引力都改变了。我穿上睡袍，紧紧地系上，避开床尾那个被塞得鼓鼓囊囊的旅行袋。安东尼奥一定在计划着去什么地方，而且很可能不带我去。

　　我把他的旅行袋推到一边，穿上我的羊绒拖鞋。这是安东尼奥送给我的礼物，在一起的三年里，安东尼奥送了我很多礼物，这就是其中的一件。刚开始一切都很顺利，可是后来，现实开始悄悄露头。一想到艾丽随时可能出现，并毁掉我的一切，我就寝食难安。当然，他那时还对她一无所知，所以，当他发现不对劲的时候，以为送点儿礼物就有用。此刻，看着他睡在我们过去生活的阴影中，旅行袋像以前那样收拾好，我才意识到，再多的礼物也缩短不了我们之间的距离。我命中注定摆脱不了艾丽，再怎么逃也逃不掉。她又回来了，回来摧毁我的一切。我一直都知道，她的出现就是我的毁灭。

　　我悄悄地滑到层压地板上，走出了卧室。这里是布里克斯顿某个黑暗的角落，我就住在这座压抑的封闭式房子里。站在升降窗口前，往下看，街道笼罩在一团阴影里，街上空无一人。远处，一座座旧房子像拼图一样融为一体。温暖的城市灯光如同一个明显的记号，提醒着我身在何处。这座城市真大，大得能让人一进来就迷失自己。

如果安东尼奥醒了，他会抱着我，听我说完话，然后对我说："一吐为快就没事了。"不知从什么时候起，他学会了这套说辞，就像某些人刚开始学习一门新语言，就不顾场合地乱用俚语。在当前的情形下，那些词句太过普通了。就像那一次，我告诉他，艾丽曾经杀死一条狗，一条她自己养的狗，他还在说："一吐为快就好了。"好像只要说出来就什么事也没有了，好像那条头凹下去的狗会跑回来，伸出舌头，像"托托"一样活蹦乱跳。没有什么地方比得上家。全都是狗屁。

我走下木梯，一只手扶着墙，小心翼翼地在黑暗中移动，摸索着往厨房走去，心里想着，我的妈妈死了。

我站在操作台边摆弄一个沾着酒渍的酒杯，把杯底的几滴基安蒂红葡萄酒转来转去。然后我把酒杯放到一边，从橱柜里拿出两个马克杯。拿杯子时，我尽量发出声响。也许声音能把安东尼奥吵醒，也许他会过来陪我坐下，像往常一样告诉我一切都会好的。那一套还不赖，能缓解艾丽回来给我造成的惊慌。我甚至朝卧室走了一步，他的存在确实减轻了我的孤独。可是，我想起了地上的那个旅行袋，它在等着他离开。于是，我又悄悄打开橱柜，将第二个杯子放回去。他这是要离开我了吗？也许吧。我想，这都是命。他走了以后，我就得习惯孤独。我往咖啡机里放了一些咖啡豆，等到机器上的灯变成红色，我端起杯子低啜一口，咖啡还很烫，蒸汽喷到我的脸上。

我沿着墙走，把所有的灯都打开了。然后，我坐在那张毫无创意的玻璃桌前，开启了电脑。我喜欢新家具，喜欢这些没有历史、没有故事的平庸物体，这些东西就算丢下也不会觉得可惜。我把杯子放在旁边，打开浏览器，疲惫的脸庞映在冷淡的蓝光里。我看着屏幕，一动也不动，仿佛连呼吸也没有。我在做什么？我真的要去吗？正想着，忽然听到身后传来类似脚步声的响动，我转过身去，希望那是安东尼奥。可是，身后空无一人。我向后靠，抬头望了望楼梯，再检查一遍，可我来的地方仍然只有一片黑暗。我又转头看着电脑，在搜索框里输入"爱丁堡"，想搜搜看还剩下哪些航班。此时，我仍然不确定自己做这样的决定时是否足够清醒。我真的要回去吗？下一条搜索框："往返还是单边？"

"你在做什么啊？"安东尼奥问。

"妈呀！"我差点从座位上跳起来，喊道，"别这样不声不响地站在我身后。"我的心怦怦直跳。

"天哪，伊里尼，"他踉跄地往后退，很惊讶的样子，"在黑暗中偷偷摸摸的人可是你啊。你吓死我了。"他站在那里，穿着一条白色的运动短裤——对他来说小了些，手里还拿着我的一只高跟鞋当武器。他说："你在做什么呢？"声音像巧克力一样腻，像我的浓缩咖啡一样浓。

"上网查点儿东西。"我说，感觉仍然喘不过气。他挪近一点儿，把鞋放在桌上。他靠过来的时候，我闻到他皮肤上残留的源于我的香水味。他的双手擦过我的双肩，见我没推开，又擦过我的脖子，接着，他的手指滑过我的乳头。他一向喜欢触摸的感觉。就算生我的气，他也希望我靠近他。

"放松，好吗？深呼吸。"他说着把指尖捏进我的皮肤里。我还记得一个小时前我们在干什么。我希望可以回到那个时候。因为吵架后做爱会让人尴尬，双方很难再有轻松愉悦的感觉了。他倾身向前去看屏幕，双手继续揉着我的肩膀。然后，他停下来看着我，脸上闪过一丝不相信的神情。"你这是要去哪儿吗？"

我又想起了他那包整理好的行李，想着我要怎么问他同样的问题。可我并没有问，只是又喝了一口咖啡。我很高兴，因为我不再是孤单一个人了。"卡桑德拉死了。"我说。

他过了一会儿才想起这个名字，因为他并不经常听到。想起来以后，他蹲下来问道："什么时候死的？"我的睡袍滑开了，双腿露了出来，那道伤疤的末端也露了出来。他一只手重重地揉着我那条较弱的左腿，一直摸到那道厚厚的红色伤疤上。然后，他看了一眼我的脸，想观察一下我的反应。我茫然、沉默，就像一张白纸。我抽开身，他问："怎么死的？"他的指尖刺激到了我臀部那凸起的血肉。

直到此刻我才意识到，我并没有问艾丽我们的妈妈是怎么死的。我不知道她是死在睡梦里，还是死在血淋淋的车祸中。我不知道她是痛苦地死了，还是平静地死了。我本想说，因为不在乎，所以我没有问，可是我知道，我是在乎的。我仍然在乎着，哪怕我花了二十九年的时间尝试不去在乎。

"我不知道。"

安东尼奥并没有追问，虽然我知道他不能理解我的冷漠。对于家庭，他有太多自己的信念，而这些信念都基于婚姻。可是，即便经历了昨天晚上由我引起的争吵，他还是没有离我而去，并且原谅了我。我们吵架，一开始是因为他对家庭琐事漠不关心，到后来，又是因为我不愿意生孩子。

"你要去吗？"他问。

我耸了耸肩。本来有太多理由可以不去，这一次我仍然可以逃避。换电话号码，在艾丽找到我住处之前搬走，假装我不欠她什么。但如果我去的话，爸爸会告诉我一些真相，我就能知道他们为什么把我送走，把艾丽留下了。我怎么能错过这样的机会呢？

"我觉得你应该去。"安东尼奥说着伸手去碰鼠标，查找可乘的航班。他选了下午3：30的航班，然后将光标转了一个圈，以引起我的注意。"这个不错，你下午晚些时候就能到了。"

我笑着点了点头。我明白，在他的信念里，我只有去才是对的。我一边用颤抖的手点开链接，一边说："把我的钱包递给我。"不知道什么时候回来，所以我选了单程票。可是很快，我的信心就减弱了。安东尼奥没有要陪我去的意思。也许他倒是很高兴能有这样的空间。也许我们彼此都需要空间。

"好了，回床上去吧。"他说。

我们一起往回走。安东尼奥走在前面，拉着我的手，好像我是一个初次与人发生关系的小女孩。回到床上，他将我抱在怀中。他出门在外的时候，我总是想念这样的拥抱。我依偎在他的怀里，多么希望还能有以前那种感觉，可是没有了。他的触摸很不自然，好像我们是两块凑不到一起的拼图玩具。而且，他的陪伴再也无法像以前那样让我的过去变得模糊了。

我看着时钟，已经是凌晨2:46了。无论我如何反抗，时间已经放慢脚步，正一步步地将我拉往万劫不复之地。很快，它便会开始倒数，嘀嗒、嘀嗒、嘀嗒、嘀嗒……直到我回到那个沉默的女人身边。她本该是我的妈妈。此刻，在漆黑的房间里，在安东尼奥的怀中，我在想，我都干了什么蠢事啊。

我应该告诉艾丽我不去的。我应该不去理会那个聒噪的声音——"我欠她的"，应该像十五年前一样，逃离她。我逃走的时候身上穿着睡衣，脸上挂着泪，手臂上流着血。那时我就知道，活下去的唯一希望是离开她。那天发生的事迫使我们分开，可也正是那天发生的事将我们捆绑在一起。那天，她救了我，同时也差点儿吓死我。

　　然而，吸引我回去的不只是对真相的渴望，我还需要艾丽。她虽然很危险，但的确吸引着我。我情不自禁。那么多年过去了，我以为我能推开她，可我做不到；我以为我不需要她，可事实并非如此。艾丽告诉我妈妈死了的时候，我之所以没有问怎么死的，还有一个原因——我觉得我已经知道了，一定是艾丽杀了她。这个想法太可怕了。

第 3 章

艾丽上一次找到我的时候，我在医院的急诊室里。当时我在那里上班。我从一楼的窗口看到她穿过停车场。有个护士想要阻止她，她就一拳打在了护士的脸上。我的同事开玩笑说，她一定是从精神病院里逃出来的。我跟着他们笑，还就她的穿着对她评头论足了一番。艾丽当时穿了一件不合时节的羊毛套头衫，里面的衣服从袖口和领口露了出来，好像校服一样。她还把第一颗扣子紧紧地扣上了。此外，她下身穿的是紧身短裤，脚着一双马丁靴。这身打扮，好像大冬天准备去参加狂欢派对，可当时是六月，天气很晴朗。她朝我大喊，两条手臂舞动着伸向我，将那名拦着她的护士扣在了一旁。保安不得不将她摁在地上，扯着她的T恤，将她拖出了停车场。他们丝毫不敢冒险，因为她手里握着一把菜刀。

那天她到底没能和我说上话，可她知道我就在那里。我站在玻璃后面，她的眼睛看向玻璃的时候，我全身的皮肤都在收紧。当天下班时，我递交了调职申请。接下来的六年，我都尽可能逃得远远的。个中滋味一言难尽。

尽管我知道过去的艾丽有多可怕，我现在还是回去找她了。我在去机场的路上给女皇大学医院打电话请了三天事假。我并没有告诉他们具体出了什么事。

我在28A号座上坐下来，系好安全带。飞机在跑道上滑行，小小的机舱开始摇晃。飞机离地的时候，我的胃里一阵翻腾。在最后一刻，我多么希望飞机的机翼变形，或者发生一起毁灭性的、具有报道价值的事故，然后我们就会从天上掉下来。可是希望落空了。我们越飞越高，脚下的伦敦变成一个迷你城市。飞机飞进一片厚厚的灰色云层里。

我的包里装着两身衣服、一包烟、一瓶没有贴标签的安定——我今早从医院拿走的——和一本我知道自己根本就不会看的书。我猛地拧开瓶盖，迅速将一片药扔进嘴里，再灌一口白兰地将它冲下去。这种混合的麻醉剂足以让某些人失去意识，可我已经习惯了。也许，作为一名麻醉师，在自我用药方面，我比一般人勇敢得多。只有和家人在一起的时候，我才会变得脆弱。过了一会儿，麻醉药开始起作用了，它弱化了我的恐惧感，让我停止了磨牙。

我掏出手机，滑动消息栏，发现错过了安东尼奥发来的一条消息。我点开信封图标，查看消息。

"一路顺风。到了告诉我一声。Ti amo（意大利语，意为"我爱你"）。"

我是在一次关于止痛治疗的会议上认识安东尼奥的。当时，他是上餐的侍者。他分发面包卷的时候，面包屑撒了一路。刚开始的几周过得很愉快，我完全不知道他还藏着一个性格沉静的女朋友。后来她发现了我，并把他赶了出来。我当时就在门外的车里等他。就在那天，他搬去和我一起住，还感慨自己终于自由、解脱了。他说得就好像美梦成真了一样，事后才发现自己原本无家可归。连我自己都不敢相信，我竟然很轻易地就接受了这件事，而且还表示理解。和他躺在床上，感受他赤裸的双腿和我的纠缠在一起，我忘记了过去，暗自假装生活是从那一刻才开始的。我对他着了迷。和安东尼奥在一起，我感觉自己不复存在。这当然是一件好事——我再也不用当那个可怜的、不再年轻的、孤独的伊里尼了。伊里尼变成了"我们"。我属于"我们"。算起来，他以前是耍了我，可那也没什么大不了的。和我的家人对我做的那些事相比，那又算得了什么呢？再说了，他需要我。

所幸，我们是在艾丽没有出现的日子里相识的，因此才能自在地生活。我们的生活很简单，比如，一起看我们都爱的自然纪录片，一起吃他做的饭菜。最初的两年，我甚至没有告诉他我还有个姐姐。这样瞒着他，也是一种幸福。有了他，我就不再需要她了。

去意大利见过他的家人之后，他便开始提结婚、要小孩的事。我拒绝了。我自己都没有被妈妈教导过，以后怎么去当一个妈妈呢？从那以后，我们的关系就破裂了。事实上，意大利的最后几天，是我能想起的两个人在一起的最后的幸福时光。在那些慵懒的夏日里，我们蜷缩在同一张折椅上，一次次看太阳从海平线上慢慢消失。

一开始，我以为他会离开，可他留下了，还哭着说不能没有我。我松了一口气，因为我也不认为自己可以没有他。我一个人能做什么呢？可以埋头苦读或是拼命工作，可是，我之前就是那样过的，深知那样的日子有多空虚。我尝试与安东尼奥沟通，我知道，哪怕只是和他有一丁点儿关联，都比与他分离好。我不想再做回以前那个伊里尼了，不想再当那个没有家人也没有朋友的女孩。

可是一切都在改变，"我们"好像腐坏了，被虫蛀了。我又开始慢慢地变回伊里尼，一直被我珍藏起来的"联盟"在逐渐瓦解。他不明白我为什么排斥婚姻和小孩，我无法向他承认其实我也想要一个家。因为"想要"似乎就已经很危险了。我不能告诉他真相，于是，我把手机扔回包里，又要了一杯白兰地。

飞机降落时，机舱里响起一阵不必要的欢呼声。我站起来，跛足前行，笨拙的姿势让我的屁股酸疼。眼看团聚的时刻就要来临，我的神经不自觉地紧张起来，胃里也一阵恶心，连呼吸都有些不顺畅了。我提醒自己，这趟行程很短，我反正是住宾馆，只需要在葬礼上出现就好了。我还告诫自己，是我自己选择来的，如果不愿意，大可不必单独见艾丽。我与自己的神经和记忆进行了最后的讨价还价，内心的各种感觉不断涌来。走过海关时，我看到艾丽在门口等着，可我并没有告诉她我乘坐的是哪趟航班。

我发现，几年不见，她的模样发生了变化。尽管我紧张到喉咙发干、掌心冒汗，仍然希望她的变化预示着一切将会有所不同。以前她总是一副蛮横无理的样子，好像已经身心俱疲，顾不上什么社会理想了似的。这点是有目共睹的。那次在医院外面的胡言乱语就是一个例子。可是今天，她竟以一副优雅的姿态出现了：齐整的金色长发剪成干练的短发，好看的紧身运动衣包裹着轻盈的身体，手里还握着一瓶依云矿泉水。此外，她的耳朵上戴着弹珠大小的珍珠耳钉。那耳钉很大，颜色很暗，让人错觉是用大块骨头做成的。她看上去真像一位活泼的娇妻，也许她的家里有两个打扮得一丝不苟的孩子，也许她家厨房的炉子上还炖了一锅菜，也许她把你吃掉以后还会像淑女一样礼貌地擦擦嘴。她可能改变吗？她竟然在笑吗？她是那么善于伪装，真正的她藏于皮相之下，将世间的一切都看在眼里。唯一不变的是她额前那道粉色的三角疤痕。我们俩的伤疤都不怎么好看。庸医误人啊。

我在想，这贤惠表象之下的艾丽究竟是什么样的呢？表面看来，她和我恰恰相反。她走路的时候昂首挺胸，而我由于臀部发育不良，走路一瘸一拐，天气变凉的时候还会更加严重。她很苗条，和她相比我就显得胖了些，但左腿例外。虽然受到了精心照料，但它就是不发育。我和安东尼奥做爱的时候，他总会在我的左腿上花心思，亲吻、抚摸，双手在起皱的皮肤上滑来滑去，就好像那里也是我的性敏感地带。可并不是的。也许他是在提醒我，我是一个跛子，应该感谢他爱我；所以，他向我求婚的时候，我应该怀着感恩的心再考虑一下。一定没有哪个男人敢对艾丽做这样的事。

走近之后，我看见她下巴紧绷、牙关紧锁。原来她不是在微笑。她正一眼不眨地在人群里搜索。我加快步伐，绕过障碍物，不自觉地吞了一大口口水。这时，艾丽发现了我。她双眼锁定目标，从一对母子身边挤过去，不小心撞到了折叠式婴儿车，刚学会走路的小孩还在车里哭泣。艾丽发出"啧啧"声。有时候，当小孩子无意间打扰到那些没有孩子的大人时，大人就会用这种声音来羞辱孩子的父母。这提醒了我，她肯定是不会道歉的。她和我不一样，她从不会怀疑自己的本性。那种自信很让人着迷。我这才意识到，原来什么也没有改变。也许她的样子变了，但她还是艾丽。这也提醒了我，关于我的姐姐，我唯一能确定的就是：她是那个不知疲倦地寻找我的人。

一开始，她很容易就能找到我。我只是换了电话号码，或是在同一个镇上搬来搬去。一个人生活很不容易，无论十八岁的时候发生了什么逼着我逃离她，知道她在找我，我的心里还是会好过些。后来，我开始增加难度，给她错误的地址，或让她"钻进死胡同里"，迫使她一次又一次地证明要找到我的决心。她在找我，这个事实就像麻醉剂，我已经上瘾了。噢，被需要是一件多么快乐的事啊。然而，唯一比她不在更糟糕的事就是她的出现。

"我还在想你会让我等多久呢，"她说，"收到你的消息，我就在这儿等了。"她上下打量了我一番，咧开嘴笑了。她的下巴还是紧绷的，笑容很苍白。我也笑了。我试着对她友好一点儿，假装这一生从不曾躲着她。

"我很久没来这里了。刚刚才看到你。"我摆弄着棕色手提包的包带说。我还没能和她完全对视。她伸出手，出其不意地抱住我。我左髋不便，摇摇晃晃地朝她靠过去，突然看到一个脸部浮肿的中年男人微笑地看着我，为我们的重逢而高兴。艾丽也看到了他，她把我抱得更紧了，同时还发出轻微的喘息声，就像猫在打呼噜。我把脸颊贴在她那冰冷的脖子上，突然感觉脊椎一颤。每当她发现有观众在场，总会立刻扬起那虚伪的微笑。之后，她收回手，一只手绕过我的肩膀，将我往她身边揽。我告诉自己说，她也没把我抓得多么紧嘛。可是，我感觉到我的自信心正在动摇，像一艘被风暴蹂躏着的小船，残破不堪，一无是处。

我告诫自己，是我选择来的，我想知道真相。可接下来呢？只在这里待了五分钟，我就感觉自己中了她的魔咒，傻傻地跟着她走。到了明天，我会变成什么样子呢？

我们往出口走去时，她用指尖点点我的脸颊说："看你，都长这么胖了！"她的指甲修剪得很整齐，说话的声音饱含热情。可是我知道，这言语间满是虚伪。她一把将我手里的包拉过去，我并没有阻止。然后，她从人群中挤出去，我被迫跟在她身后。

出来以后，一阵强风吹过，我的眼睛开始流泪。我用手背擦了擦眼角。我停下脚步，迫使她也停了下来："艾丽，去之前，我得问你点儿事。"

可是，她好像没听见我说话似的。"还远着呢。"她转身看着我说。她艰难地吞着口水，有那么一会儿，我以为她就要哭出来了。我突然感到一阵同情，甚至内疚。但我知道，这是她耍的一个花招。她总是想让我觉得她需要我。

我平静地发问："艾丽，她是怎么死的？"我知道，如果现在不问，以后就更没勇气问了。

艾丽看着我，冰蓝色的眼睛闪烁了一下。她牵起我的手，与我十指相扣。好像如果小时候我们有机会做姐妹，她也会这样对我。她牢牢地抓住我，我感受到了指间的压力。她什么也没说，只是拉着我穿过停车场，左脸时而泛起一丝冷笑。我敢肯定，她沉默，就证明她犯了罪。一时间，我感觉自己仅存的那点儿信心也消失殆尽了。

我这才意识到当前的状况。没有艾丽的那些年，我忘记了自己是谁。我假装成另外一个人，假装自己不是当年那个被抛弃的小女孩。可现在，我们又重聚了，"我"又存在了。我是来此寻找真相的，可是，仅仅和艾丽在一起待了几分钟，我就知道了第一部分真相：我将永远是那个被他们抛弃的小女孩。无论我怎么挣扎，怎么自欺欺人地告诉自己"我什么都不需要，只需要保持和安东尼奥的关系就好"，都无济于事。

我想起了那些逃离艾丽的日子，那时我渴望做回自己。我还想起和安东尼奥在一起的日子，那时我以为我找到了幸福，以为我因他而变得完整，以为我终于可以和可怜的"假肢伊里尼"说再见了。经过几年的学习，我成了一名医生。医生的身份就像一张面具，让人们看不见真实的我。如今看来，这一切都是在浪费时间。我感觉艾丽像毒药一样倒流进我生命的缝隙里，填充我，让我变得完整。艾丽每走一步，她那锋利的短发就像刀子一样晃来晃去，看得我想哭。此刻我才知道，我只有权利当一个人，那就是"我"，那个多余的小女孩，从生下来开始就是多余的。

第 4 章

我们上了一辆银灰色的E级梅赛德斯，终于不用感受苏格兰凛冽的寒风了。艾丽把我的包递给我，然后扭动钥匙。发动机启动时，一首歌剧风的音乐响了起来。她伸手关掉播放器，我们俩都沉默了。虽然暖气开得很足，但车里还是很冷，冷空气打在脸上，吹得我眼泪直流。我傻傻地坐在乘客座位上，不知道该说什么，因为她还没有回答我的问题。

"艾丽，"我拨开眼前的刘海儿，用略带歉意的语气小声说，"我问你她是怎么死的。"

她系好安全带，调整好紧张的心情，假装我没有说过话。"要我带你去看看她吗？"她一边检查方向盘和刹车一边说，仔细得就像飞行员在起飞前检查驾驶舱一样。"我觉得你最好去见见她。"她提议。此刻，她的笑容很苍白，眼神很茫然。"过了这么多年，那只小蝴蝶还是飞回巢穴里了。"

"我不这么认为。"我迅速摇了摇头，眼睛睁得很大，感到很紧张。以前我也有过这样的感觉，感觉自己就像个不谙世事的青少年，不知道艾丽要将我带去哪里。接着，她开始检查雨刷，尽管天根本就没有下雨。雨刷拍打在挡风玻璃上，扑通扑通地响。她往上面喷了一些绿色的、起了泡沫的水。她往前开时，我回头看了一眼出站口，看着乘客们笑语盈盈地去新的地方旅行。"我为什么要去看她的遗体呢？你都不告诉我她是怎么死的。"

"她就是死了，好吗？死了，她死翘翘了。你还需要知道些什么？"她叹气，"你不想去看我们死去的妈妈，那你想干什么？"语气好像是在商量我们该去咖世家还是星巴克。她上了最近的高速公路，往英国的边界驶去。虽然她情绪不好，车却开得很稳。

汽车行驶在乡间，道旁是一望无垠的开阔绿地，除此之外，只能看到零星分布的庄严的城堡和巴尔莫勒酒店的大钟塔。行至灌木树篱较少的地方，它们便从车窗外一闪而过。我可以抛弃我和艾丽在城市里的回忆，逃离那个被混凝土和人群湮没的地方。可是，乡村就像一片开阔的海洋，深邃而辽远，如此坚不可摧，我似乎已经无处可逃了。"如果你不想见她，我们就一起做点儿别的事吧。"她拍着我的腿，就像妈妈鼓励孩子那样。我曾经看见杰米玛姑妈对她其中一个孩子那样做过。姑妈总喜欢提醒我，说那个孩子一直都是他们计划的一部分。然而，这个动作只会让我不寒而栗，让我紧张，让我把全身的神经都绷起来，就像一个螺旋弹簧。

"我想先去找家旅馆。"我强装镇定地说，并努力假装成这么多年来在面对这一刻时我一直想成为的那个人。我想洗个澡，睡一觉；想抽支烟，喝点儿酒；想再吃几片安定。那才真的有用。没有艾丽参与的任何事都对我有用。然而，我提出这个要求后，她的沉默让我紧张不安，好像我以为理所当然的事竟是错误的。我终于明白了，我不该来的。"就找个附近的吧，随便找一家就好了。"我慌张地加了一句，也不知道这样是否能缓解她的态度对我造成的影响。

她连表都不看就开口说："现在才五点零五分，你去旅馆干什么？我们刚刚才重归于好呢。"我们以每小时80英里的速度行驶在高速公路上，她转身直视我。"有六年不见了吧？你只能跟着我。"
原来不只我一个人心情复杂，不只我一个人压抑着情感。为了保持
风度，我们都将自己的情绪藏了起来。知道这些就够了。

　　"我坐飞机坐累了。"我坚持道。我知道，就算这样说，我还是
争不过她的。她已经等了我足足六年了。在我小时候，团聚这件事
对于我们俩来说倒还容易些。那时候我总愿意回去。可是谁十三岁
的时候不想回家呢？

　　艾丽突然到访时，我才十三岁。当时，父母竭尽全力将我们分
开。可她还是找到了我，像英雄一般出现在我的生命里，将我从罗
伯特·里尔和他的恶霸同伙手里救了出来。那天，她找他算完账后，
罗伯特肠子都悔青了，悔不该把我当成目标。之后，深夜里，我们
走了很远的路去公园玩儿，杰米玛姑妈还以为我在床上睡觉。再然
后，她为了我，去商店里偷东西。她还给我带了酒，我把吃的东西
全吐出来了，她还细心地照顾我。

　　"你别去住旅馆了。"她说话的时候有唾沫飞出来。看来，她的
耐心终于用完了。我知道她要说什么。她要我和她一起，住在我那
名义上的家里。但是，要我住在那个从来不是我家的地方，想都别
想。真是开玩笑。"再说，我们家独门独户的，周围也没有旅馆。你
就和我一起住家里。"我正要开口反抗，却感觉那么无力，好像我是
一块被海浪冲走的浮木，只能听凭大海的处置。她又拍了拍我的腿，
恢复了镇静。我们一路默默向前。真没想到，这一次我竟然为了她
留下了。

　　沉默地行驶了一个小时后，我感觉车减速了。我们走上小道，
开往北边边界的村庄。自她说要把我带到这里以来，我第一次偷偷
瞄了一眼窗外。只见蔓生的灌木树篱和远处的群山都被一层灰压压

的云遮住了，那低矮的云层似要将我一起吞没。这里根本没有藏身之处，也没有城市橘色的光辉提醒我身在伦敦。我甚至连太阳也看不见。但我看见了路牌，上面沾满了泥，周围是粉色的洋地黄：霍顿欢迎您。我知道这就是那个地方。我们就快到了。

车开到庄园入口时，我一点一点地舔掉拇指边上的一滴眼泪。那是童年的习惯，一直未曾改变。我们经过一块板子，上面刻着："母山"。我看到后，皮肤立刻紧绷，脸也涨得通红。我用手指盖住伤口，不敢抬头看外面，因为我知道我们已经到了。车开过很长一段凹凸不平的路面。开到大门口时，车减速了。我强迫自己往外看。路两边是高大的树木，树后有一座房子。靠近房子时，我感觉一阵恶心。

那是一座有两道前门的建筑，形状很怪异，而且很大，足够容纳五家人。经过大门口时，我看见左边有一个温室，此外还有一片树林，树林后是果园，园里飘着一层雾。我往右看，看到另一座建筑，那是一排车库，一共有六间。六间该死的车库。

"那是70年代时我爸爸的建筑公司建的。"艾丽用导游的口吻说道，说完又自顾自地笑了，"抱歉，我指的是'我们'的爸爸。"我的双唇颤抖着做出一个类似微笑又类似突然发病的表情。窗户凸了出来，整体的造型模仿了维多利亚式风格。我还能看见后面的窗帘，它们又大又沉，把窗户遮得密不透风。再后面我就看不见了，好像那里是一个巨大的黑洞，等着将我吞噬。

到了车库，艾丽把车停下，轮胎下的碎石发出嘎吱嘎吱的声响。她下了车，重重地关上车门，车身都在摇晃。然后，她漫不经心地慢跑起来，穿着她那时尚的运动装和运动鞋，像羽毛一样轻轻地飘进大门里。此刻，在这房子的阴影之下，她那昂贵的衣服和鞋子显得格外刺眼。

从前，我对自己说，我的家里很穷，不仅穷，而且一家人都像艾丽一样精神不正常，所以不和他们生活在一起还是有好处的。可事实并非如此，至少贫穷之说是不成立的。突然发现他们这么富有，我的胃里本能地生出一种猛烈的呕吐感。然后我就想，如果我真的吐了，艾丽会不会像以前那样撩起我的头发，为我擦脸。

之所以在意这些，是因为我小时候总是穿旧衣服。那些衣服没有品牌，面料很扎人，而且从没有一件是合身的。被丢弃的衣服给被丢弃的孩子穿。杰米玛姑妈不想把自家的钱花在我身上，只给我用我爸爸寄给她的生活费，但是那些钱每次都撑不了多久。有一次，某个人给了我一双棕色的锐跑鞋。虽然已经磨损了，但它毕竟是锐跑鞋啊。那是我人生中第一次感到骄傲。我兴高采烈地走进学校的体育馆，仿佛在云端起舞一般。现在，这座房子把那双鞋衬得一文不值。这房子很大，住在里面的人买得起几百双锐跑鞋。

我也下了车，"砰"地关上车门，不料羊毛外套的衣角被车门夹住了。我只能使劲把它拽出来，不得已扯出了衣服上的一条银线。为免尴尬，我深吸一口气，让自己平静下来。我悄悄告诉自己："你是来这里寻找真相的。"我假装镇定，顺势往车窗里面看，车窗映出我那不自然的脸和那座房子。我发现自己把包落在车里了，于是拉了一下门把手，可是车门已经锁上了。我便叫住艾丽，说："我的包还没拿。"她倒回来，按了一下车钥匙上的按钮，车灯亮了一下又熄了。我又试着去拉车门，还是锁着的。我听见她在笑。她一边嘲笑我，一边进了屋。

我从车道上穿过去，一路踩得嘎吱作响，好像骨头被踩断了。听到铁门发出刺耳的声音时，我回过头看，只见那铁门已将我关在里面。车道旁的树弯弯曲曲，连成一片树荫。温室后的地面陡峭升起，形成一座小山，山上岩石密布；泥土是黑色的，因为下过雨而潮湿。

艾丽进去后，留前门半开着。那扇门很笨重，是用橡木制成的。我推门望进去，门厅里空无一物，只有拉长的影子和一团团灰尘。我听到房子里面传来钟表的嘀嗒声，于是又把门推开了一些，并不是要进去，只是为了让下午的阳光填满缝隙。我不想走进黑暗里。

门厅的墙上装饰着油画，画上是各种高贵的面孔，可不知怎的，他们看起来都是一个样子。也许是因为我觉得他们的眼睛和我的很像吧。他们是我的祖先？还是家人？门旁边有一个方尖塔形状的台子，上面放着一个中式茶缸。整个房子就像一座博物馆，空气中还散发着霉味。从某种程度上说，这就是一座博物馆，一座保存着我的历史的博物馆。可他们从不让我进去。我像一个印第安纳·琼斯那样的考古学家，正在挖掘自己早年的历史，只可惜我没有酷酷的帽子，也没有可靠的伙伴。我顺着门厅望向尽头，看见一座弯曲幅度很大的楼梯通向上面。我并不想知道上面有什么。

这时，艾丽像之前那样轻快地跳着回来了，手里拿着一瓶新的依云矿泉水。她按了一下电灯开关，一束强光从枝形吊灯上照下来，吊灯的影子像纸做的雪花一样到处飞舞。

"你的包怎么办呢？"她问我。她的表情非常认真，好像真的希望我能拿到包似的。

"车门锁了，是你锁的。"

"嗯，你需要喝水吧，不是吗？"

她说着把矿泉水递给我。虽然很渴，但我还是拒绝了。"不用了，谢谢。"我一只脚跨进门，对她说。她移到我跟前，将我拉进去，然后关上了门。屋里一时鸦雀无声，只有我们俩相对无言。过

所有爱消失的地方

了一会儿，我看到一个人，他站在楼梯上，一动不动地看着我。

"伊里尼。"我听到他在叫我。这一定就是我的爸爸了，虽然他的脸藏在阴影里，我并没有看清楚。我正要张口说话，却感觉艾丽把我的胳膊抓得更紧了。于是我动了动嘴，一个字都没有说出来。我要说什么呢？该从什么地方开始呢？我终于发出声音，但也只是"吱吱"两声。"你来了。"他的声音听起来……很温暖，"我去倒点儿茶吧，然后我们——"他开口说话，可艾丽没让他把话说完。她转过身对着他，他往后退了一步。

她对他说："她一路过来累了。"然后拍了拍我的头，带着我离开。我顿时感觉浑身一颤，就像冰块裂开了一道口子。她的视线一刻都没有离开他。她紧紧地抓着我，带我走开。我低着头，偷偷地东看西看。虽然我很想问问他"为什么？为什么是我？"，可是，我什么也没说。"我带你去你的房间吧。"艾丽说。

"是啊，也许那才是最紧要的，"我们走过去，他又往后退了两步，说道，"等你休息好了我们再聊吧。"听到这句话，我怎么也张不开嘴，心跳仿佛停止了。我努力地喘气，可肺里吸不进一点儿空气。看来，他真的想和我谈一谈。

艾丽把我拉进厨房，然后关上门。这里比门厅明亮，空气也更干净，霉味没那么重。我还在想我的爸爸，可是，当我看到那裸露的窗户和精细的地砖时，回忆突然间涌上心头。那些记忆不知从哪里来的，像耳光狠狠地打在我的脸上一样，逼着我踉踉跄跄地往后退。如果不是艾丽抓着我，我就跌倒了。我仿佛看见了还是婴儿的自己，拖着小小的身体，在黑白地面上爬来爬去。听到有人在身后喊"好样的！"，我便开心地笑。那是一个女人的声音。我想，婴儿有着结实的手臂，过去我的手臂总是很结实。它们不得不结实，因为我当时不会走路。我还记得，当年的地面是那么冰冷，只有水槽旁边的一块瓷砖是热的，因为水槽下的热水管里冒着热气。这是真的吗？我真的对这个地方留有回忆？

艾丽将我往前拉，打断了我脑海里的画面。走过另一道门之前，我回头看了看，那些记忆消失了。她拉着我穿过复杂的走廊。那些走廊蜿蜒地穿堂而过，就像交错的隧道。我们越往前走，走廊的光线越暗、空间越窄，直到停在一座楼梯前。我感觉喉咙里都是灰尘，好像我们来到了一座古老的城堡，走进了它那闲置的侧厅，侧厅里堆放着杂物，住着仆人。我甚至能听到锅炉的声音。和通向门厅的楼梯相比，这座楼梯要小一些，而且是笔直地靠墙而上。这里几乎没什么装饰，墙上没有画像，也没有什么传家宝。

我们爬上楼梯，楼梯上铺着一层深红色的地毯，看样子是房子建成后就一直铺在这里的。楼梯边角错落有致，华丽的曲线刺激着感官。所有的东西都有种老旧、复古的感觉，好像多年未曾使用一样。这里与我在伦敦住的房子有天壤之别，为了衬托我的性格，我曾花了十足的心思将那房子刷白。我们走到楼梯的过渡平台上，这里和门厅一样昏暗。面前有两扇镶板门，门把手是用熟铁做的，样式很讲究。除此之外，还有一条不足一米的袋形走廊。墙边靠着一个带高架的陈列柜，上面放满了照片。我俯身去看，可是艾丽一下子站到我的面前。

"这是浴室。"她指着一个方向说，然后指着另一个方向，"这是卧室。"此时，她的举止已不再随意、高傲。她的肩膀好像很重，从上往下压得她弯腰驼背；她变得安静，连"再见"都没说一声就退回到楼梯上。我看着她离开，早已不惊讶于她的喜怒无常。这又一次提醒了我，她还是从前那个艾丽。我转身看着那些照片，想知道我是不是也在那上面。但是，当我听到艾丽和爸爸在厨房大声说话时，便立刻产生了一种逃跑的欲望。我是很想知道真相，可这一切来得太快了。

我摇动门把手，准备推门进去，门把手卡住了。等我终于将门推开，进去一看，卧室里并没有好多少。里面有股潮湿、发霉的味道。床看起来很小，我刚坐到床边上，就被一团灰尘围住。房间里有几件古老的家具，墙上有一幅难看的蝴蝶画像，画的颜色很淡，又或者是褪了色。床上方有一个类似挂钩的东西，可能是某种灯具的一部分。窗户很窄，上面装着劣质的双层玻璃，玻璃上有菱形图案。微风从窗外缓缓吹过，我试图打开窗户，才知道窗框有多么脆弱。折腾几下之后，我终于打开了，新鲜的空气像水一样流进来，让我轻松了不少。终于能呼吸了。

我往左下方看，在那能停六辆车的车库后面，工人们正在脚手架上忙个不停。我看见他们正在砍附近森林入口处的一排树，于是又开始在记忆中搜索。我还记得这些树吗？我试着想象它们三十年前的样子，那时它们还是低矮的树丛。也许那时还没有建车库。可是我什么也没有想起来，没有像在厨房里那样回忆翻涌。有一个维修工在车库前面工作，他正在擦洗载我来的那辆车。他打开车门，我看到我的包在里面，包里有两件针织套衫和两套换洗的内衣，还有烟和安定，以及手机。手机能将我与外面的世界连接起来，尽管这种连接有些松散。外面的那个世界没有历史，在那个世界里，我的回忆不会跳出来，因为它们根本就不存在。来之前，我真应该和安东尼奥重归于好。因为，此时此刻，他是我唯一想要见到的人，也是我唯一的救命稻草。我看着车门，多希望自己就在楼下。我真想拿回那部手机，真想和安东尼奥说说话。然而我只能呆站在这间屋子里，感觉自己被困住了。

我四处看了看，发现床头柜上有一部旧电话。那是一台复古的旋转式电话，通体黑色，电话线老旧破损，有的地方还暴露了出来。我缓慢地移回床上，床垫发出嘎吱的声响，灰尘在向上翻腾。因为床很短，所以我的膝盖往下蜷曲着。我拿起听筒，给安东尼奥打电话。但是电话里没有响起机械的嘟嘟声，我听到了人的声音。

"是的，她在这里。"第一个人说。是一个男人的声音。是他吗？是我的爸爸吗？

"所以，她还是坚持？"另一个男人问道。

"是的。"之后是久久的停顿，只能听见呼吸的声音，"不过，要不了多久。希望她还是那么容易掌控。"

"莫里斯，你很快就会摆脱她的。要不了多久了。"

莫里斯。没错，莫里斯，那就是他的名字。莫里斯和卡桑德拉，我所谓的父母。

"正是如此。你能不能快点儿来把文件填完？"

我用手指慢慢地按下开关，将听筒放回挂钩上。然后，我滑到床上，用双手捂住耳朵。

"我不想待在这儿。"我小声地说。但我知道我口是心非。在内心深处，我知道自己为何而来。我来这里，是为了寻找一个没有人会告诉我的真相。艾丽不会告诉我，杰米玛姑妈也不会。我之所以来，是因为我需要知道为什么。我一直都需要知道为什么。为什么我必须离开这个地方，离开我的家人，去和一个不想要我的女人一起生活？为什么他们留下了艾丽，却把我送走？现在，过了这么多年以后，我到底做错了什么，以至于他们在我刚来不久就急着要摆脱我？我回来是为了寻找遗失的那部分我，和被抛弃的那部分我。我只能在这里找到答案。

第 5 章

艾丽第一次找到我是在我的学校，那年我十三岁。我不得不最后离校，因为有个叫罗伯特·里尔的男孩讨厌我走路的样子。那时候，我走路时左腿摇摆得很厉害，右腿的步子迈得很大，再加上我的背有点儿驼，他们就给我取了个绰号叫"野牛"。大家就在"野牛"和"假肢伊里尼"之间换着叫。

里尔个子小小的，又瘦又矮。他的衣服袖子总是短出一截，脚踝也露在裤子外面。看得出来，他很穷。他的皮肤呈现灰白的病色，看来学校的免费晚餐并不能为他提供足够的铁元素，可他不得不吃，因为他的父母养不起他。他每天都会在校门口转悠，等着我出现。

我以为我逗留得够久了，没想到，响铃四十分钟后，他还在那里。我看到他的时候，已经来不及躲开了。于是，我低下头，加快了脚步。"哞——"，突然传来这样的叫声，从喉咙里发出来的，他用他那半嘶哑的嗓子，发出了尽可能低沉的声音。"哞——"，他的三个同伙也开始学。叫声很快就演变成齐声吟唱。他们任由我摇摇晃晃地从他们中间穿过，却又很快跟在我后头。

这时，艾丽出现在我面前，我从没见过这般景象。那时，她十七岁。粉红色的头发扎成了双马尾，鼻环在阳光下闪闪发光。一开始我以为她只是个陌生人，但是后来，我发现她的前额上有一块三角形的疤痕，于是童年的记忆隐约出现在脑海。我想起我们上一次，也是唯一一次重聚的时候，那时我九岁。当年是我们的父母安排我们见面的，但是见面后他们就后悔了。之后，杰米玛姑妈说我们得搬家，这样艾丽就再也找不到我们了。要不是马库斯姑父不同意，她还要搬到国外去。后来，艾丽在爱丁堡找到了我们的一个表姐，然后跟着她来到了我们的新住处。这样一来，找到我的学校就很容易了。

"嗨。"她兴高采烈地跟我打招呼。那群男孩在我身后停下，他们屏住呼吸，双手放在膝盖上。她的语气听起来就像我的老朋友一样，好像我认识她似的。

"嗨。"我回应她，只是我的声音有些颤抖，因为我就快要哭了。因为太用力，加上疼痛和尴尬，我两颊绯红。她从我身边走过去，径直走向罗伯特·里尔，脸上高兴的神情消失得无影无踪。男孩们知道自己完蛋了，想逃走，但她一把抓住了里尔毛衣上的兜帽。1996年，那些让人头疼的孩子喜欢将违规的套头衫穿在校服里，即便家境非常贫穷的孩子也不例外。

"你个小混蛋！"她一边扇他的耳光一边骂道。里尔扭来扭去地反抗，对艾丽拳打脚踢。我满脑子想，明天，当她走了之后，我就真的完蛋了。我以为他可能会杀了我。

"滚开，你个疯婆娘。"他大声喊道。话音刚落，艾丽就把他扔在了地上。真的是把他扔在地上的，就像打保龄球或摔盘子，干净利落，非要把什么东西摔碎似的。他摔在地上时，我尖叫一声，往后跳了一步。他的一颗门牙像子弹一样从嘴里蹦出来，紧接着，一股血从他的下巴流出来。她转身对着我笑了笑，得意地扬起眉毛，一脚往他的两腿间踢去。他痛得叫出了声，可她只是哈哈大笑。我简直不敢相信。情急之下我往四周看了看，看是否有人目睹这一切，好像我是有罪一方似的。四周并没有人，这条路上也没有房子。她这个地点选得可真好。

"小混蛋是不需要蛋蛋的，"她说着又朝他踢去，"我已经观察你两星期了。"她又踢了他两下，然后拉起我的手开始跑。我跟在她后面，背包在身后上下摆动。几年来，背包上满是我的表兄弟姐妹们涂画的痕迹。

我们来到一辆停在角落的沃尔沃前面。我还记得，当时的我感到无比庆幸，因为我的臀部终于不用再使劲了。我坐在乘客座位上，看着她把车开到了麦当劳，心里对她之前的行为仍然充满了不可置信。我们吃了巨无霸和六份炸薯条。艾丽因为狠狠教训了里尔而发笑，我也跟着她笑，但笑得并不由衷。因为我无法集中注意力，一想到明天可能会发生的事，我就抑制不住地害怕。之后，她给我买了热的苹果派，我想表现出很高兴的样子，却不小心烫到了嘴。吃东西的时候，她一直在划火柴，还让火柴一直烧，烧到她的指尖。火焰舔到指甲的时候，我一度能闻到烧焦的味道。

"你知道我是你的姐姐，对吧？"当我们坐在长凳上用碎石喂鸭子的时候，她问我。我看着水上泛起的涟漪，感觉她的目光落在了我身上。我应该说什么呢？我不知道。于是，良久的沉默之后，我点了点头，尽管我不确定。"那就意味着我们得待在一起。"她伸出手，把我的脸转过来对着她，还将我眼前的几缕头发拨开。我不知道眼睛该看向何处，只好盯着她的鼻环。"你知道吧，他们不愿意。自从上一次以后，他们就不同意我们在一起了。你还记得上一次发生了什么，对吗？"

这一次，我毫不迟疑地点了点头。我一点儿都不愿想起九岁时相聚那天发生的事，不愿想起救护车出现的场景，不愿想起那种冰冷的感觉，也不愿想起为了将我们分开杰米玛姑妈一家不得不搬走这件事。"是的，我记得。"

"很好，伊里尼。他们阻止不了我们，没有人能阻止我们。"她倾下身亲吻我的嘴。我感觉她的舌头探入我的嘴里，湿湿的，像我刚才吃的苹果派一样甜甜的，又因刚才吃了巧克力奶昔而冰冰凉凉的。我没有动。她的吻与性无关，更像是青蛙捕捉苍蝇一般。我觉得她只是想试试我是否愿意让她吻我。看见她踢了罗伯特·里尔的蛋蛋后，她干什么我应该都不会反抗了。哪怕我无法否认自己怕她怕得要命，她也是我的英雄，而且之后五年都是如此。"你一定要知道，什么也无法将我们分开。不过，这是我们之间的小秘密。"她说完就抛下我走了。我手里拿着奶昔，不知道怎么回家。

罗伯特·里尔从此再没骚扰过我。他父母送他去了医院，医生切除了他的一个睾丸，因为它已经变形发黑了。从此以后，大家都叫他"一蛋"。学校向我了解事情的经过，我承认当时在现场。我还说，我不知道打他的人是谁，我用背包打了她就逃走了。其中一个男孩说她的头发是粉色的，另一个说是蓝色的。我再见到艾丽的时候，她的头发已经变成了黑色。

事情就这样结束了，艾丽侥幸逃脱。当然，杰米玛姑妈是知道真相的。而且，因为她哥哥的混乱家庭，她和马库斯姑父还吵过几次架。姑妈又想搬家了，马库斯姑父不同意。他们要我转学，我不答应。也许我应该对他们感到抱歉，因为我的出现给他们带来了很多麻烦，但我没有。毕竟，他们想把我和我的英雄分开。

我也应该对罗伯特·里尔感到抱歉，但我没有。就算现在，长大以后，我对他也没有一丝同情，哪怕我每个月至少会梦到他一次。实际上，我倒觉得他应该感谢艾丽。因为后来，当艾丽收拾同样讨厌我的玛戈特·沃尔夫时，他不在学校里，还在术后恢复中，不然他可能会变成只有一个蛋蛋的强奸犯。

第 6 章

　　站在窗边，夜晚寒冷的空气让我屏住了呼吸。没有城市混凝土冒出的热气温暖我，北方的天气显得清冷得多。我摸了摸口袋，掏出一包烟，点燃一支。我把烟吸进去，呼出来时往外看，发现那个擦车的矮个儿男人把梅赛德斯丢在一边，车门还开着。我又深深地吸了一口烟，然后在墙上把烟灭掉，让烟雾从窗户飘出去，之后便朝门口走去。我壮起胆子，一把拉开门，同时听着外面的动静。但外面什么也没有。为了加快脚步，我顾不上轻手轻脚，穿过房子，走在红色的地毯上，活像个贵宾。是谁说反讽能活跃气氛？我只感到更加紧张。

　　我走在走廊上，心里很后悔没有在艾丽带我进来时认一下路。途中有两处转弯，看上去是一模一样的。如果走错了，无意中碰到另一个家庭成员，那并不能使我感觉到朦胧的亲情。

　　我选择左转，来到了厨房。运气真好！我重温了一下来时路上的回忆，又看到还是婴儿的自己在地板上爬。"好样的！真是勇敢的姑娘！来，张开双臂……"我听到这样的声音，好像她就在这里似的。至于她是谁，管他呢。

　　走到门厅时，我听到毗邻的房间传来说话声。我确定其中一个就是刚才打电话的人。艾丽不在这里，不能把我带走。我现在可以过去跟他说话。可是我要去拿我的手机。于是我笨拙地跳到门口，直到走出门才敢呼吸。

走近车子时，我听到有人在其中一个车库里走动的声音。我不想被别人看见，于是把手伸进车里，一把拿起包，开始往回走。我在包里翻找了一阵，发现手机根本不在里面。

"你是在找这个吗？"我转身看见那个擦车的肥胖男人对我说。他手里正拿着我的手机。

"是的，没错。"我从他的手里夺过手机。拿过来一看，屏幕正中有一个洞，锯齿形的圆环从中间呈伞形散开。

"肯定是你下车的时候掉出来了。"他说着从那过长的腰带上取下一块脏抹布，开始擦手。然后，我们轻轻握了握手。他的手很自然地指向地面。"我就是在这儿捡的。"他说完把抹布塞回去，将散下来的一部分衬衫整理好。他的衬衫很脏，腹部有一行污渍，那是在汽车边上反复摩擦造成的。

我蹲下来，用手去摸地面，好像侦探寻找线索一样。我看到地上有碎玻璃渣，于是肯定地点了点头，站起身来。我按了几次开关键，手机屏幕闪了几下，就像心脏死亡前的最后跳动。手机坏了，我的怒气油然而生，像一个不讲道理的青少年。"没想到它竟然坏了。"

"可能是你踩坏的吧。"他凑近一看说。

"我觉得不是。"我把我那瘦小的左腿抬起来给他看，好像它的尺寸小就能证明它是清白的，"谁知道呢？随便吧。不管怎么说，还是谢谢你。"我小声说道，但我的语气里丝毫没有感谢的意思。我把包搭在肩上，转过身，正准备离开的时候，听到他在身后喊我。

"伊里尼小姐。"他说。在这里听到我的名字，感觉真奇怪，就好像我真的属于这里，好像我人生的某个阶段真是在这里度过的一样。我转过身，他正在用脚尖踢私家车道上的碎石。"如果你在这儿有什么需要，我很乐意帮忙。你要是想离开，随时告诉我。我会载你去任何你想去的地方。"我点了点头，感激地笑了笑，"不过，你也别和埃莉诺小姐计较，她……"他停了下来，我想，有什么难以说出口的呢？"她不太乐意搭理别人。我知道，在这里容易产生幽闭恐惧。这里的气氛……"他把那些不安分的碎石踢归原位，声音越来越小。"哦，"他咯咯地笑出声来，"你才刚到这儿，就听我啰唆。"

"没关系，"我对他说，"你说的是什么意思呢？"我知道这座房子里藏着秘密，而且，从他充满同情的眼神里，我可以确定其中有一些秘密肯定是关于我的。

"噢，一座大大的老房子而已，"他咯咯地笑着说，但他的样子看起来并不觉得好笑，"夜里还会发出'嘎吱''嘎嘡'的声音。"我回头看了看那20世纪70年代设计的公寓，房顶盖着木镶板，丑陋的双凸窗和科林斯式的柱子支撑起门廊。在今天灰暗的光线下，它显得越发丑陋。我还以为只有夏天的明亮光线才会照出它的丑态呢。我父母以前一定觉得这种大杂烩式的设计很漂亮。"无论如何，你有任何需要的话，告诉我一声就行了。我叫弗兰克。"

"好的，谢谢你，弗兰克。"我说着走开了。走到正门时，我往回看了一眼，他还在看着我，脸上带着深深的同情。对此我很难理解，因为我对他来说应该只是一个陌生人而已。

我回到房间里，把包扔在床边。然后，我躺下来，双腿弯曲，双脚碰到床尾。我平躺着，盯着天花板。天花板是白色的，间杂着一些棕色的斑点和水渍，那一定是多年来慢慢累积而成的。我的目光在房间里游移，寻找能够吸引我注意的东西。我看着那幅褪了色的蝴蝶画像，想起在厨房回忆起的话："好样的！真是勇敢的姑娘！

来，张开手臂……"过了一会儿，我从床上起身，将那幅画取了下来，放画像的地方露出一片柠檬色的油漆。我把它塞进床头柜里，又从里面拿出一个装饰物：一个小男孩坐在蘑菇上，正玩着脚边一只兔子的毛。我打开抽屉，把装饰物放了进去。

我拿起那部旧式旋转电话的听筒，拨了我家的电话，希望安东尼奥能接到。我需要和这座房子以外的人说说话，除了他，我还能打给谁呢？响了三声后，他接起电话。

"嘿，是你啊。"他说。

"嗨，"我很惊讶地回答道，"你怎么知道是我的？"

"嗨，伊里。"他顿了顿说，"来电显示是长途，这还不好猜吗？"

接着是一阵沉默。我知道他还在生我的气，不是因为前一天晚上我们吵了架，而是因为那些没解决的问题。"我平安抵达了，"我只好说点儿轻松的、显而易见的事，"可我的手机摔坏了。"

"你没事我就放心了。"然后他又是很长时间不说话，不过之后我感觉他的身体放松了，连声音也更加温柔动听，"一切都还顺利吧？"

接下来就该我保持沉默了。我突然意识到，我们之间的关系竟变得很脆弱，于是撒了个谎："没事，我很好。"

"那就好。"他说。是啊，一切都好，好极了，十全十美。两个傻瓜相互欺骗，因为谁都不想面对事实。"对不起"三个字明明就在嘴边，感觉是应该说的，可我竟不知道哪里错了，竟不知道从何说起。我于是说："飞行很顺利，她到机场接的我。"

"你姐姐？噢，真的吗？"他问，并不等我回答，"一切都还顺利吧？"他又问了一遍。我深深吸了一口气，才开始回答。

"还好吧，"我停顿了一下，"她把我带回家了。我现在就在其中一间卧室里，电话也是他们的。"有一会儿，他什么也没说，可很快又试图掩盖他的震惊。

"房间是什么样的？住着舒服吗？"

"挺好的。"我慢慢地靠近床边，在枕头上翻转一下。我已经没在听外面的动静了，而是看着树梢在车库后面摇摇晃晃。工人们正在将它们修剪整齐。此时我已经眼泪盈眶，只希望我的声音不要暴露我的真实感受。

他问："葬礼是什么时候？"我听见他点燃了一支烟。我自己也想来一支，于是在口袋里翻找。我拿出一包万宝龙，用牙齿咬着抽出一根。

"我不知道。"我一边说一边从床上起来点烟。点燃以后，我拿起电话座，移到窗边。我从床头柜后面把没有弹性的电话线拉出来，顺带扯出了一些灰尘和毛球。"我想很快了吧。"

我靠在窗户上往外看，正好看到了我的爸爸，顿时全身浮起一层鸡皮疙瘩。他手里拿着一个高脚杯，里面装着棕色的液体，我看得直流口水。他看着那些修剪树枝的工人，随意点了一根烟。这时，一辆车停了下来，从车里走出一个身材矮小、中等胖瘦的男人。他的脸蛋通红透亮，头发染成了闪亮的橙色。我爸爸走上前去和他打招呼，他们握了手。那个男人从车里拿出一个公文包。他们朝房子走来时，我爸爸抬头看到了我。这一次，没有阴影的歪曲，我看得清清楚楚。

我退回房间里。我还不敢去想他在我心里是个什么样的人。我曾经无数次幻想他，他在我对家庭的幻想中扮演了一个角色。在我的幻想里，他总是很强壮，肩膀很宽阔；而我总是小小的，需要他的帮助。我们是一对羡煞旁人的父女。每次擦破膝盖，杰米玛姑妈为我包扎时，我都会想象是他在照顾我，他用那双大手捧起我的脸颊，告诉我一切都会好的。我从梦中惊醒时，他也会这样。可现在，他就在我的面前，他的身形比我想象中要小。我把窗户关上，让自己变成玻璃后的一个影子。我们是两个陌生人，但他一定知道那就是我，就像我知道那就是他一样。那是我们体内基因的召唤。

虽然有些犹豫，但我还是慢慢移向窗前。我往下看去，最后一缕日光从窗户照进来，我便暴露了自己。虽然他的样子我并不熟悉，但是，他看起来就像挂在门厅墙上的画里面的人。我看到他和画中人物一样有着瓦灰色的眼睛，一点儿都不像艾丽那双淡黄色的眼睛。他那又长又方的鼻子像一把锋利的切肉刀，在他脸上投下一道阴影。

"伊里，你还在听吗？"电话那头传来说话声。我又看了一会儿，直到那两个男人走进房子里。"伊里，能听到我说话吗？"

我走回去，像个婴儿一样蜷缩在床上，听安东尼奥说话。和爸爸团聚并不使我快乐。一开始，我以为他看到我会很高兴，可是听到电话里的谈话后，我才发现，他并不会想念我，并不会在夜里呼喊我的名字。我第一次开始质疑，我想在这里找到的东西真的存在吗？不过，至少现在，他不能假装我不存在。也许从前我只是他的一个遥远的回忆，而现在我上升为一个错误决定的提醒物。也许他觉得我就像抽痛的溃疡一样讨厌。总好过当我不存在。

"伊里，你还在吗？"安东尼奥的声音带着绝望。

"在，"我小声说道，"我还在。刚才我……"我的声音在颤抖，不知道该说什么，也不确定自己刚才怎么了。我深深地吸了一口气，然后非常小声地说："是他。"

"谁？你爸爸吗？"

"是的。"我一边摆弄着电话线一边说。我环顾房间，想找到什么东西，能证明我属于这里。可是，我什么也没找到。安东尼奥在电话里陪着我，可我还是觉得孤独。我感觉眼泪迅速流过脸颊。"我得挂了，以免他们接起电话。我之后再打给你。"

尽管安东尼奥还在说话，我还是把电话挂了。我站起来，抓起包，冲到门口。我甚至打开了门，好像真的要走一样。只要我逼自己走出门，就可以到楼下，让弗兰克载我离开。但我做不到，因为我不知道自己要去哪里。回到安东尼奥身边吗？回家？如果我那样做了，那我一开始为什么要来呢？我得弄清楚这里为什么就不是我的家了。我得知道，这么多年来，父母为什么要和我分开。于是，我把包扔到床上，又吃了一片安定。

运用化学的方法使自己镇静下来后，我大胆地走下楼，来到厨房。我受不了这种躲躲藏藏的感觉，好像我来到这里就应该感到羞愧似的。我来这里是有目的的，我一定要达到目的。于是，我慢慢地朝门厅走去，跟随着我仅存的残破的自信心的声音。如果能和他谈一谈，一定就轻松多了。我近到能够听见他们在咕噜咕噜地说话，但听不清他们说的是什么。然后我走进黑暗的走廊里，看到了那两个男人，其中一个是我的爸爸。我藏在门口的隐蔽处，看了他一会儿。

"就写一遍，写在那儿。"我爸爸正靠在一张桌前，只有一盏旧黄铜台灯发出的一束昏暗的光照着他。他正在别人的指导下写着什么东西。

"这张也要写吗？"他问。

"是的，我要留一份副本，"另一个男人说，"最好那样，以免她大吵大闹。"

我爸爸赞同地点了点头，但又悄悄地说："小声点儿，她就在楼上。我不想让她听见。"他整理好纸稿，转过身说，"谢谢你。这就完了。"

我试着再靠近一点儿。当我正打算向前移的时候，一个穿着白色围裙的老妇人端着托盘从她的办公室里出来。刚开始，她没有看见我。当她抬起头时，视线正好抓到我准备藏到老爷钟后面去。她退了回去，关上办公室的门，把我关在外面。我的自信瞬间坍塌了，像一朵枯萎的花一样虚弱无力。我退回到厨房里，把门关上。这里还有什么是留给我的吗？

　　我在橱柜里翻来翻去，在一袋凝固的面粉后找到一瓶陈年的雪利酒。我听到门厅里传来脚步声，于是匆忙回到卧室，蜷缩在床上，盖上布满灰尘的被单。我的左腿吊在床边，之前爬了楼梯，又一路跑过来，它现在很痛。过了一会儿，我觉得很冷，于是从包里拿出一件针织套衫，套在身上。我一动不动，了无生气，就像这屋里的画像和装饰品一样，那么容易被忘却。这间屋子和我被困在了过去，就像一本合上的书、一个密封的箱子。只有我还在寻找那些似乎并不存在的人。

　　快要睡着的时候，我听到了车的声音，于是坐起来往窗外看。我看到四个男人。他们都很强壮，都穿着黑色的西装。我立马就知道他们是谁和来这里干什么了。我看到他们打开车的尾箱，抬出一口黑色的棺材。他们把棺材放得很低，从前门走了进来。

第 7 章

第二天早上，我醒来时，感觉头比铅还重，内心无比后悔。过去那些年，我错误地以为回到家就会有归属感，原来那只是一个孩童的胡思乱想而已。这里找不到平静，我的痛苦也得不到缓解。我还是伊里尼。

我感觉饿得慌，好几个小时没吃过东西了，肚子在咕咕地叫。我伸手去床边拿手机，才想起它已经坏了。我看了看座机，考虑用它给安东尼奥打电话。可我还是放弃了，尽管我记得对他说过会再打给他。

光从窗户溜进来，我看见了之前挂蝴蝶画的地方留下的那一小块柠檬色。我坐起身，将双脚伸出被单外。今天天气很好，万里无云，阳光灿烂。我能看见远处的群山，和近处一个带教堂的村庄。附近的小山上零星分布着几座引人瞩目的房屋，景色非常美丽。我伸手从包里拿出安定，又把它原封不动地放了回去。

我告诉自己，今天又是新的一天。

我在包里的某个小口袋里找到一个小相框。那是安东尼奥几年前买的。他把我们俩的照片装了进去，平时就把它放在床头柜上。他一定是趁我不注意时放进我包里的。我想就让它留在小口袋里吧，可是，在这个什么都未知的地方，看到安东尼奥的脸未尝不是一种安慰。至少，这段我们一起在意大利游玩的回忆能够提醒我——我是能组建一个家的，不管它可能多么脆弱。照这张照片的时候，我们甚至很幸福。于是我把相框拿出来，放在旁边。

我迅速穿过楼梯的过渡平台，用滚烫的水洗了脸。浴室被刷成带点儿婴儿蓝的暖色调。如今它已疲惫不堪，涂漆大块地往下掉，就像起了湿疹一样。我漱了口，再将手打湿，用手梳了梳头发。然后，我紧紧地抓住水槽的边沿，因为我的双腿已经没有力气了。我将一只手掌贴在镜子上，看着镜中的自己，这才发现，原来我一点儿都不像爸爸。

我伸手关掉水龙头。水流声停止后，我听到门那边的地板上传来嘎吱声。我向下看，从门缝里看到一个影子在移动。可能是昨天那个老妇人，也可能是艾丽。我过去把门锁上，刚好听到外面传来扭动门把手的声音。门咯咯地响，我往后退开。

"伊里尼，你在里面吗？"是艾丽。她又扭了扭门把手，还在撞门。我看到门稍微移动了一下，听到一点点木头裂开的声音。于是，我把门推回去，希望她停下来。她这是要干什么啊？

"在里面，我刚洗完澡。"我说。她松开门把手，我往后退。她为什么要进来呢？

她再次扭动门把手时，我又跳了回去。见门不为所动，她说："吃早饭了，快点儿。"她听起来很生气。

我坐在马桶上，看着她双脚的影子。确定她走了以后，我又安静地待了五分钟，之后才离开浴室。这种感觉像是回到了十三岁，我躲在学校的厕所里，祈祷罗伯特·里尔没在等我。只是这一次，我躲的是艾丽。她曾是我的英雄，可是，从那以后，很多事情都改变了。从她救我那天起，发生了太多事情。

我穿过过道，回到卧室，其间，我瞄了一眼楼梯，想看看她是否在等我。离开卧室前，我最后看了一眼我和安东尼奥的照片。我们坐在罗马许愿池前。那次去罗马旅行，他是用我的钱买的单。一开始允许他用我的银行账户似乎合情合理，因为那时他挣得不多，我又极度渴望他留下。不过，我们在一起时，我以他的名义给自己买了很多漂亮的意式披肩，虽然我从来不披。然后就是一起出国旅游，一起出去吃饭。刚开始我并不介意，但后来，他也开始给他自己买礼物了。为了挪出钱来还账单，我不得不开了一个秘密账户。我意识到，他之所以爱我，有一部分是因为我的钱。我的钱变少了，他的爱也就少了。

但我把这种愤怒抛在了一边，因为我确定，有人动了我的相框。我看了看地板上的包，之前它是放在床尾的。是因为昨天吃了安定神智错乱了吗？还是，艾丽来过这里，动了我的东西？

这一次，我走进厨房时，什么也没有想起来，反倒是在水槽边碰到一个娇小的女人。她脸上布满皱纹，看样子已经到了退休年龄。她穿着一条灰色的吊带裙，外面系着白色的围裙。是雇来的人，昨晚那个女人。我走近的时候，她要么是没听到，要么就是故意不理会。我穿过屋子时，她用眼角的余光瞟到了我。于是她转过身，笑了笑。笑的时候她的脸一半上扬，一半一动不动。

"早上好。"我和她打招呼。她样子很和善，就像一位慈祥的祖母。她没有化妆，那一头短发也不曾烫染，只有两个发夹适当地将头发束在耳后。她可能中过风。她的左手臂看起来比右手臂虚弱，垂在腿边毫无目的地摆来摆去。对于这种痛苦，我深有体会，于是我毫不掩饰我的瘸腿，向前走去。昨晚，床太小了，我睡在床上动也不能动，所以我的腿比平常更糟糕。

"早上好，"她说话含糊不清，好像再好的语言治疗师也治不好她了，"伊里尼，你饿了吗？"她朝我走过来，握住我的手上下打量。我发现她还特别注意到我那偏移的臀部。"在如此糟糕的环境下见到你，真是太意外了。你一定非常困惑吧。"她没等我回答，自己先尴尬起来，也许是因为昨天将我关在了门外。"你要是找埃莉诺小姐，出门直走，右边的第三个门就是了。"她指着门厅说。然后，她看向别处，好像突然害羞了似的。"他们在那儿吃早餐。"

我点了点头，老妇人又像刚才那样笑了笑。我眼睛盯着地面，经过长长的门厅和一道楼梯，沿着走廊直走。我经过了一组房间，却不敢往任何一间里面看，害怕看到吓人的东西。因为我不确定哪一间是住人的，哪一间是放死人的，这才是我最害怕的。我走到右边第三间屋外时，门开了。

我爸爸一见到我就愣在原地，他的一半身体在门外，一半身体在门内。我退到身后的墙边。他左看看，右看看，想找一条出路。由于忘记了呼吸，他的脸憋得通红。那种窒息的感觉我再清楚不过。我心想，就帮帮他吧，于是站到一边，这样他就不用看我了。我等着他匆忙离开，也许为了掩饰心中的不安，他还会整理一下领带。可是，他并不领我的情。他上下打量了我一番，尴尬地看了一眼又一眼。他看着我的一边膝盖，然后目光迅速移开，看向地板。他看着我的手指，然后又看向地板。假如他发挥一下想象，可能还会以为我的臀部伤痕累累，还会想到某些我们不曾共同拥有的回忆。我的心跳得很快，可我的肚子已经饿得不行了。我沿着植绒墙纸滑动，手掌在上面摩擦，感觉就像在摸猫的皮毛。他又抬起头，看了看我的胸，再看看我的下巴，接着快速扫了一眼我的脸。他正要开口说话，那个老妇人就从厨房出来，推着1970年产的手推车从我们中间走过。手推车的腿是金色的，顶上放着一个白色的塑料托盘。最后，他一个字也没说。

她的出现打破了我们之间的紧张气氛，或是联结，又或者其他，总之就是打破了某种让我们停留着不动的东西。他用一只手托住埋下的头，匆匆跑开了。老妇人领着我去餐厅，她推着推车绕着我转了一圈，就像农民领着一只迷途的羔羊。我转过头，看着爸爸踉踉跄跄地走在过道里。我多希望他能转过身，可是他就那样消失在拐角处。于是我便乖乖地让她推着走进餐厅。

艾丽坐在一张椭圆形的大桌子前，看着窗外的景象。我抓着衣服边儿坐了下来，一看到她，我的手心就冒汗。餐厅前是一个草坪，形状漂亮，色彩均匀，应该是人工打造的。有一瞬间，我觉得自己能够闻到青草香，能感觉到潮湿的泥土沾在我的膝盖上，而我正用那强壮的手臂支撑着身体往前爬。这又是一段回忆吗？身后的关门声打破了我的回忆。我抬头一看，艾丽正盯着我，她皱起眉头，眼珠一动不动。我仿佛感觉到她那粗糙的手指伸进我的脑中，在我的思想里翻搅。

"你的出现让他很不安。"她说。好像他的出现没有让我不安似的。我不知道她是在替他找借口，还是在安慰我，或者只是说明事实。总之，任何一种都有可能。还有第四层原因：她只是想伤害我。但我不愿相信这一点，因为我不愿相信我们已经到了这种地步，不愿相信她会把她的快乐建立在我的痛苦之上。

"我出现在这里也会让我自己不安，"我勇敢地回应她，"所以我才想去住宾馆。"

那个老妇人将一盘烤面包和炒鸡蛋放在我面前，然后放了一杯果汁。我在木椅子上挪来挪去，想找个舒服点儿的姿势。鸡蛋看上去是冷的，可那老妇人看着我时的笑容很温暖，所以我也想让她高兴点儿。于是我吃了一大口，努力表现出喜欢的样子。"好吃。"我一边吃一边说。她将一只手放在我的肩膀上，又笑了。

"不见得。"艾丽一边用刀尖戳着桌面一边说，"自从在鬼门关走了一遭之后，她的手就一直不稳，经常放太多盐。"那发光的刀片让我想起了我十八岁的时候，那时我别无选择，只能将艾丽从我的生活中切割出去。记忆仿佛就在昨天，她的声音犹在耳畔。

"我他妈保证，会拿它捅你。如果你再靠近他，我他妈的会杀了你。"

我毫无征兆地抬起手，碰了碰喉咙。她的脸上闪过一丝恶意的笑容。我知道她也在想那件事。我就是知道。我能够感觉到，好像我们是一体的，连思想都一模一样。

她把刀戳进木头里，视线不曾离开厨师的脸片刻。我很震惊，急切地想缓和气氛，于是笑着吞下那口咸鸡蛋，然后碰了碰老妇人的胳膊，想让她别在意艾丽的话。然而，我察觉艾丽的话还是伤到了她。"怎么？"艾丽满不在乎地往下说，"难道你觉得你还和以前一样吗？他本该辞了你，就像医生本不该治疗你一样。他们以为他们是救世主啊。"我喝了一口果汁，想把鸡蛋吞下去，艾丽看着我说："当然，我猜你不这么认为。你也是医生。你以为你能拯救世界，是我们这些人的救星。"

老妇人不声不响地走开，推着手推车往厨房走去。"真好吃。"我又小声说了一遍。她关上门后，我说："那样很没礼貌。"我希望老妇人在门外能听到。

"你以前喜欢我那样，"艾丽一边说一边拿起一片面包，在上面依次涂上黄油和果酱，"这可是你说的，你说喜欢我出口伤人的本领。不可否认，我那样做能伤害到我们的父母。"

"他们不是我的父母。"我勉强地说，又咬了一点儿咸鸡蛋。

"不是才怪。我可记得你从那个死去的女人身体里滑出来的那一天呢，就在隔壁房间。"我咳了一声，叉子从手中掉落，鸡蛋撒在干净的白色餐布上。她嘲讽般地笑了一声，如此不合时宜，就像在葬礼上笑出声来一样。我童年的愿望在脑中回响：要让她需要我，要让她需要我。

"那么，"她熟练地将刀叉放在盘子里，继续说，"我们要商量几件事。她已经到了，昨晚到的，那时你在楼上喝雪利酒、吃安定。她在客厅，稍后你得去看看她。葬礼预计两天后举行。"我把餐巾放回桌上，放在吃燕麦片的勺子旁。"你还需要一些衣服，因为你带的那些都不行。不用惊讶，也别生气，没用的。怎么？我是看过你的包，有什么大不了的。我们是姐妹啊。"

"为什么？"我问她，却没指望她回答。

"我本来是上去找你的。我现在不怎么找你了，对吧？尤其是在你不接我的电话之后。"她一字一句地说出这些话。如此一说，是谁的错，导致我们失去联系，也就毋庸置疑了。她想占据上风，想扮演受害者的角色。"我六年没有你的消息了。直到现在，杰米玛姑妈才肯告诉我你的电话号码，好避免亲自和你谈。"她说着又从桌上抓起一片面包，用刀蘸着黄油往上抹。一提到杰米玛姑妈我就无话可说了。我就知道一定是她告诉了艾丽我的电话号码，我应该生气的。几天前，我也确实很生气。可是，在这个地方，要发泄怒气实属不易。

我去上大学以后，姑妈和姑父想要不时地来看看我。可是，我和艾丽玩的猫捉老鼠游戏——不停地搬家、换电话号码，让他们很难做到这点。他们每次来找我的时候，都会发现我搬家了，而且没有留下新地址。久而久之，我们也就失去了联系。我曾试着和他们联络，就在认识安东尼奥前不久。但已经不一样了。作为大人的我，已经不像小时候那样容易适应了。

"我只能让你措手不及，"艾丽说，"一大早用陌生号码打给你。除了得到了父母的关爱以外，我不知道我做过什么，让你这么讨厌我。"

我觉得很难堪，两颊绯红。"他们不是我的爸爸妈妈，"我说，"是你的，只是你的。还要我说多少遍？"

"伊里尼，我能看穿你的谎言。不过没关系，随你怎么说。"她说着把那没有吃的三角面包扔到盘子里。她突然高兴起来，还搓着双手，好像想到了什么好计划。

"那好吧，我之前也说了，'我的'妈妈昨天晚上回来了。我们很快就要去看她。然后再给你买些衣服。"她扫了一眼我那宽松的黑色外套，摇了摇头，好像想到了什么无法容忍的事，"别担心，'我的'爸爸有的是钱，我来给你买。"说到这儿，她停了下来，好像在心里列举，还掰着手指数，计算着让伊里尼为葬礼做好准备需要做的事。"再然后我们就去健身房。你比我上次见你时胖多了，需要锻炼锻炼，可别给我们丢人。"

我又吃了一口鸡蛋。她走到我身边，一脸失望地将我的盘子移开，说："我很快就回来接你。"

她说完走了出去，留我一个人在那里。我没有出路。我在分崩离析，在被逐渐瓦解。这个地方不但不会给我答案，反而可以摧毁我。我伸手量了量腰带处，心里想着，这能叫胖吗？也许吧，如果你毫无同情心的话。

我站起来，走到飘窗边，向草坪望去。在庭院的那一头，格子状的树篱被修剪得整整齐齐，草地和树木排列有序，准备好迎接来参加葬礼的人。我的目光飘向一个白色的十字架，那条狗就埋在那里，就是被艾丽杀死的那一条。

事情发生在我九岁那年，在我和艾丽那次失败的团聚之后。事情发生后不久，我听到杰米玛姑妈在电话里描述艾丽是怎么把那条狗踩死的，还说血从她的大腿上一直流到了膝盖。当时，我们的爸爸妈妈发现她在花园里，正试图用黄油刀解剖它。第二天，他们在埋葬它的地方举行了葬礼，放了些花，还搭了那个十字架。我听杰米玛姑妈向他们建议说，以这种方式告别，也许能让艾丽学会怜悯。

　　这时，我又看到了我的爸爸，他正要穿过草坪。他手里拿着一杯棕色的液体，正陶醉地喝着，也许是白兰地。见我在看他，他也看了我一会儿，然后摇着头将目光移开了。虽然他现在都不怎么看我一眼，但是他昨天还是想见我的。我进门的时候，他不是碰巧站在那儿，他是想坐下来谈一谈的。是艾丽阻止了他，她推着我往前走，把他的一切希望扑灭。今天，他说不出话来时，也是因为她就在隔壁。他有可能像我一样怕她吗？我们有共同的秘密吗？还是他藏起来的秘密更多？

　　此刻，我理解了爸爸离开餐厅时的表情。那不是害怕，也不是对自己女儿的厌恶。我头一次从爸爸身上看到我熟知的东西，除了喜欢在不适当的时候饮烈酒以外，我们还共同拥有的东西。对此艾丽一无所知，这让她显得出人意料的弱势。我从我爸爸身上看到的是羞愧，不是为我感到羞愧，而是为他自己。

第8章

我很庆幸我们在离开那座房子之前没有去看那具安静地躺在客厅里的尸体，因为我们没有时间了。艾丽一边叫我，一边把我往外推。她走在我后面，絮絮叨叨地说着一天的计划。她把这天叫作"姐妹日"，好像我们是一对十二岁的姐妹花，正在学习涂口红，用泰迪熊练习接吻。我们要去爱丁堡。去逛街，去健身房甩掉我这一身的肥肉，这样才不会丢人，还要相互倾吐彼此的秘密。她兴奋过了头，这种兴奋程度和以前的愤怒程度相比有过之而无不及。我也笑啊，笑啊，但大多时候都是刻意的，因为我要努力让这一切变得可以忍受。可是，有时候，我也会发自内心地笑出来。这也是艾丽的一个优点，她很机敏。

她第一次找到我的时候，吸引我靠近的正是她的机敏。习惯了被当成欺负的对象，突然站到强势的一队里，看着她对付他们，拳脚未至，骂声先行，简直就像溺水后的第一口呼吸。我十三岁那年，她闯入我生命的那一刻，受尽欺负的我感觉自己成为什么东西的一部分，感觉与什么东西联合在一起了。躲在她的身后，我感觉很安全。如此一来，要放下四年前我们的父母想让我们团聚时发生的那件事，就容易得多了。

艾丽带我逛了五家店，寻找适合我穿的衣服。她一件一件地让我试穿，在挂衣架旁不厌其烦地指手画脚，评头论足。在第五家店里，我们都看上了一套衣服：一条闪闪的棕色牛仔裤和一件上面印有"FEEL"字样的浅褐色外套。她说如果我不按她说的那样日常都穿休闲装，她就不会给我买任何符合我"医生品位"的东西。在买健身服的时候，她就宽容一些了。她允许我买一套黑色的健身服，裤子是紧身的，上衣还露脐。不过她不让我试穿。我唯一的坚持就是买一双锐跑鞋。我去健身房换衣服时——我独自在一个小隔间里——才发现新买的健身服太紧。从紧身裤里露出来的那一小圈柔软的皮肉，被紧紧地勒着，像腹股沟疝一样凸出裤腰外。

我走出去，摊开手掌说："我穿不了这个。"我抬起头，看到她全身赤裸。她用一只脚保持着平衡；髋骨凸出来，尖尖的，就像爸爸那切肉刀一样的鼻子；光滑的皮肤恰到好处地包裹着凹凸分明的骨骼。她发现我正看着她。她看上去就像一幅精心描绘的解剖图。她瞥了一眼她的臀部，接着又看了看我的。我把视线移开了，眼睛看着墙上的寻狗启事和瑜伽课广告。

"哈，这下好了吧，"她指着我说，"我都说过你长胖了。"

"我会把我的T恤套在上面的。"我一气之下伸手去拿T恤。可她张开手臂，拦住了我。她从我手中抢过T恤，那完美的乳房和手臂四处晃动，左胸还差点儿碰到我的脸上。她的身体一丝不挂，像一个婴儿。刺啦一声，她把T恤撕成了两片。

"现在你不得不穿那套健身服了，"她既感到满意，又气得脸红，把T恤的碎片扔在地上，还上去踩了一脚，好像它着火了似的，"不是它太紧，而是你太胖了。"她说完抓起自己的包，拿出她的健身服，再换上一条紧身短裤。她被我气得浑身发抖，一把将包塞进储物柜里，然后狠狠地摔上储物柜的门，好像把门都摔松了。如果我穿着这搞笑的衣服去锻炼我那有缺陷的臀部，人们看到了会怎么笑话我呢？一想到此，我也气不打一处来。但我不想惹事，于是选择了沉默。旁边的人已经注意到我们。如果这能被理解成"快乐姐妹日"里的一次无关紧要的插曲，那就好多了。"藏在宽松的衣服下面，都让你忘了自己变胖了，"她捏了捏我肚子上的肉说，"我才不会帮着你欺骗自己呢。"

还有几个人在看着我们。她匆忙穿上一件又短又紧的抹胸，然后穿好袜子、鞋，再照照镜子。她抓着我的手，大摇大摆地走出去。其中一个女人看上去很同情我，我只能一笑置之。但她拿起包从我们身边走开时，似乎并不相信我装出来的洒脱。"我就不明白，你那样子是怎么当上医生的。"艾丽说得很大声，好像想要让所有人都听到，让所有人都觉得我那不完美的肚子会影响我的智力。

她坚持说要在锻炼前喝点儿水，因为脱水的后果很严重。然后，我们绕着健身房走了一圈。她指给我看她喜欢的几个男人，和她不喜欢的几个女人。她还说，其中一个女的染上了衣原体，因为她和她男朋友上过床，而那个男朋友承认自己有衣原体。

在镜子前舒展了身体以后——因为身体有缺陷，我无法完成伸展动作——我们便在交叉训练器上开始了锻炼。我还挺开心的，心里想着，嗯，姐妹日。我想试着问问她以前的事，问她知不知道为什么要把我送走。我以前也试着问过很多次，最后一次是我十六岁的时候。有一天晚上，我们在外面，两人都喝得有点儿醉了。当我终于鼓起勇气问她他们为什么不要我的时候，她掐着我的喉咙，将我推到轮式垃圾箱上，把附近饮酒狂欢的人都吓坏了。"我们的妈是个妓女，"她对我说，"你不需要他们。他们说什么你都别听。"然后，她就抱着我哭，像一个过度发育的婴儿。我们坐在路缘石上，她把我摇来摇去。我觉得难堪至极，再没敢问过她。可是，那是好几年前的事了，而且她现在好像心情不错。我决定等到锻炼完再问她。

我们在彼此旁边踩着踏板，她总是用一只眼睛挑剔地看我，因为我太慢了。虽然她已经三十七岁了，身体却像青少年一样，可算让我大开眼界了。看到她这样，我也挺直了背，不去在意自己是跛脚。我甚至将左肩抬到了胸线以上。

我们锻炼的时候，有几个男人在健身房里溜达。他们在艾丽的交叉训练器旁边闲逛，不同程度地注视着她。他们上看看，下看看，想象着她脱掉身上那点儿衣服的样子。她像个女学生一样，咯咯地笑出声来。他们对着她的胸说话，为了配合他们，她把身体偏过去，就像小猫等着被爱抚一样。其中一个人把一只手放在她的屁股上，她就往他的手里坐。然后，她一脸遗憾地看着我，好像我应该嫉妒她似的。我努力集中注意力，但昨晚的安定和酒精还残留在我的体内，而且我到现在还没有像往常一样喝上一杯咖啡。因此，我涨红了脸，汗珠从脸上滑过，咸咸的液体舔舐着我的嘴唇。

那个抓她屁股的人走开后，一个穿着T恤的男人又走了过来。他的T恤上印着"万岁！"。艾丽并不理会他。"气色不错嘛，还这么卖力。"他说。至少，这个人开口说话了。他迅速绕着训练器走了一圈，目光上下移动。和他在一起的另一个男人向我看过来。他比第一个人稍微矮一些，眼神很温柔，睫毛很长；他嘿着嘴，嘴唇很湿润；他不像他朋友一样好看，但样子很亲切。我屈膝下去，又将身体推起来，左肩一直抬着。我的速度越来越快，臀部却开始抗议，大腿一阵刺痛。

"我一直都是。"艾丽动作丝毫不停地说，"格雷格，你有日子没来了。你去哪儿了？"

"你发现了？""万岁"先生说。他伸出舌头舔了舔嘴，然后又把舌头缩进去。真恶心。艾丽笑着将她的胸部往前推得更远。他把他的毛巾递给她，她没要。然后她停下来，拿起自己的毛巾擦了擦脸，又擦了擦那隆起的胸部。他看着她，双脚转移了一下重心，在我看来，他好像有些吃力。这些都足以分散我的注意，于是我也抓起自己的毛巾。

"算不上，"她说，"过了很久才想起你。从那时到现在，在我脑海里的人有多少呢？"她一边想一边向上转动眼珠，同时还举起手开始数。我确定，那些男人都不是她凭空捏造的。我听到某个地方传来脚步叩击地面的声音，好像是在上健美操课。同时，几个扬声器里交叉传出一个热情充沛的声音。"足够忘记你了吧。"快数到十的时候，艾丽停下来说。接着，她轻轻弹了一下他的鼻尖，屁股向后伸，整个人斜向上，好像正等着他骑在她身上似的。

"只是在你的脑海里吗？"他说着用一只手在她那光滑、潮湿的大腿上滑动。我从机器上下来，拼命地将我们的距离拉开一些。格雷格轻轻地将身体移至一旁，目光片刻不离艾丽。"马特，你觉得他们在哪儿？在她的脑海里，还是在其他地方？"说着说着，他的手就看不见了。同时，艾丽发出一声尖叫，好像快到高潮了一样——哪怕还在这健身房中央。艾丽背后有一个大约到了退休年龄的女人，她所处的位置正好能将这一切看得清清楚楚。她发出表示厌恶的声音，那声音里一半是哼哼，一半是尖叫。她用手捂着嘴，好像就快吐了似的。之后，她从自己的机器上下来，去了健身房另一边的跑步机上。

"不知道。"那个叫马特的人不感兴趣地说道。他一点儿都不关注艾丽，这倒让我印象深刻。他那从容的苏格兰口音让我很安心。我第一次见安东尼奥时，他也是这样，只注意到了我，对其他人一概不理。但他们也有不同之处。从一开始我就知道安东尼奥想要我的身体。他表现得很明显，就像格雷格对待艾丽那样。可马特并没有那样做。他不像安东尼奥那样让人觉得危险。"也许他们是去疯人院见的她。"他很小声地说，只有我能听到。我情不自禁地笑出声来。我真是个大叛徒，几分钟前我还在想"姐妹之情"，还在想我们是联结在一起的，可现在，我竟然取笑她。

"你的朋友是什么人？"格雷格问艾丽，"之前没见过她呢。"

"她不是我的朋友。"艾丽笑着说。她笑得很开心，仿佛刚讲了一个全世界最好笑的笑话。他也跟着笑，虽然不太明白，但仍然做出一副自鸣得意的样子，看起来就像那种会为了给自己口交而取下几根肋骨的人。他就是这么自恋的人。"她是我的妹妹。"

我看得出来，格雷格在想"这怎么可能？"。艾丽得意地笑着凑近他。我一只手放在胸前，让肩膀放松下来。

"很高兴见到你。"马特伸出手对我说。看样子他因为说了那句关于疯人院的话而觉得尴尬。于是我用满是汗水的手同他握了握手，并回以一个得体的微笑。

"我也很高兴见到你。"我说。这时，我发现艾丽和格雷格已经快走到门口了。所幸，锻炼之后，我的脸很红，这刚好掩盖了我的尴尬。艾丽在健身房的行为很放荡，我也不知道自己为什么会在意。

"我觉得我们被放鸽子了。"马特说。

"你的情况比我好一点儿，我还得等她回来呢。"他也笑了，但我觉得他不像是那种会轻视我的人。他看上去就像电影里的老好人，简单帅气，发型浮夸，一缕头发贴在湿润的额前。"有什么好笑的？"我问他。

"你要等很久喽。上一次他们一起离开时，我过了几天才见着他。"

"好极了。"我耸了耸肩，将毛巾甩下来，然后咕嘟咕嘟地喝了一大口依云矿泉水，"那我接下来该怎么办？"

"如果你想回家，我可以送你，"他说，"不管去哪儿都可以。我的车就在外面。等我一下，我去拿东西。"他没等我回答就冲了出去，不过就算他给足我时间，我也不会拒绝。我去换了衣服，拿上我的包。

过了一会儿，他从更衣室跑回来，头发是湿的，脸也泛着红。我们一言不发地走向他的车。我跟在他后面，离了一两步远，看着他。他看上去很放松。走到车后面，他打开后备箱，让我把新买的健身袋放进去。

他的手向左摊摊，又向右摊摊，说："你看，没有绳子，没有手铐，也没有装三氯甲烷的瓶子。你是绝对安全的。"我笑了。然后，我坐到乘客座位上，系好了安全带。

第 9 章

"你要我带你去哪儿呢？"他上车时问道。鬼知道我应该让他载我去哪里，好像我有很多选择似的。

"你有艾丽的电话吗？我打给她试试。"这当然是最好的办法。我不确定我是否能在迷宫般的乡村道路间找到回我爸爸家的路。说起来真遗憾，我本可以借此机会和爸爸说话。

"对啊，我有，"他憋出一个微笑说，"可你真的想给她打电话吗？"他心照不宣地看了我一眼，好像我太傻了，不知道艾丽正在干什么。

"问得好。我稍后打给她好了。"我说。同时，我还在心里记下，等会儿也要给安东尼奥打电话。"要不我们去喝咖啡，一起等他们？"总比在健身房徘徊的好。除此之外，我还能做什么呢？如果是艾丽会怎么做呢？肯定不会傻等着。

"好主意。"他发动引擎将我们载离。

我们离开爱丁堡，行驶在弯弯曲曲的小道上。乡村一望无垠，没有界限，没有约束，偶有一些墙壁和突出地面的岩石将它分割开。那些岩石跟我爸爸房子附近的岩石一样。阳光透过车窗照进来，一道道金色的光芒断断续续地晃着我的眼睛，好像某种刑具。最后，他在一家乡村酒馆门前停下了。那是一幢古老的建筑，被重新粉刷成了骨头灰色，上面装饰着精心修剪成球形的灌木。酒馆外面挂着一条标语：狗东西，美食酒馆。好像他们怕有人不知道他们是谁，特意广而告之似的。

"这家行吗？"他一边抽出钥匙一边问。

"好。"听我这么说，他高兴地点了点头。

我们走了进去。锻炼过后，我的臀部不给力，走路不太稳。啤酒和葡萄酒的味道从我身边飘过，中间还混杂着薰衣草味——木材磨光剂的味道。立体声音响里播放着原声乐器演奏的一首流行摇滚乐：一个女声唱的《迷失信仰》(Losing My Religion)。接着，有人唱了U2乐队的《唯一》(One)，可惜唱得并不好听。马特去点喝的，我就去占了一张桌子，顺便伸展一下左腿。过了一会儿，他拿着两大杯麦秆色的酒回来，拉开椅子坐下。我们还没来得及说上一句话，我的酒就喝掉了一半。

"这才尽兴。"我尽量轻声地说，好像眼下的情形再寻常不过了。我不是一个喜欢闲聊的人，即便在最好的情况下和陌生人一起待在这儿，也会觉得不自在。更何况是今天，"姐妹日"，感觉就更糟糕了。我以为这一天会有什么不同呢，以为我可以和艾丽一起聊些有意义的东西。我还以为到最后她也许会告诉我真相。真令人失望。

马特看了看我的杯子和杯中剩下的酒。过了一会儿，他拿起自己的酒杯，努力地喝了一大口，想赶上我。"那么，给我说说，我怎么不知道艾丽还有个妹妹呢？"他厚着脸皮笑了笑说。他自信地以为这是两个陌生人之间的安全话题。我在想是告诉他实话还是撒谎，可是我突然意识到，如果我说了和事实有出入的话，艾丽之后一定会朝我大喊，我就会显得很蠢。

"因为她本来就没有，算不上有。"他揉了揉眼睛，一头雾水，眉间皱起一道深痕。之后，他什么也没说，等着我解释。他知道了，这个话题其实并不安全。"我们不是一起长大的。"

听我这么说，他松了一口气，不住地点头，一副无所不知的样子。"父母离婚对孩子来说挺难的。我的父母也离婚了。我周末和爸爸在一起，每年有一次假期能和他一起度过。"他一边说一边摇头，仿佛那些关于"兼职父母"的回忆糟糕透了。

他如此费心地与我产生共情，和我分享他过去的艰难时刻，我差一点儿就同情他了。只可惜他遇到的那些事太过平常。但我知道他没有说出全部的故事，人们总喜欢保留点儿什么。他稍微倾身向前，洗发水的味道从桌对面飘过来，那种味道很熟悉。是白麝香，我青少年时的味道，艾丽曾经偷来白麝香香水为我遮盖烟味。

"为了孩子，我不会做那样的选择，"他继续说，"我永远不会离婚。不管多么难熬，我都不会离。"他说完啜了一口所剩不多的酒，又补充一句，"前提是我结了婚，有了孩子。"有一瞬间，从他眼睛抽搐的样子可以看出，他似乎非常悲伤。

"其实不是那样。她和我们的父母一起住，我没有。我们的父母没有离婚。我从三岁起就住在亲戚家。"大声说出这番话以后，我心里很痛快。我一直在想安东尼奥的话：一吐为快就好了。现在我才发现，也许他是对的。

"哦，那一定很糟糕。"马特有些不知所措，胡乱翻着菜单，在黑暗中结结巴巴地说。我能看到他在做思想斗争，能看到他那种"还没有黔驴技穷"的决心。他在思考怎么收拾残局，怎么挺直腰板度过接下来的几个小时。"兄弟姐妹之情自然胜过一切。我有一个妹妹，我很爱很爱她。"他的头左摇右摆，就像计重秤的指针，"但我没有那么爱我的父母。他们没有做出明智的选择。还好我和妹妹相互支持。我都不知道如果没有她，我该怎么办了。"

说完，他笑了，我也笑了。我们都在笑，笑得很奇怪。抛开一切，我竟觉得没那么难过了。但他心里还藏着一些没有说出来的事。我知道那种样子——努力不让自己暴露太多，以免吓走别人。因为他心里藏着的那些事，我对他多了一分喜欢。

"我们该给艾丽打电话了，"我转移了话题，好帮他摆脱困境，"你知道她的电话号码吗？"

他看上去一脸困惑："你不知道吗？"

"嗯，我的手机坏了。"我说着掏出来给他看，好像我需要证明自己似的。

"摔得挺惨。"他用一根手指摸着摔坏的屏幕说。

"我能用你的手机吗？"

他把手机递了过来。我拿着手机，坐在原地。他把注意力转移到我的手机上，想看看它还有没有得救。他和安东尼奥一样，是个"修理家"。过了一会儿，他抬起头，才意识到我不知道电话号码。我想，那也没什么奇怪的吧，现在还有谁会记得别人的电话号码呢？

"看看电话簿吧，"他说，"里面存着她的电话。"

我查了电话簿，一句话也没说就拨号出去。可是，没有人接电话。于是我把他的手机滑回桌上，避开了上个客人留下的啤酒环。"显然还在忙呗。"我扬起眉毛，又一次意识到，他一定觉得我很有趣。然后，我笑了。意识到自己是发自内心地笑了以后，我笑得更开心了。

"我们再喝一杯吧。"我一边吞下最后一口酒一边说。马特点点头，跳了起来，好像我刚刚说的是一个指令。他带着两杯酒返回来，我看到他有点儿醉了，正摇摇晃晃地走下台阶。他的眼白变成了粉红色，泛着血丝。

他说："我觉得我们也该点些东西吃。"听他说完，我赞同地点了点头。于是他很快选好一份牛排加薯条。我点了一大盘意大利面，希望能撑过这一天，这样就不用在那座房子的餐厅里吃饭了。上餐之前，我们谈论天气，说今年的夏天一点儿都不热。尽管我并没有问，他还是和我说起了他的工作，原来他是一位成功的投资银行家。他和格雷格是同事。食物送来之后，我还没拿起刀叉，他就开始吃了。

"再给我讲讲你的事吧。"我说完，思考了一下这样听起来是否像在调情。他切下一大块牛排，放进嘴里。

"你想知道些什么？"

"说说你的家庭吧。"

他吞下牛排后，喝了一口酒："我不太记得我父母在一起时的事了。我爸爸人不错，但他们的婚姻还是没能保住。他说她难相处，控制欲强。她也这样说，还说他是个花花公子。"他耸了耸肩，又喝了一大口酒。现在我明白他为什么看起来像个老好人了。也许他是不希望像他爸爸那样。"他们都是很好的人，可是在一起时，就变得面目全非了。就像我说的，他们做了错误的选择。"

"什么错误的选择？"

他把刀叉放在盘子上，正想着告诉我，突然又打住了。我想告诉他，我不会对他评头论足；想告诉他，我知道童年不幸是什么感觉；还想告诉他，我都能理解。这些都是安东尼奥所不能明白的。可是，我什么也没说，最后还因为这样问而感到愧疚。

良久的沉默之后，我红着脸说："抱歉，是我多管闲事了，你可以什么都不说的。"

"不，不，"他摆手说道，"没关系。只是，我不知道从何说起。"他匆匆瞥了一眼窗外，然后鼓起勇气，转头对着我。"我没能乖乖地接受他们离婚。我有点儿失控了，还去诊所看了一段时间的心理医生。"

"也许他们做的这个选择是对的，为了让你好起来。"我很快地回答，这样他就没有机会去想我是否会感觉不自在了。

他垂下头，之后扭头看着窗外。后来，他什么也没有说，只是往嘴里塞东西。

我转移了话题："那艾丽呢？你认识她很久了吗？"我这样问有些冒险，因为出于某些原因，我并不想知道关于艾丽的事。对于她，我已经知道得够多了。有些事太可怕，我甚至希望自己不知道。可是，我情不自禁要问，因为我们分开好多年了。

"不久，可能就一年吧。我是在一个慈善募捐活动上认识她的。"听到这里，我惊讶得差点儿把酒喷到他身上，还用一只手去抓滴下的酒珠。他于是停了下来。慈善？艾丽？"你还好吧？"他问我。确定我没有呛着后，他继续说："大约是在一年前，健身房里的一个孩子得了癌症，需要去美国治疗。是某种罕见的骨癌。"

"他多大？"

"我也不知道，"他耸了耸肩说，"十八九岁吧。"

"可能是尤文氏肉瘤。"也许我只能靠让人入睡维持生计，可有时候，我的知识还是有用的。

"对，我想起来了。你是怎么知道的？"

这时我才意识到，我暴露了人生中的又一个片段。不过我想，后悔也晚了，只好据实以告。我说："我是医生。"

"噢。"他瞥了一眼那印有"FEEL"字样的外套和那两个即将见底的酒杯。我生平第一次觉得自己被人评头论足了。不过，我没有必要因此而生气。毕竟，他认识艾丽，而我和艾丽身上流着同样的血。"我没想到。我还以为——"

"以为我和艾丽一样？"我接过他的话，"一样生活空虚？"我们都笑了。我摇着头说："不，我一点儿都不像她。"说完以后我才意识到，连我自己都不相信这是真话。我们其实很像，都渴望得到别人的好感和关注。

"总之，我就是在那里遇到她的。当时，她正朝她做的一堆蛋糕走去。"我想起了那个厨师和她做的咸鸡蛋，对此心生怀疑。我能想象艾丽站在那个老妇人后面，对她大声发号施令的场景。"格雷格从那时开始向她献殷勤，他喜欢她好几年了。你要知道，艾丽一开始很吸引人。她是个漂亮的小妞。"

"是啊，她很漂亮。"我承认。

"可是，过不久就会发现她不像表面那么简单。我说的可不是什么好的方面。噢！"他绝望地打了一下脸，"我不应该那样说的。不该对你姐姐那么无礼。哎，马特啊，你干得可真漂亮。"他自我挖苦了一番，抬起拳头，好像自认为是天字第一号大傻瓜。我知道他是想给我留下好印象，我喜欢这样。"总之，很长一段时间，她都对他冷眼相看。这反倒让他更加锲而不舍。后来他们就开始约会了。"他耷拉着脑袋，轻轻咬着修剪齐整的指甲，似乎因为尴尬而不敢继续。

"然后呢？"

"你姐姐，她有点儿……"

"奇怪？"

他稍微移动了一下，换了个舒服的坐姿，缓和过来："是的，而且还有点儿恐怖。她和健身房里的人乱搞男女关系，前一分钟还打得火热，后一分钟就变得很冷漠。简直就像个疯子。但格雷格是个笨蛋，他觉得他们之间有感情。不过他也是个贱人。哦，等等，我不是说她是贱人。"

"不，你就是那意思。没关系的。"

"你也看到了，她不仅和格雷格有一腿，还有其他人。"

"是的，我自己也看出来了。"

他向桌子靠过来，示意我向前，打算告诉我一个秘密："她还和某个男人有过一腿。那个男人再也不去健身房了。他们有过一夜情，不过后来，她发现那男的有一个女朋友，而且那个女朋友也常去健身房。事情败露之后，一切就完蛋了。"

"你是说他的女朋友发现了，大发雷霆？"

他又凑近了一些，用近乎耳语的声音说："不，是艾丽大发雷霆。她和他的女朋友打起来了。她说他是她的，不会和她共享。她还扯掉了那女孩的一大块头发。"他一边说一边扯着自己的头发。我能想象那个可怜的女孩落败的样子：她躺在瑜伽垫上，一大块头发掉落在她旁边的地板上。但我仍然不觉得惊讶。我都在怀疑我们妈妈的死是否和艾丽有关了，她和别人的女朋友打架又算得了什么呢？我脑中回响起逃离她的那天她对我说的话："我他妈保证，会拿它捅你。如果你再靠近他，我他妈的会杀了你。"那是我最需要她的时刻，却也是我最需要逃离的时刻。对艾丽来说，在健身房里攻击一个女孩根本不算什么。"我提醒过格雷格，可是他说他知道她是疯子。他还说，疯了的才是最好的。"

"我没有那么了解艾丽，但我一直知道她有问题。"我撒谎说。

他似乎不明白我为什么不感到惊讶："那你为什么还要见她呢？"

"我没有。其实，我因此在逃避她。可是，我们的妈妈几天前死了。"他惊呆了，眼睛眯成一条缝。他挺直了腰背，好像我刚才说的话是天方夜谭似的，又像是有人在背后用棍子戳他一样。"我是来参加葬礼的。"

"她刚死不久？"

"是啊。"我能想象他的脑子在飞快地转动，他正在努力思考，就好像我刚才提出了一个有说服力的论据来证明地球是扁的一样，"怎么了？你看上去很惊讶。"

"的确。艾丽告诉我她的父母很早就去世了。其实现在想想，她还说她的妹妹也去世了。"他红着脸，抓着后脑勺说。

我们彼此沉默了一阵。我摇了摇头。我明白，他非常希望自己能收回刚才那句话。"她是个骗子。我们的妈妈几天前才去世。爸爸还活着，我也还活着。"

他很感谢我的坚忍和理解，因为它们，我们的谈话才得以继续。"你失去了亲人，我为你感到难过。"他说着拉住我的手。

"谢谢。不过自从来到这儿，我就一直在琢磨自己失去的到底是什么。我一直希望有一天能回到家乡，找到我的家。至少要弄明白我为什么被送走。但我又不确定自己能不能找到真相。据你所说，我姐姐说我几年前就死了。而对于我的父母来说，我可能更早以前就死了。从我三岁起就死了。即便现在，我爸爸也很少和我说话。"我咬了咬嘴唇，然后咬了咬疼痛的拇指。我的臀部开始抽痛，我伸手下去，想通过摩擦给它增热。"他们什么都没有给我，我又有什么好失去的呢？"我说着把手从他手里抽回来。

"别那样说。"他又把手伸过来，用手指碰了碰我的前额，"他们给了你很多东西，你的脸就是其中之一。"他笑着说，看样子是真心想安慰我，好像他刚才将我的过去剥离了，现在有责任把它们还回来一样。

"马特，他们把我送走，留下了艾丽。我过去从来没被他们需要过，将来也不会。"我又把手拿开，然后十指相扣，下巴靠在手上，"我只想知道他们为什么不要我，除此之外，我对他们别无所求，对任何人都别无所求。"

他把手放回腿上，尽量不表现出伤心的样子："不是那样的。"

"为什么不是？"我的下巴向前翘，好像已经准备好要出拳了。

"因为有其父母必有其子女啊，伊里尼。无论他们在不在身边，我们都是他们所生。你有过一天不想到他们的吗？我敢打赌，一定没有吧。而且，无论是否共同生活，他们死的时候，我们的一部分也随之而去。那一部分是属于他们的，而我们却不曾发现。他们最终把它收了回去，只在我们心里留下一片空白。觉得难过没关系，但你无法否认这点。"

"胡说。他们已经在我的生活里留下了足够的空白，他们死了也不会改变什么。"话一出口我就想收回来。因为这样说，显得我缺乏关爱、心怀恨意，而且很受伤。我不想自己变成这样。突然，我多希望艾丽在这里。就像以前一样，我多希望她在身边，让我感觉有人关心自己。"我的意思是说，过去是怎么也无法改变的。他们不想要我。就这么简单。"

接下来，他的一番话把一切都改变了，就像一盏灯，照亮了我人生的黑暗角落；像一只突然睁开的眼睛，醒来了。"可是，他们关心了你三年。他们照顾你、爱着你，这是肯定的。"

我想起了今早爸爸的样子，他满脸羞愧，不敢面对我。那也许是我第一次看到有别于我想象的场景。曾经我的眼中只有自己，只看到自己失去了多少。在这个悲伤的小故事里，我从未想过任何人，从未想过也许他们另有苦衷，从未想过他们也和我一样饱尝失去之痛。

"如果我是你，"马特继续说，"我不会问他们为什么不要我。我会问他们，当你父母当了三年，为什么不继续当了，到底发生了什么事？"

第 10 章

　　我八岁那年，杰米玛姑妈带我去了一家亲子俱乐部——"闪闪童星"。此前三年，她只陪她自己的孩子去那里，从未带我去过。所以，那天对于我们来说是个大日子，对我来说尤其重要，因为我终于可以和家人一起出门，而不是和临时保姆一起待在家里了。他们要我守规矩，要我做个听话的乖孩子。此外，他们还叫我别惹麻烦。那是大人对调皮的孩子说的话。我就是个调皮的孩子。

　　这是麦肯纳老师在上周的家长会上说的。开学不久，我就开始调皮捣蛋，破坏其他小朋友的作业。最严重的是，我将削尖的铅笔戳进了一个女孩的手里。铅笔直接戳了进去，就像刀插进软干酪里一样。她叫玛戈特·沃尔夫。我觉得她就是个宝贝玩意儿。她看起来总是很乖巧。她的衣服比我的漂亮，书包也比我的好看。她的铅笔都是新的，而我的都是被削得很短的。我的东西都是表哥表姐们用过的。我身上穿的是别人穿过的衣服，脸上总是挂着鼻涕。所以，我讨厌她。

　　开家长会可是件大事。我也要参加，我甚至有些激动，因为那是我记忆中第一次参加"亲子活动"。我知道他们不是我的父母，但没有关系。我一路都在盼着，几乎忘了玛戈特·沃尔夫的事。我不知道我的行为问题会被拿出来当众讨论。

　　麦肯纳老师举例说我不服管教以后，那个有着粗小腿的、胖胖的女校长建议我去看心理治疗师。我还记得当时马库斯姑父说，我那是家庭问题造成的，这让杰米玛姑妈羞愧地低下了头。她因自己是这个问题家庭中的一员而感到羞愧。毕竟，她是我的姑妈，是她的基因和她哥哥的决定将我推到了他们中间。马库斯姑父还说，那是基因异常，说我和我姐姐一样。当时，我不明白那是什么意思。

他们再三强调、特别声明，他们不是我的父母。他们能怎么办呢？该来参加家长会的并不是他们。今晚是属于父母和老师的。他们勉强收留了我，就像你在后院发现一只小猫，虽然并不想养，却又不忍心看着它饿死。于是，你把它带回去，假装很喜欢猫，希望它变得温顺点儿。杰米玛姑妈和马库斯姑父就是这么对我的。那两个心不甘情不愿的监护人，就这样眼睁睁地看着我在他们原本井然有序的生活里留下满地猫屎。他们本来有健康快乐的孩子，他们的孩子穿的不是别人穿旧的衣服，而且从一开始就被关爱。

所以，送我去"闪闪童星"，其实是想让我变得更好。心理治疗师说这样或许有用。我需要学习怎么融入大家，好像这一切只需要花费几天时间玩乐就可以了。即便我知道我的父母不要我了，即便孩子们叫我"假肢伊里尼"，即便我身上有哈里福特家的基因，我们也应该罔顾这些事实。我应该和不认识的小孩一起玩温和的游戏。这就是我全部童年问题的答案。

即便我才八岁，也并不相信这些鬼话。爬橡皮方块、荡秋千、坐螺旋滑梯、玩蹦蹦床，还有球类运动，这些都充满了乐趣，如果身体健全的话。可是我的身体并不健全。那时候，我不用借助假肢也可以走路了。我的脚还是有点儿跛，只是大多数人都不会注意到。但是，对于我来说，爬上爬下不好玩，跑步也不好玩。然而，当他们鼓励我去温和的游乐区玩耍时，我还是去了。那种感觉就像动物走进马戏场，他们等着看我演出。他们一脸惊恐地看着我那不完整的身体，好像它是从海洋球里找出来的难以捉摸的东西。这一切，我都看在眼里。我笑着挥手，努力向前跑，挤进泡沫橡胶深处，看到杰米玛姑妈在一旁祈求奇迹发生。我爬过一个障碍物，然后头向前滑入一个填满海洋球的坑里。此时唯一的选择就是爬过一张用绳子做的攀岩网，可是我不可能跟着表兄弟姐妹们爬过去。所以我便让自己陷下去，心想，至少我可以藏在这里，等到要离开时再出来。

他们找不到我的时候，我感觉天都要塌下来了。我大声叫喊，但当时的场面太混乱，他们听不见。那么多塑料球在脚下，我那条不争气的腿站也站不稳，我又无法把它摆到后面，让那条好的腿使力。后来，警察和消防队来了。他们不得不拆除一部分游乐区，还需要把海洋球一个一个地从上面拿出来。一个小时后，他们找到了我。当然，他们以为我是故意的。他们说我是在寻求关注。马库斯姑父用一只眼看向杰米玛姑妈，说那是家族特征。

那是我最后一次去"闪闪童星"。我不再尝试融入——这可是心理治疗师首推的办法。"我们有三个自己的孩子，你知道的。我们不可能因为你不懂规矩就跑去看心理医生，我们负担不起。"没有钱来实施这样轻率的计划，即便我爸爸送钱来也不够。

所以，在没有新办法的情况下，他们想，也许让我和姐姐团聚能起到作用。杰米玛姑妈告诉我，艾丽恳求他们让我们姐妹团聚。我听了很激动。毕竟，这也是我想要的：家人的关爱。当然，艾丽各种保证，说如果他们让她见我，她就会很听话。我猜他们那时还对她抱有希望。

我爸爸把她带到了杰米玛姑妈家。我的妈妈也来了，不过，我只记得她在走廊里哭，杰米玛姑妈竭尽全力安慰她。那天，我穿了最好的裙子，希望妈妈能喜欢。杰米玛姑妈为我扎了一条辫子，还在发尾绑上一根红丝带。我以为，妈妈看到我的努力之后，会意识到自己的错误，把我接回家。可是，她还没见到我，他们就把我们带到花园里玩了。

　　至少有一会儿，他们肯定分心了，因为不到十五分钟，我就光着上身站在斯莱特福德渡槽的栏杆上，看着艾丽脸朝下浮在水面上。然后该我跳了，我答应过她会跳的。我想给她留下好印象，可是我不知道如果我们都死了会怎么样。也许正因如此我才没有跳，最后被一个善良的路人哄了下来。从此以后，让我们团聚的想法就被严禁了。每当有人提出来，杰米玛姑妈就带着我搬家，这就是回应。

　　袭击玛戈特·沃尔夫的故事让我在接下来的几年里声名狼藉。当然，玛戈特也非常恨我，她逢人就把"假肢伊里尼"给她造成的伤疤展示出来。她还经常对别人说："是的，就算过了这么多年，还是会痛，谢谢你关心。"虽然是她应得的，但我讨厌人们同情她。我也讨厌她讨厌我的事实。于是，四年后，艾丽找到我，我们把罗伯特·里尔送进医院以后，我决定做完小时候没做完的事。和艾丽团聚以后，我感觉自己势不可当。没有人知道我们见面了。我把"和艾丽在一起"当作一种进步。我觉得这是一次让我放下过去，做一个被需要的人的好机会。我想，是时候教训教训玛戈特·沃尔夫了。但我不知道那最后变成了我的教训，而且令我悔恨终生。

第 11 章

我和马特又聊了一个小时左右，说着我成年生活里的琐事，比如我在哪里工作，麻醉别人是什么感觉，看着别人死去又是什么感觉，等等。然后，格雷格打电话来了。艾丽和他在一起，他们完事了。她坚持要来"狗东西"酒馆接我。我尴尬地和马特吻别后，上了她的车。

艾丽很兴奋，她急不可耐地要重新开始"姐妹日"。有个想法一直萦绕在我心里，就像苍蝇围着灯泡转一样：过去那些年发生的事也许不是我父母能控制的。他们也会像我一样受到艾丽的影响吗？我以前从来没想过他们是有苦衷的，"也许不是他们的错"，这个想法很诱人。可是，艾丽在一旁喋喋不休，她的话很快将这个想法湮没了。她开始给我讲她和格雷格的故事，有些细节我根本就不想知道。

"总之，就说到这儿吧。"她最后说，"他很烦，很烦。你知道吗，他一直在讲原油价格下滑的事。"然后，她装作一副惺惺作态的样子，模仿他的口音说："让我给你讲讲最新的有效交易，还有我即将去纽约实习的事。然后，我一边和你做爱一边给你讲合并和收购，以及我的未婚妻，等等等等。"她打了个响指，来强调格雷格的唠唠叨叨。我坐在座位上，有些庆幸"姐妹日"重新开始了。可是，她提到格雷格的未婚妻，这让我想到艾丽在健身房里攻击的那个可怜的女孩。我在想，如果格雷格真的有未婚妻，那么她是否知道艾丽的存在呢？"他妈的一直说个不停。我应该把他绑起来，像电影里那样，用碎冰锥把他敲死。那电影叫什么名字呢？"她像发了疯一样，做出用碎冰锥敲打的动作，扑哧一下笑出声来。

"《致命诱惑》（*Fatal Attraction*）。"我们行驶在笔直的路上，我回答她。巨大的、灰色的房子从我们周围冒出来，还有人和其他东西。这是一个我可以融入的地方。于是，我把憋着的那口气释放了出来。

"对，就是《本能》（*Basic Instinct*），格雷格经常挂在嘴边的蜥蜴人就是那里面的。你看过的。"

车开到一个环形交叉路口，她并未减速。我假装踩着刹车，又抓住门把手，好在她开出去的时候保持直立。这时，一阵熟悉的感觉向我袭来，就和我当年在那座桥上竭力保持平衡的感觉一样，直到有人将我从上面拉了下来。别让她看出来你很害怕。后面的司机在按喇叭，我在想，她昨天的那手好车技去哪里了。

"两部电影里都有迈克尔·道格拉斯。"我都快撑不住了。

她又打了个响指："是啊，他想成为戈登·盖柯。"说完，她突然急转，避开了一个行人，然后刹住车。她红着脸，怒气冲冲地回过头看。我也转过身去，看到一个老妇人。也许是因为艾丽开得太快了，她来不及看见车，也没听到声音。"这个瞎眼的婆娘，"艾丽说完打开车窗，开始骂，"喂，你他妈是瞎了吗？"她恨极了那个老妇人，咬牙切齿地转过来握着方向盘。车子开动时，她大喊了一声"瞎婆子"，然后转头对着我说："反正，我宁愿和查理·辛上床。他可以用红背带把我绑起来。"她看着内后视镜嘻嘻地笑着，把眉毛理好。"我们回家吧，我好把你介绍给她。"

我从外后视镜里看着那个老妇人穿过马路，一个行人扶着她。他们看着我们的车，一副难以置信的表情。"艾丽，在那之前，我得问你些事情。我之前问过很多次，现在，没必要再藏着掖着了，既然她都已经死了，"我艰难地咽了一口口水，鼓起勇气说，"干脆告诉我吧。我们的父母为什么要把我送走？"

她稍微减了速，拉了一下安全带，然后舔了舔嘴唇，说："什么？"

"为什么只把我送走？发生了什么事？"

"都过去那么久了，我怎么记得呢？"她摇了摇头说。然后，她笑了，但她笑得并不开心，那笑容倒显得她很不安。

"当时你也在。那个年龄，你能听懂他们说的话了。现在，没有理由要保护谁了。如果发生了什么大事——"

"比如呢？"她没让我把话说完。

"我也不知道，就是什么事吧。"

"能有什么大事？"她伸出手，抓着我的手腕，"杰米玛姑妈都对你说了什么？我告诉你，她在撒谎。"我瞥了一眼速度计，看着我们的车速直线下降。"我告诉你，她就是个贱人。"

"她只说我们的妈妈得了抑郁症，其他的什么也没说。可妈妈现在已经死了，没有理由保密了。"艾丽把我抓得更紧了，"我只是需要……等等，停下。艾丽，放手，你弄疼我了。"被她抓着，我心里很慌，于是我试着挣脱她。这时，我听到了后面的喇叭声，看到了闪光灯。我们停在马路中间，一辆车超了过去。"艾丽，放手。"她二话不说，立马放开手。后面的车陆续超过我们，其中一辆车的司机表现出不满的样子。艾丽看了看镜子，对他竖起中指。谢天谢地，他没有停下来。她把车滑着开回车流中，我终于松了一口气。

"我说过了，我当时不在。我出去了。"她突然说。我能听到她的呼吸声，急促而颤抖。她像个孩子似的挑衅地看着我，又说了一遍："我当时不在。"

"算了，艾丽。当我没问。"我不应该逼问她的。是我疏忽了，忘了她的极限。我决定不再问了。"改天再说吧。"我只想结束此次对话。

我见她正在用手使劲地抓前额，额头上的皮肤红红的。于是我伸手过去，轻轻地把她的手拿开。这才发现，她都快把额头抠出一个洞来了。

我说："别抓了，会痛的。"她乖乖地让我拉开她的手。

她转过头看着我，脸上露出真诚、感激的笑容。我用手拍拍她的腿，就像拍宠物一样。她也拍了拍我："好伊里尼。你一直都关心我，我知道的。我永远不会忘记。"她把手拿到嘴边，咬着手指上的皮。

像这样的时刻便是我回来的理由。我时常告诉自己，这不经意间瞥见的，才是真正的艾丽。她善良，与我血脉相连。我希望我们是一样的。即便现在，我也如此希望，虽然我并不确定这温情的场面是不是一派假象。不过，我今天并不像从前那样怕她。知道我和爸爸有了共同之处以后——即便这共同之处是对自己的羞愧——我仿佛有了一种力量，它将艾丽从我俩身边分开，让我们有了洞察的能力。

"我得给安东尼奥打电话。"为了分散注意力，我这样说道。她把手机递给我，没有问我为什么不用自己的，也没有问安东尼奥是谁。我拨号出去，电话通了。我最后一秒才意识到，蓝牙还连在车上。他接起电话时，我断开了连接。她显然很失望，手在方向盘上不停地磨着。她的愤怒就写在脸上。真正的艾丽回来了。

"是我。"我们行驶在弯曲的小路上，经过散落的乡村屋舍，任凭村民的声音消失在身后。

"Buongiorno（意大利语，意为"早上好"）。"他用冷淡的语气回答。这可不是什么好兆头。当他不想和我说话，或他想说一说我的时候，就会用上语言障碍这一招。除此之外，我能从他的声音里听出那种因为失望而显得很尖刻的语气。

"对不起，我后来没打电话给你。"我看了看表，发现已经快到下午六点了。迟太多了。

"我打过电话去家里，就是你昨晚打给我的那个号码。我想，接电话的应该是你父亲。"

"你给家里打过电话？他怎么说的？"

"说你出去了，不知道什么时候回来。"

"没错，我们出去了。"安东尼奥居然和我爸爸说过话，我吓坏了。我都还没和他说上话呢。艾丽看了我一眼，我也看了看她。她朝我眨了一下眼睛。还好她平静下来了。

"去做什么了？"安东尼奥问。

买东西？去健身房？还是和一个陌生人一起吃午饭？虽然我不知道该以怎样的礼节哀悼死去的妈妈，但我敢肯定，这些都是不可取的，尤其是在安东尼奥的眼里。如果告诉他我们今天都做了些什么，他一定会觉得非常奇怪。意识到这点以后，我不禁想到了艾丽。她到底在干什么呀？！艾丽可是我们的父母带大的，她今天还出去买衣服，去健身房锻炼，甚至和别人做爱。她竟然玩得那么开心，于是我又开始怀疑妈妈的死是否和她有关了。

"就是为葬礼做准备。"

"什么时候？"他问。

"两天后。葬礼一结束，我就回来了。"为了艾丽，也为了他，我这么说道。我希望他以为我极度渴望回到他身边，这样他就会觉得自己应该留下，至少短时间内不能走。"我到家后再打给你。"

"好。"我还来不及说什么，他就挂掉了电话。

"好吧，爱你。拜。"听到电话断开的声音时，我加了一句。他迫不及待地挂了电话，我只好尽力掩盖了过去。

"你为什么不对他说实话呢？"我还手机的时候，艾丽问。

"什么实话？"我装作一副不知道的样子说。

"告诉他我们都做了什么啊。逛街，去健身房，男人，"她摇头晃脑地列举我们做过的事，"好吧，你可以不说马特那一部分。可是逛街和锻炼有什么不对吗？"

"我和马特不是在约会，你知道的吧？我本来就没做错什么，我是在等你。"她听完之后笑了。好像我们都知道这是在撒谎，只是彼此秘而不宣似的。与此同时，我想起了马特和我调情时的情景，想起我很喜欢那种感觉。他应该是在调情，而且我肯定我喜欢那种感觉。"安东尼奥不会理解的。"车子转弯时，我双手交叉，看着窗外，说道。

"为什么？"

"他会觉得很怪异。"她眼看就要挖掘我的隐私，却在最后退了回去，是车外面的事吸引了她的注意。原来是发生了车祸，一个骑自行车的人被撞到了，救护车占了两边道路，医护人员正在匆忙施救。一群人聚在现场，他们有的站在后面看，有的手忙脚乱地上前帮忙。我别过头，不想去看。

"你觉得我们应该停下吗？"艾丽问道。这时，车已经熄火了。她正看着路上的血泊。"你是医生，也许你能帮上忙。"她的语气里竟然有一丝骄傲，我眼看就要下去一试了。

我说："不了，继续走吧。"我看见一个医护人员拿着除颤器从救护车上下来。另一个医护人员把伤者的衣服剪开，将电极板放在他的胸部。随着一声"预备"，他的身体弹起来了，他们开始进行胸部挤压。"他好像是颅脑损伤,"她看着我,想得到确认,于是我继续说,"活不成了。"

"真的吗?"她搓着双手,对我笑了笑。她又一次对我产生了些许钦佩之情,我喜欢这短暂的、被她赞赏的时刻。我趁艾丽心情好,提醒她我来这儿的目的。

"艾丽,我们总归要谈到那个话题的。我想知道究竟发生了什么。"

她低头看了看双手,然后迅速地、胆怯地看了我一眼。接着,她转过去看着事故现场,关了引擎。

"也许吧,"她小声说道,"也或许不会。"她呼出的气在玻璃上成了雾。

第 12 章

快到家的时候，我看见了林木线之上的房顶。我知道它在哪里，所以能从周围的绿叶中一眼找出来，好像它是藏在里面的一样。艾丽在离私家车道不远处的路边停了车。头顶传来鸟叫声。她眺望着远处的群山。

我们安静地坐着，只听得见远处飞机的隆隆声。我问她："艾丽，怎么了？"

"你确定他死了吗？"她问我。她一定是在说那个骑自行车的人，医护人员抢救了五分钟后放弃了。我们目睹了整个过程，一直等到他们把他装进运尸袋里才离开。

"是的，我确定。"

"真遗憾。"她转身指着眼前的风景说，"当有坏事发生的时候，你需要一个避风港，让你忘记那些事。就像眼前这片风景，你可以迷失其中，假装自己身在别处。很漂亮，对吗？"她把头靠在玻璃上，说道，"有时候我会到这里来，什么也不做，只是看着它。好像它是一个避难所。"我眺望着土地，目光扫过那些露出地面的岩石，它们从绿色的地面破土而出。她说得没错，的确漂亮。"好像永远没有止境。"

"没错，艾丽。"

"如果没有那个地方就好了。"她说着指向一个看似庄严的建筑。一开始我以为那是教堂。它是白色的，很大，上面有一个尖顶。它好像要从四面八方延伸出去，高踞山坡之上，直逼下方一切事物，四周还有茂林相护。"它现在已经废弃了，出于某种原因。"

"我觉得它没有废弃。那是什么地方？"再一想，它并不是教堂。它太大了。这么大的房子，怎么会藏在苏格兰的群山间呢？一朵云从它的头顶飘过，阳光照在那些窗户上，我看见了形状不一的碎玻璃。那建筑太大了，周围的风景似乎都笼罩在它的阴影下。

但艾丽已经没有听我说话了，她发动引擎，我们慢慢地朝家开过去。我看到那张指示板在微风中摇晃，上面写着："母山"。我们沿着私家车道颠簸而行，艾丽的车开近时，那黑色的铁门打开了。此时，我只能听到轮胎滚过地面的声音。房子里面没有声音，也没有生命迹象。它屏住了呼吸，等着我进去。

外面夜风清冷，我们走进去，门厅里的风更加冷。祖先们盯着我，他们用那像鸟嘴一样的鼻子，质疑我留在这儿的权利。这时，有歌声传来。我觉得我以前听过这首歌。那是一个女人在独唱，歌声悲凉、凄婉。艾丽拉着我要去做一场死后的介绍，这介绍已经迟到了二十九年。

"艾丽。"我想做最后的抗议，于是轻轻抽回手。可是她比我高大强壮，我争不过她，反而让她把我抓得更紧了。她的指甲掐进了我的手腕。

她拉着我穿过走廊，径直闯进客厅的门，一路上完全不顾对待死者的礼节。整个房间仿佛戴着孝。房间很昏暗，色调是浅米色的，花帷帐也是淡色的，好像那些花朵也因自己的愉快心情而惭愧。今天，就连阳光也不肯在这里露面。为了给那口黑黝黝的棺材腾地儿，沙发被推到了一边。那棺材就放在屋子中央，棺材上还有漂亮的金丝把手。棺材下方放着几个三脚凳，三脚凳上装饰着华丽的玫瑰和许多天使。艾丽带着我走上前去，我看到了另一番让我措手不及的场面。我的爸爸站在遗体旁，他正在为他死去的妻子守夜。

"埃莉诺，伊里尼。"他费力地站着，对着棺材小声说了什么，"我没听到你们进来。"他说着朝音响走去，关掉了音乐。他是在看我，我想，可我不敢与他对视。"这是你们的妈妈最喜欢的歌。"他说。我突然意识到，艾丽去机场接我的时候，车里放的就是这首歌。然后，他向尸体伸过手去，也许是去关上她睁开的一只眼睛，也许是从她那过度妆扮的脸上拨开一缕头发。我不知道他究竟做了什么，可是他看着尸体的样子让我觉得很难过。他看着她，眼中含泪，却又努力克制。

"她来了。"艾丽把我拉到前面，不理会我们的爸爸。我看了他一眼，我们的眼神碰到了一起。我首先移开视线。"看看她的脸吧，"艾丽催促我，"看看他们把她搞得多奇怪。我敢发誓，他们一定给她注入了肉毒杆菌。"她站到我身后，挡住了我的退路。我感觉她的手从我身后绕过来，她紧紧地抓着我，就像螺母一样。虽然我穿着针织衫，但她的指甲还是掐到了我的胳膊肉。"你不看一眼吗？"她用身体把我推过去，她的呼吸落在我的发间，令我发痒。她就像孩子迫不及待地展示自己的玩具一样。然后，她回头看了一眼我们的爸爸，口中发出啧啧声，好像我太难搞定似的：还是那样，一点儿都没变，只会惹麻烦，谢天谢地，我们趁机摆脱了她。但他什么也没说。他继续看着我，并不打算开口。他看了看我，又看了看艾丽，然后目光又移向我。两姐妹又在一起了，他好像回到了过去。

我向前走，他往后退，转眼看着地面。艾丽抓着我的手，她的手表压在我的皮肤上，硌着我的骨头。我退了一下，她又把我推上前，迫使我把手放在棺材上。我感觉它在我身下发抖。我们都凝神屏息了一会儿，生怕它翻过来。但我稳稳地抓着它，手指在绸缎做的内衬上摩擦，艾丽的手压在我的手上。

"她看起来很奇怪对吧？"艾丽松开手，在我耳边小声说道。我用眼角的余光看到她正在用手戳妈妈的脸。我低头去看，心想：只是一具尸体而已，只是一具尸体而已，只有尸体，只有死人。可是，我总忍不住去想，她那蓝色的夏装下是否藏着一道伤口，指向艾丽的证据是否就在我的眼前。

"别那样做。"我们的爸爸快速拿开艾丽的手。她并没有反抗。之后，他又以同样快的速度放开她的手，好像在扔掉什么烫手的东西似的。他歉疚地抬起双手，好像突然明白了自己的过错。今天，我已经是第二次发现我和爸爸有相同之处了。他和我一样，知道是谁掌控着局面。艾丽把手收回去，厌恶地摇了摇头。

她提醒他说："她已经死了。死了就不会介意我碰她了。伊里尼，快来看，过来，别害怕，她又不咬人。"她用她那瘦得皮包骨的手肘推了推我，催促我上前，眼睛却一直看着我们的爸爸。"你不觉得她和你很像吗？"

"埃莉诺，我真的觉得我们应该让伊里尼单独和你妈妈待一会儿，"我爸爸向前一步说，"你觉得呢？"

"伊里尼有嘴巴，"艾丽说，"她会告诉我们那是不是她想要的。"

可我并没有听他们说话。我的注意力放在了我妈妈的身上。我看着眼前这具用防腐剂保存着的尸体：典型的丰满型身材，红得过分的皮肤上，妆化得像小丑一样。她的脖子上戴着一条漂亮的珍珠项链。一开始我并未发现任何与我相似的地方。可是仔细看她的每一项特征，我开始觉得可能是有些熟悉的地方。也许是眉毛的弧线，它们都是弯向眼睛外面的。还有她的方鼻尖和弯曲的小鼻梁骨，这些也都是我的特征。我回头看着那个是我爸爸的男人，他正好也抬头看着我。正如马特所说，我就是她，她就是我。有其父母，必有其子女。无论他们在不在身边，我们都是他们所生。

"是啊，"我将棺材的边缘抓得更紧了，"我确实像她。"接着，我拖着小小的身体在厨房爬的画面又回到我的脑海。好样的！真是个勇敢的姑娘！张开手臂，向上推，你行的。做给妈妈看。那些遗失的记忆碎片如洪水般泛滥而来，我看到了记忆中的她的脸。她扶起我，冲着我笑，鼓励我，好像很爱我的样子。

我又回头看了看她那紧闭的眼睛和嘴巴，突然觉得很悲伤，因为这个长相和我如此相似的人竟然与我的生活毫不相干。我抬头看了看艾丽，又看了看我的爸爸，才发现艾丽谁也不像。

"我给你一点儿时间。"我的爸爸说。

"你要去哪儿？"他从艾丽身边过去时，她突然问道。然后，她抓着他的胳膊，就像进来时抓着我一样。我看见她的指关节都发白了。我一只手搭在打开的棺材上，遮住我死去的妈妈，想保护她，不让艾丽碰她。我抬起头，只见我爸爸往前走了一步，艾丽抬脚上前，挡住了他。

"埃莉诺，别闹了。把手拿开。我只是想让你们在一起待会儿。我和伊里尼稍后再聊。"然后，他看着我说："我希望我们能坐下来谈一谈，就我们俩。"我一句话也没说。我一直想和他说话，可是在这一刻，我竟然难以开口。

"没有我吗？"艾丽问道。没有人回答她。我的爸爸还在看我，我第一次从他脸上看到害怕、惭愧和内疚以外的表情。那像是一种歉意，好像在说："抱歉让你看到这些。"我生平第一次觉得不在这里长大更好。也许有万分之一的可能性，他抛弃我是为了我好。

我说："我该走了，我不该待在这儿。"这也许是我到这里以来说得最真的一句话。我忘记了自己对真相的渴望，向前走了一步，但艾丽伸出一只手，把我向后推。我撞到棺材的角上，感觉它又在摇晃了。我本能地把手伸到后面稳住它。我爸爸上前抓住我的胳膊。我不需要他帮忙，可还是向他靠了过去。

"你哪儿也别去，"艾丽说，"你是我们的客人。"说完之后似乎才发现爸爸正扶着我。因为被看见了，他放开了我。

"离开是最好的选择，"我恳求她，"对我是这样，对他也是。"因为我也想保护他，不让她伤害他。我希望这恐怖的场面快点儿结束。"真不知道我为什么要来。"我又朝前走，她又把我推了回来。

"你当然知道。你在车上说过，你来这儿是想知道他们为什么把你送走。你还问过我，这就忘了吗？"她转身对我们的爸爸说："所以呢？你要告诉她吗？"她用一根手指戳着他的脸说，"这就是你要和她私下说的？要告诉她真相？你希望她留下来对吗？妈妈正求之不得呢，是吧？她不是总说希望留下的不是我吗？我听到过你们的谈话，你不知道吧？"我发现艾丽在哭，于是伸手去安慰她。她把我的手打了下去。我转过头去看我的爸爸，只见他目光茫然，充满了内疚和无助。"到了晚上，你们以为我睡了，就开始说悄悄话。但声音从通风口里传过来，我听得一清二楚。受不了我碰她，是吗？她一直怨恨你逼她选择了我。"她说着像个婴儿般蜷缩在旁边的椅子上，浑身发抖。泪水淌过她的脸颊，突然之间她看起来好小，而且前所未有的脆弱。我看了看爸爸，他没有上前去。他和我一样，知道这番和平不会持久。

他小心翼翼地伸出一只手，说："埃莉诺，别激动。"他向前走了一步，我跟在他后面。可是他向我摆了摆手，让我退回去。然后，他在她身边蹲下。我站在原地，背靠着棺材。

"一直想留下的是她，对吗？"艾丽的声音在颤抖，"爸爸，我需要知道，所以才带她来这儿。这样我才能知道，才能知道你是否后悔自己的选择。"她伸出手，抓住他的胳膊，样子很绝望，"所以，到底怎么样？你还是坚持原来的选择吗？"

他什么也没说，甚至没看她的眼睛，反而看着我的方向，对我说出我一直都知道的事："你不该来的。"他的肩上仿佛扛着一支落败的军队。然后，艾丽哭得更凶了。他身体倾斜，将艾丽揽在怀里。

我从未像现在这样感觉自己是如此多余。就在刚才，我还以为我和爸爸之间有共同之处，区别于艾丽的共同之处。可是现在我才明白，他们有太多共同的往事，而我，再次成了一个毫不起眼的旁观者。

"你应该还是想要私下谈谈的，对吧？"我上前一步。

他摇了摇头："你不觉得现在不是说这些的时候吗？"

我把视线从他们身上移开，眼睛看着地面，冲出了房间。

第 13 章

夜里，爸爸来到我的房间。他小声叫出我的名字，声音低沉而嘶哑，却很好辨认。我没有答应。我不想见他，尤其是在白天发生的事以后。然后，他扭动门把手，把门打开一条缝。我闭上眼睛，假装睡着了。过了一会儿，他离开了。

清晨的第一声鸟叫响起时，我已经醒了。太阳已从我看不见的地方升起，我盯着黑暗退入荒凉的北部乡村的阴影中。早上很凉爽，但我仍然感觉身上黏糊糊的，热得就像夏天穿多了衣服的婴儿。厨房传来叮当声，是厨师乔伊斯在里面忙活。她昨晚还给我送来了饮料和三明治。我不止一次听到私家车道上的脚步声，有时候，脚步声甚至出现在我门外的走廊里。不管我多么想出去，都只能被困在这里。

我下楼去时，看见乔伊斯在厨房。她见我在楼梯底端犹豫不决的样子，于是拉出一把椅子，放了一杯果汁在厨房的餐桌上。这可是一张"脱身牌"，有了它，我就可以不去餐厅了。昨天下午，如果她在家的话，一定知道发生了什么事。于是，我走进厨房，打算吃一盘咸鸡蛋，看乔伊斯在一旁忙碌。

"我想要一杯咖啡。"我小声地说，不希望别人听到。她给我端上来一大杯，我喝了一口，烫到了嘴。之后，我听到走廊传来脚步声，便想要站起来，动作又快又轻。但是乔伊斯正站在我旁边，她一只手按住我的肩膀，我又坐了回去。

"他很早就出门了，而她是不会到厨房来的。"她小声说道。

我看着她把手推车推走，上面放着咖啡和果汁。我在想，既然他承认我不应该来这儿，那么他会叫她看着我吗？不管怎么样，我都很感谢乔伊斯的帮助。我溜到楼上，拿起我的包。我记得来这里的第一天，我还勇敢地下楼找他。那好像是很久以前的事了。很奇怪，那些关于妈妈的回忆，今天竟然一点儿也想不起来。

"谢谢你的早餐。"我回到厨房，对她说。她站在房间对面朝我笑了笑。她正在用浸了水的抹布擦一个大杯子。"我今天要出去。"

她朝我走过来，说："你一个人吗？"我点了点头，然后，她指了指后门，小声地说，"如果你从这边走的话，她就不知道。"我想笑一笑，却觉得很不好意思。我感觉我的脸红了，眼睛也变得红肿。

"你为什么要帮我呢？"我问她。

她低头看着玻璃杯，玻璃杯正被那只没用的、粗糙的手握着。"葬礼就在明天，你就忍到那个时候吧。也许你会想听听他是怎么描述她的。"我尽量抑制住不哭，"然后，你就可以回归自己的生活，忘了这些。"她往后退，我伸手过去，抓着她的手臂，就像艾丽抓着我那样。

"什么生活？我绝对做不到。更别说我人还在这里。"我擦掉脸上的一滴泪水，告诉自己要整理好情绪，"我需要知道发生了什么事。是他让你帮的我吗？是他吩咐你把我带远点儿吗？"

她轻轻地把手抽回去，我也松开了手。她飞快地看了一眼发红的手腕，什么话也没说。我张开手指，想让她明白我没想弄疼她。"有些门还是关上的好。"她叹了一口气，将那拿着杯子的手垂到腰间，轻声说，"而有些门，最好是关了、锁上，再用装满相片的陈列柜挡住，再也别打开。"她说着拍了拍我的胳膊。她没有回答我的问题，只是很快地把好的那只手放到了门把手上。

"可我需要知道他们为什么把我送走。"

"不，你不需要知道。你只需要坚强起来。"我还来不及再问什么，她就把我推了出去。

我穿过大门，避开活泼的弗兰克。我低着头走在积满灰尘的私家车道上，只在转弯的时候抬头看路。就在我抬起头时，我看到了我的爸爸。他走在我的前方，腋下夹着报纸。直至昨天，我还想和他谈一谈，可是现在，我却转身想避开他。然而身后只有一条通往家里的路，房子笼罩在灰色的阴影里，仿佛铜墙铁壁一般。我再转身过去时，他已经看见了我。他停了下来，害怕得身体紧绷。然后，他向前走了一步，我向后退了一步。

他伸出手，喊了一声："伊里尼。"报纸落在了地上。他和我只有几米的距离。我伸出手去几乎就能碰到他。

"不要……"我有些呼吸不畅地说。可是，我也不确定让他不要做什么。于是我走到车道的另一边，低下头不去看他。

"伊里尼，请等一下，"他看了看房子说，"昨晚的事，非常抱歉。"他咬着嘴唇，我开始往后退，"真该死，听起来这么老套。不过，伊里尼，请你原谅我。你也看到了她是什么样子。我们得谈一谈，就现在，趁她不在的时候。快过来。"

我摇了摇头。我本想走开，可他走上前，挡住了我的去路。我说："让我过去。"他伸手来抓我的胳膊，我只好朝树的方向退去。我的脉搏跳动得很快。

"过来，伊里尼。时间不多了。很多事，我需要跟你解释。比如说，为什么我觉得你应该跟杰米玛姑妈一起生活，为什么没有突然出现去打扰你。你一定要试着理解，我们不得不把你送走。"他一边朝我走过来，一边说。这一次我没有动。"你肯定能理解的。"他又试着伸出手。我又往后退，不过这一次没那么坚决。"伊里尼，我有东西要给你。这东西很重要，我不能当着她的面给你。这样对她不好。"他结结巴巴地说。之后，他看了一眼房子，又重复道："不能让她知道我们谈过，昨天晚上我比任何时候都清楚这一点。你要理解她是什么人。时间不多了。"

"我什么也不要，只想知道真相，现在我已经知道了。我不应该来，记得吗？这是你说的。"我几乎是喊出来的，"那些年都发生了什么事？"

他回头看了看房子，皱起眉头："求求你，小声点儿。你安静下来，我们可以谈一谈。来吧，我们一起散散步，离房子远一点儿。"

"伊里尼，是你在那里吗？"这时，我们都听到了艾丽的喊声。我们回头看房子，见她站在门廊上。我爸爸把我推到一棵树的后面。

"埃莉诺，只有我一个人。伊里尼已经在去村子的路上了。"他大声喊道，然后转身看着我，非常小声地说："来不及了，没有时间了。但我有东西要给你。我们再找时间。"他艰难地吞了一口口水，擦去眉间的一滴汗，接着伸手摸了摸我的头发，"你妈妈，她很爱你，可是抑郁症——"

"不。"我退开了。我不相信他。没有人会因为得抑郁症而放弃自己的孩子。"这又是你们说的一个谎。"我力不从心地跑开，尽量把我们之间的距离拉长。

我一踏上通往霍顿的主路，就拿出一支烟，很快抽掉。在去村子中心的路上，我又抽了两支。

周围的"绿毯"被众多灰色的房子破坏了。每家每户都有车库、吊篮和修剪齐整的草坪，使那些房子锦上添花。空气中弥漫着金银花淡淡的香味。教堂骄傲地矗立在村子中央。教堂的两侧是绿野。教堂里面，年久失修的墓碑间隔而立，上面覆盖着常春藤和青苔，好像大自然要让墓里的人再生似的。

　　我靠在教堂的墙上，关注着一个貌似邮局的地方的动静。它后面传来孩子们的叫喊声。也许附近有个学校或托儿所。他们要是让我在这里生活，说不定我还上过那所学校呢。几分钟以后——抽完一支烟后，我继续往前走，路过一家乡村酒馆，名叫"魔法天鹅"。如果不是它关了门，我就进去了。酒馆外有一个男人，他满脸通红，长相粗糙。在我心目中，这一带的人就是这样：饱经风霜。如果把他比作一条船，那么，他的帆是破的，涂漆层也剥落了。可是他仍然会正确地航行，将乘客送归岸上。他把鸭舌帽偏转向我这边，喊了一声："早上好。"他旁边立了一块广告牌，上面写着"配有萝卜泥和土豆泥的肉馅羊肚"。他背着手，伸了伸过度劳累的脊背。

　　"你们几点开门？"作为回应，我在路对面朝他挥手，问道。此时来杯威士忌再合适不过了，也许之后还可以喝点儿葡萄酒或伏特加。总之，他们有什么我就喝什么。离开家之前，我喝了一大口雪利酒，可是我没有碰安定。但如果我再受点儿什么刺激的话，可能就不好说了。

　　"今天是十二点，往常是十一点。"他敲了敲广告牌说，"还可以顺道享受美味的主餐。"他冲我摇了摇手。我看了看表，还有两个小时。

　　这时，我被孩子们的欢声笑语所吸引，于是，我一只手摸着冰冷而粗糙的石墙，循着他们的声音走过去。经过邮局和街角小店，我来到一座小小的灰砖建筑前。那建筑外面有一块标牌，上面写着"霍顿福克斯林托儿所和幼儿学校"。我透过栅栏往里看，只见穿着红色连衫裤的小朋友们在校园里跑来跑去，站在一旁的老师看起来悠闲自在，无忧无虑地喝着茶。我靠在栅栏上看了一会儿，听着童年的声音。这样的童年，我是没有的。几分钟以后，我走开一步，想着要去哪儿打发这两个小时。可是，我抑制不住内心的好奇。也许我本可以在这里上学。如果我留下来，应该就会在这里长大。如果在这里长大，我兴许会是另一番样子。

我推开学校的大门，一个小铃铛发出清脆的声响。我走进前厅，里面很热，墙上贴着孩子们的自画像。画上的他们，眼睛错了位，嘴巴张得很大，头发用毛线扎起来。加文，6岁；伊莎贝拉，5岁；西奥，7岁。

"您找谁？"我身后传来一个女声，声音里充满了对我这个闯入学校的陌生人的警惕。我想跑开，但这样一来，她很可能报警。于是，我转过身，看着那个瘦长而结实的接待者，开始撒谎。

"早上好，我叫加布里埃拉·杰克逊。"我伸出手，谎话脱口而出。她和我握了手，但我发现，她还看了一眼我那被咬过的拇指和手腕上的四个指甲印——昨晚艾丽拽我去看妈妈时弄的。"我们准备搬到这边，我想谈一谈孩子上学的事。"

她的态度缓和了一些，脸上的顾虑变成了微笑。她在想："这个女人能有多危险呢？毕竟，她是个母亲啊。"母亲这张代表善良的邮票可是世界通用的。

"噢，请见谅。您也知道，凡事都得小心点儿。"她用力地和我握手，以抵消刚才对我的冒犯，"我没认出您是一位母亲。我去叫校长吧。"

那个女人说着匆匆跑开了。她在一扇半掩的门后嘀咕了几句，然后带着一个样子很凶的校长过来。校长不像领导，也不像老师，倒像一个女当家。她的胸很大，穿着一件紧身的高领衬衣，宽阔的脚踝支撑着她那粗壮的小腿。她的脚上穿着一双适度的高跟鞋，不松也不紧。

"早上好。"她过来后，简单说了一句。那是苏格兰口音，柔软中带着喘息。"听说你要谈谈孩子上学的事。"我点了点头，脸上的微笑不见了，表情变得很严肃。"这种见面通常都是事先安排的，需要预约。尤其是在新学期刚开始时。"她想向我宣告主动权，可是，看她坐在椅子上，一部分屁股露在外面的样子，我就知道她不会赶我走。于是，我试着改变态度。

"我知道，真是对不起。"我把口音加重了些，想借此显得高贵一点儿，就像那些不用上班的女人一样。我伸出手，她有些勉强地和我握了手，但握得很紧。"我碰巧到这边，顺便过来看一看您是否有时间见我一面，没想到这么麻烦。"这时，她的表情有了些许变化，脸上露出一抹假笑，仿佛暴风雨后的阳光。

"没关系。"她手伸到后面，把门关上，"既然你要让孩子在这里上学，那么，我们不要一开始就把关系弄僵。我是恩迪科特老师，当了三十五年校长了，确实够久的，不过后面的日子还很长。"

恩迪科特老师穿过走廊，来到一个大厅，大厅里的镶木地板上有犬牙状的花纹。我跟着她进去。这里让我想起了我上的第一所学校。那时，虽然接受了学校的言语治疗，可我还是不肯说话。那时，我借助一根木架走路，我还给它取了个名字叫"亨利"。

"你也看到了，我们学校很小。我刚来这儿工作的时候，情况并不是这样。可是，慢慢地，随着时间流逝，很多家庭搬去了镇上、城里，所以，村子里剩下的学龄儿童就不多了。"我们来到一条长走廊，从这里可以俯瞰整个校园。虽然孩子们在移动，数起来有点儿困难，但我估计，里面的学生不超过二十个。"以前，我们的生源地很广，可现在，许多地方都修了新学校。"她说这话时表情扭曲，仿佛在说：新学校，他们懂个什么？"不瞒你说，杰……"

"杰克逊。"

"杰克逊太太。你还有其他选择，比如离市里更近的、更大规模的学校。但是，在我们这儿，孩子可以专心学习，而且，你可以和孩子一起成长。我们这里采取赋予个性化的教学方案。我们有五位成员，也就是说，一个老师只负责五个学生。"接着，她打开一扇门，门后是一间明亮的屋子，里面还有淡淡的泥土味。她快速嗅了一下。"孩子们在这里制作阿兹特克和埃及风格的陶土罐，可以锻炼他们的动手能力，还能开发创造力。此外，我们还希望他们领略异国文化，以丰富他们的学习。能移情于各种事物，尤其是那些不同的事物，对他们来说非常重要。"

"我同意您的说法，的确非常重要。"我心想，要是我的学校里也有人传授这样的观念就好了。我就是不同的，可我不记得有任何一个孩子对我表示过同情。直到艾丽出现，给了其中一个孩子一顿终生难忘的教训。"我真的想让我的孩子们上本地的学校。恩迪科特校长，我想让他们了解这个村庄，想在这里建设我们的生活。"

我们沿着走廊往前走，她脸上带着笑，看上去很高兴。然后，她又打开了一扇门，那是一间科学室。"每个学生每周上三节科学课。在这一成长的关键阶段，没有哪个学校能做到这点。"我往里看，发现试验台上有一些煤气灯和电池组，甚至还有管螺纹丝锥，我确定它对这么小的孩子来说，是不安全的。"我告诉你，你可算来对地方了。我三十五年的工作生涯几乎全是在这里度过的。我生在霍顿，长在霍顿，从一出生就住在邮局那条路尽头的小屋里，所以那里的花园才被打理得这么好。"说到这里，她停了下来，为自己这番天真的话而傻笑。"我想说的是，对于这个村子和它的历史，没有人比我更清楚。"她说着关上门，仔细看了看我，"抱歉打断一下，你没事吧？你的眼睛很红。"

"是花粉过敏症。"我一边从包里掏纸巾，一边说。我用纸巾擦拭眼角，她沿着走廊继续走，还同情地将一只手搭在我的肩上。"恩迪科特校长，你说你非常了解这个村子……这对我来说真是莫大的幸运。"我想，也许我爸爸不是唯一一个可以给我答案的人。如果住在"母山"的那些人想把往事紧锁，那么，我要找到会开锁的人。"你肯定能回答我许多问题。"

我们继续参观，她指给我看了教室和电脑室——里面只有一台装着Windows系统的个人电脑。恩迪科特校长给我介绍这个的时候，有着一种不合时宜的骄傲感，好像他们取得了什么革命性的进展似的。我心想，有谁会选择这所学校，会将孩子的教育交给这个落伍的人啊！"过去这些年，村庄一定发生了很大的变化。"我把话题往我希望的方向推进。

她赞同地点了点头，拖着沉重的步子向前走去："我们见过许多孩子来了又走，看着他们奔向更好的前程。至少，我是愿意这样想的。"她转过身，给了我一个大大的微笑。她的牙齿被烟熏成了棕色，我能闻到她衣服上的烟味。"我想为孩子们营造一个难忘的童年，营造一个能促进他们情感发展的环境。"

"我想，你和当地的家庭有着特殊的关系吧，也许你和他们世代都有渊源呢。"我说道。我们经过一排屋子，她站到一边，让那些闹哄哄的、满头大汗的孩子们进去。每跑过去一个，她都会拍拍他的头。

"当然了。"等到最后一个学生进去后，她关上了门。此时，她的样子好像很生气，因为我竟然对此有所质疑。她的目光徘徊了很久。"上过这所学校的学生，没有哪个我不记得。但我要说，你今天来这里，真是出乎我的意料。据我所知，村子里没有要出售的房子。你说你要搬去哪儿？"

我脚步稍微踉跄了一下，然后开始编答案，用我的姓和妈妈的名编出几个孩子的名字："我们还在找房子。一来到这个村庄，我们就喜欢上了它。我们几个星期前才来到这里，小哈里和凯西到处跑……"我看向天花板，装作在回忆的样子。

恩迪科特校长后退了一下，她的脸色很苍白。她领着我向前走，我一度怀疑自己惹她生气了，虽然我怎么也想不通她为什么会生气。然后，我试着缓和气氛。

"我们还在找房子。在这个漂亮的小地方，要找到合适的房子非常困难。不过，附近就有很多漂亮的房子。在过来的路上我就看到一座，非常漂亮。那房子很新，两面朝向，还带了一条很宽的圆形私家车道。它太适合我们了。"

她在接待室前面停了下来，用手摸了摸挂在墙上的一幅画的折角，那幅画是一个学生画的。"我不知道你说的是哪一家。"她说话的时候没有直视我，这激起了我的好奇心。说话不看你眼睛的人，是很难相信的。当爸爸说我不该来的时候，我知道他说的是真心话，因为他直视着我。

"哦？就在来时的必经之路上，"我继续说，"就你从爱丁堡方向过来，快到主村时，看到的最右边的房子。步行到这里大概二十分钟。房子外面还写着名字：'母山'。"我要让她承认，她知道我家的房子。她不可能不知道，这也就意味着，她不可能不知道我的姐姐。她说她记得每一个学生，那么艾丽不是在这里上的学又能去哪儿呢？

"哦，那家啊，"她装得一点儿都不像，"是的，我知道你说的那个房子。"她看了我很久，抽动着鼻子，摇了摇头，然后又说，"但我觉得它是不会卖的。"我还想继续，说我看到里面人来人往。我非常想问她关于我姐姐和我家人的事，想问她是否记得我，想问为什么我会被送走。一定有人知情。可是，我还没想出下一个问题，她就又开始说话了。"总之，杰可——"

"杰克逊。"我打断她，好像真把这虚构的名字当回事了。

"抱歉，杰克逊太太。我真得去工作了。如果你想再约见一次，我会很乐意再见到你。你也可以留一个电话号码，如果有合适的房子出售，我会跟你联系。"

她陪着我穿过大厅，我们聊了一会儿天气、即将到来的教堂祭祀和当地的花木修剪俱乐部，她是这家俱乐部的会长。我说我迫不及待地想让哈里和凯西看看他们的学校，虽然语气没有之前那么热情，但她还是笑了。后来，我留下了我真实的电话号码，然后离开学校。一路上，我碰到几个很友好的花木匠，毫无疑问，他们都是她手下的。我刚要走上人行道，就听到她在后面喊。

"杰克逊太太，我能问你点儿事吗？"

"当然了。"我转过身说。

"你是不是有家人在霍顿？比如说，远房的表兄弟姐妹，或姑妈之类的。"她尽量表现出自己是随便一问，好像答案并不重要，她也不是真的想知道。可我觉得这是欲盖弥彰。

"没有。至少我是不知道的。为什么这么问呢？"

"也没什么特别的原因，只是突然想到就问了。"她举起那张写着我电话号码的纸说，"我一有消息，就和你联系。希望你的眼睛快点儿好。"她还没等我回答，就把门关上了。

第 14 章

葬礼这天早上，家里很热闹。我想象中的家庭婚礼就是这个样子，可惜我从来没参加过。弗兰克和乔伊斯在家里推来挤去，他老是找不到东西，而她腿脚不方便。我听到艾丽在大声发号施令，大约早上 6 : 25 的时候，第一声命令就响彻了楼道，好像她用了扩音器似的。那时，他们把所有的灯都打开了，我也彻底清醒。"这儿放一张桌子。这个壁龛里放点儿花。把门厅里的中式茶缸搬走。不，不是那样弄的，你这个笨瘸子。"

我还没起床，她就冲进我的房间，抓着我的衣服将我拉起来。我穿的正是她给我买的那件外套。去健身房之后，我就一直穿着它，不肯脱掉，因为脱掉衣服就意味着过上了一种日常的生活，仿佛一切都很自然，仿佛我愿意留在这里一样。自从爸爸说我不应该来以后，我就无法假装这个地方有对我来说正常的东西。我甚至连澡都没洗，把自己藏在满是灰尘的外衣下，腋窝里传来一阵气味。这味道并不好闻。

她冲了进来，一只手戴着黑手套，另一只手拿着一个小小的黑皮箱。她是来为我打扮的。上一次见她还是两天前我从客厅跑出去的时候。这一次，她的表情很严肃，显得很干练、认真。今天可不是有趣的"姐妹日"。

"别以为你那副样子就可以了。到时候大家都会知道你的身份，我们可不想看见全村人都对你议论纷纷。"

昨天，我离开学校以后，一天的大部分时间都待在"魔法天鹅"。酒馆的生意很好，整个晚上，人们都对我投来好奇的目光。对他们来说，我是个外人，大家都在猜我是谁。我大约是在晚上九点半时，才迷迷糊糊地往回走，这无疑成了村里人的谈资。那时他们还不知道我是哈里福特家的人。

艾丽把我从床上拖下来，匆匆将我推进浴室。刚开始我还像个孩子似的反抗，把手臂放在身侧，裹足不前，也不去看她。但她拽着我的衣服，将它翻了过去，勒在我的耳垂上。

"好吧，好吧，"我终于同意脱掉外套，"你先出去，我自己洗澡。"于是，她不情愿地退出去。我打开淋浴时，她还回头看了我一眼。然后，她站在门口小声说了些什么，我并没有听清楚。

于是我伸手关掉淋浴，问道："你刚才说什么？"

"我说，我们是姐妹。你用不着害羞，我知道你的身体是什么样的。你的臀部有疤痕，肚脐是向外凸出，而不是向内凹陷的。我知道很多关于你的事。"她拖着脚步向外走，一边摸着易碎的门框一边笑着说，"你小时候喜欢用香蕉泥当早餐。他们刚把你的脏尿布换下来，你就又尿了。还有，我明白你的感受，我知道没人要有多么难过。"她站在原地，看着我，提醒着我，我到现在仍然没人要。此时此刻，我必须抓紧水槽才能站稳，而她没等我回答就关上了门。

十五分钟后，我从浴室出来，皮肤很干净，还湿漉漉的。我低着头走过那放满照片的陈列柜，什么也不去看，因为接下来的几个小时可能会耗尽我全身的力气。我打开卧室的门，看到艾丽坐在床边，身上盖着被单。我的包在她旁边，里面的东西散落一床。

她问我："你还记得那次我从渡槽上跳下去的事吗？"此时，我只裹着一条毛巾，什么也遮不住，身体几乎赤裸，但她好像一点儿都不在乎。她把我和安东尼奥的照片放在床头柜上。昨晚，我确定自己要离开了的时候，就把它装进了包里。我从她手里拿过包，在里面找干净的内衣。

"当然记得。"我仿佛还能感觉到自己站在栏杆上，风抽打着我的皮肤。那是在冬天，气温不到三摄氏度，地上附着一层薄霜。下边的河结了冰，冰块漂浮在水面上，艾丽落水的地方留下一个大洞。她在水里踢蹬了一会儿，直到冻僵。

他们一直看着我们，也许就在我们离开花园的那一瞬间，他们的视线才离开过。那一瞬间她就把我拐跑了。就花了一瞬间。也许他们是被我妈妈的眼泪分散了注意力。艾丽要我跟她一起去，说有东西给我看。我犹豫了一会儿，也许是因为杰米玛姑妈说过，不要跟陌生人走。我也想过，她给我看的东西可能会吓着我。而事实上，吓着我的却是她。我能清楚地看到她身上的某种东西，仿佛她脸上有胎记一样显而易见。

"如果那个过路的人没把你拉下来，你就死了。"艾丽说，跳下去能让我们联结在一起，他们再也不能将我们分开。可我就是做不到。我一直站在那儿，身上只穿了一件T恤，冻得浑身发抖。我看着她浮在水面上，心里在想自己为什么不守信用。自那以后，父母想让我们重聚的愿望就消失得无影无踪了。"为什么要提起这件事呢？"我问。

"从那以后，他们就再也不让我见你了。你知道的，那是我们几年里的最后一次见面。"她说着靠在床上，紧紧地拉起被子，放在下巴处。我从没见过她如此脆弱的样子。"直到我找到你。"

"我知道。杰米玛姑妈搬了家，好让你找不到我。"我坐在她旁边，用手抓着毛巾。我提醒自己，今天是举行葬礼的日子，我应该对她温和一点儿。"艾丽，这些我都知道。为什么不说一些我不知道的事呢？"

她不理会我的话，继续说："可我还是找到你了，不是吗？他们阻止不了我，我找到你了。"

"是的，你总能找到我，艾丽。"我想起她第一次找到我时替我收拾罗伯特·里尔的情景。她上一次找到我是在医院，当时她被保安拖了出去。每一次，她都能想方设法找到我。每一次，我都感到慰藉，因为她从未停止寻找我。老实说，就连这一次也是。我凑到她面前，将一只手搭在她的手臂上，轻轻揉捏。

"我必须找到你。你明白的，对吗？你现在知道我为什么一定要找到你吗？"

"因为我们是姐妹。"我一边将她的头发从眼前拨开，一边说。

"不，"她站起来，笑着说，"与姐妹无关。"

我也站起来，一把抓起她带来的连衣裙，然后转过身去，不让她看见我身上的疤痕，即便她知道它们的存在。我慢慢地将裙子套在身上，等着那一阵尴尬过去。我转过身来的时候，看见她正盯着我的臀部。

"那是为什么？"我大声问道。我拉上拉链，心想，她这次怎么买得这么合身？这是一件黑色的直筒连衣裙，三分袖，正是我的风格。"是想找个人和你一起做疯狂的事吗，比如从渡槽上跳下去，或者吸毒？"

"不，"她抬头看着我说，"伊里尼，是为了知道真相。你不知道这对我来说有多难。我知道，有一天你会回到这座房子，回到你的房间，还有，我最终会知道真相的。"她深吸了一口气，又长呼出来。"伊里尼，我是一个有耐心的女人。现在我知道真相了。"

这些话传到我的耳朵里，仿佛发生了火车事故一样。我跟跄地往后退，抓着床边，以免摔倒。

"这是我以前的房间？"我结结巴巴地问道。此时，我既感羞愧，又觉得恐惧。我环视着屋里的细节，比如我藏在家具后的那幅差劲的画和我放装饰品的那个抽屉，我的？"我小时候的房间吗？"

她翻了个白眼，好像听见了全世界最愚蠢的问题："你觉得我会让你住在哪里呢？这就是你的房间啊，和你离开时一模一样。"

我环顾四周，想寻找证据，或试着想起点儿什么。可是，什么也没有。"婴儿床呢？"我质问她，"这不是我的房间。我离开时还小，应该睡婴儿床。"

"你睡不下婴儿床，因为你的双腿都打上了石膏，用天花板上那东西悬挂着。"我抬起头，循着她的手指望去。她那曾经精美的指甲上有了缺口。天花板上有一个挂钩，我之前以为是用来挂灯的。现在我才知道，那是一种旧式的牵引设备。"以前，你不能动的时候，我就跑上来陪你。你喜欢蝴蝶，我就在你的石膏上画蝴蝶，还告诉你，有一天它们会带着你飞。"她的手指在我的手臂上扭动，一直到我的肩膀。她用舌头顶住上腭，发出声响，像翅膀扇动的声音一样。我想起了她小时候的样子：她把脸凑到床边，看着我，发出同样的声音；用孩童的手触摸我的身体，同样那么轻柔。一想到此情此景，我的眼泪就冒了出来。我走到柜子前，拿出后面那幅褪了色的蝴蝶画。那是我以前喜欢的东西，是我儿时的东西。蝴蝶。"不过现在，这一切都没用了，就像你的眼泪一样。因为现在我知道了。"

我手里拿着蝴蝶画，那褪了色的翅膀从未如此美丽。我几乎没在听她说话了。"这是我的房间，"我结结巴巴地说，"你当时和我一起在这里。"我艰难地吞了一口口水，试着呼吸。"你对我很好，我记得……你在我身上画满了蝴蝶。"

"我那时还小，"她甩着手腕，不屑一顾地说，"当然对你好了。"

我看着画框里的水彩画，笑着说："我喜欢蝴蝶，你就用各种各样的颜色来画蝴蝶翅膀，对吗？"她点了点头。我想让她再做一次那个动作，像以前那样摆动双手，但不知为何，我没有开口。我应该伸出手，抱着她，感谢她让我想起这些。可是，她正看着我，眼神十分冷漠，我不敢这样做。

"我们都喜欢蝴蝶，"她说，"你不记得了吗，她以前经常放《蝴蝶夫人》？她可喜欢那首歌了。以前……"她看了我一眼，眼神非常奇怪。以前怎么了？"妈妈经常给我们讲那个故事，还一遍又一遍地在唱机上放那首歌。你害怕音乐开始前针头发出的吱吱声。"我坐到她的身边，手里拿着那幅褪了色的蝴蝶画，"她经常哼那首歌。她说有一天你会长成一只蝴蝶，还说你是一个勇敢的姑娘，有一天会张开翅膀飞翔。"

"爸爸那天听的就是这首歌，"我说，看见妈妈尸体时的记忆又浮现在脑海，"你车里放的也是这首歌，《蝴蝶夫人》。我记得。"

"是的。可不管怎样，就像我说的，你已经摆脱我了，我再也不会找你了。我一直都知道，有一天，我会带你来这里，让你和他见面，那时我就会知道。而现在，我确实知道了。"

"知道什么？"我擦了擦眼睛，问道。那悲伤的音乐还在我脑海中回响。

"他对你说你不应该来。那就证明，他不后悔为我做的那些事。"她在房间里四处看，目光避开我，好像我只是一个静物似的，"这也就意味着，他想要我，在你和我之间，他还是选择了我。"她拿起床头柜上的小皮盒，扔在我胸口上，说了一句"赶快准备吧"，好像已经对我失去兴趣了。盒子掉落在了玻璃画框上。"把它戴上。车队很快就到，正如我所说，我们不想让全村人对你的样子议论纷纷，那对我们影响不好。"

她走了，留下我抓着那幅褪色的蝴蝶画，脑海里还回荡着《蝴蝶夫人》的旋律。她走出房间，拐过转角。我双腿发软，倒在床单上，身体跟着双手颤动。

几分钟后，我恢复了平静。我回到浴室，洗了洗我那又红又肿的脸。不过，这趟回卧室，我没有低头，而是停下来，去看陈列柜里的东西。那是一个放满了照片的柜子，上面盖了一层灰，但那些照片很干净。我拿起一张照片，发现照片底下也有灰。我看着照片上艾丽清晰的样子。那上面也有我，我那时才十八个月不到。我在笑，她用冷淡的眼神看着我。她的脸上也带着笑，但并不是开心的笑容。还有其他照片，但我没办法一次面对那么多。我把相框扔回去，其他照片像保龄球一样散落开来。

我现在终于知道我的脚为什么能碰到床尾了，因为那不是大人睡的床。揭开床单，下面还有可以延长的侧板，这样设计一定是为了防止我掉下去。我打开那个被我放进装饰品的抽屉，发现里面有一些毛圈尿布和一罐大头针，看样子有好多年没用过了。我打开另一个抽屉，发现里面有许多粉色的婴儿服，从出生到十八个月的都有。那是我的东西，是我曾经穿过的东西。我拿起一件，闻了闻，但那层厚厚的灰让我的鼻子发痒。我拿起那个装饰品，放在胸前，慢慢地移回床上。我伸手去拿手机，才意识到它已经坏了。我告诉自己，深呼吸，不准哭。然后，我吞下一片安定，等着它发挥作用。可是它一点儿作用都没有。于是，我擦了擦眼睛，用座机给安东尼奥打电话。他没有接，我只好挂了。

听到汽车进入私家车道的声音，我的心里"咯噔"一下。我站起来，看见五辆黑色的捷豹车，最后一辆特别大，它的后车门大敞着，好像一张血盆大口，要把棺材吞下去。这时，我瞥见自己的倒影：头发及肩，卷曲的刘海儿缠结在一起，湿漉漉的，一缕一缕搭在眼前。抬棺材的人从房子里退出去，将棺材滑进车里。门外响起了敲门声。

敲门的是乔伊斯。她看见我在哭，以为我是因为失去妈妈而悲伤。这倒也没错，不过，我哀悼的并不是我的妈妈，而是我失去的生活和永远回不去的童年。

“好了，好了。”她拉着我的手说，紧接着迅速地看了我一眼，发现我光着脚。然后，她在房间里四处张望，发现我只有一双黑色的平底靴和一双漂亮的新“锐跑”。她拿起一只鞋，看了看鞋底，然后推我过去坐下，匆匆跑了出去，还小声说：“待在这儿。”

几分钟后，她拿着一双黑色的系带单鞋进来，就是她自己穿的那种鞋。我反应迟钝，不知道她是要我自己穿上。于是，她便蹲下来，把我的脚放在她的膝盖上，为我系鞋带，尽管她的左手不太方便。系好以后，她抬起头，看见了床上的小皮盒。她拿起盒子，打开它，里面是一条珍珠项链。她转了过来，好让我看到里面是什么，同时等待着我的回应，也许是想知道我是否要戴它。

“是艾丽给我的。”

听我这么说，她噘起嘴巴。一开始我以为她不相信我的话，可之后，她点点头，像自我肯定一样。“所以你不会戴它。”她说着关上盒子，把它塞进我的包里，然后扶我站起来，帮我把头发捋平。之后，她从口袋里掏出一张纸巾，擦了擦我那红红的眼睛。可是，她的好意反倒让我哭得更厉害了。

“噢，伊里尼，你必须平静下来。我不希望她看到你这样，也不希望你们的爸爸看到。好了，姑娘，振作一点儿。”她挺起胸，打起精神，像是要让我跟她学怎么振作。我点了点头，用袖子背面擦了擦眼睛。然后，我们手挽着手走下楼去。

好样的！勇敢的姑娘！来，张开你的翅膀。

我们走到私家车道的时候，我看见了我的爸爸。他看上去很小，好像被压扁了似的，一个我从没见过的男人搀扶着他。我刚来时看见的那个矮小的男人也在这里。可是，我没有看见杰米玛姑妈。艾丽正在指挥，她命令人们坐进车里，并且布置鲜花——玫瑰，代表爱情与死亡的花。人们都进去之后，她退了一步，满意地看着自己的安排。她示意我上前去，我也试着跟上她。可是，乔伊斯紧紧地抓着我的手臂，阻止了我。她拉着我上了另一辆车。

"你最好和我一起。"司机关上门时，她小声说道。艾丽也没有太计较。车队慢慢向前行进，开始了它们痛苦的拯救之旅。

"杰米玛姑妈呢？"我问乔伊斯。但车轮辗轧碎石的声音很大，我不确定她是否能听见我说话。

几分钟后，我们在教堂外面停了下来，人们一个接一个下了车。我们坐的是最后一辆车。一群村民等在教堂外面，我们手挽着手走在他们中间。一个陌生的女人拉起我另一只空闲的手，她穿着花衬衫，戴着深蓝色的帽子。我们跟在牧师和棺材后面，慢慢地走进教堂。教堂里烧着香，烟味粘在我的喉咙后部，迫使我轻轻咳嗽了一声。我找了个座位坐下来，四处寻找杰米玛姑妈和艾丽。然后，我看见艾丽在前面。她看上去焦虑不安，虽然几分钟前我见她还镇定自若。这是装的吗？我意识到自己仍然不知道妈妈的死因，于是我就想，艾丽是否在掩盖什么呢？她希望我们以为她很伤心，但我不确定她是否真的那么伤心。我看着齐聚一堂的亲人和朋友，心想，如果连死者的两个女儿都不哀痛，那么还有谁会真正哀悼她呢？我到处都找不到杰米玛姑妈，她为什么不来？

这时，我听见牧师说："哀恸的人有福了，因为他们必得安慰。"我突然意识到，即便死了，她也得不到安宁。我不会得到安宁，我们任何人都不会。

第 15 章

"宽容的主啊，死亡到来时，我们才发现，没做完的事太多，做错的事也不少。弥补我们的过错。"

前来致哀的人左右移动，找位置坐下。乔伊斯抓着我的胳膊。我僵在原处，仿佛已经落地生根，仿佛一棵不长叶、不结果的树。

"包扎好过去所犯错误的伤口。"牧师继续说道。我在想，他指的是谁的错误呢？我的，我妈妈的，还是这家里每个人的？"将我们的罪孽转化为爱，让你的宽恕把我们变得完整。我们以耶稣之名祈祷。"

"阿门。"我念了一句，小时候在学校里学过这样的祈祷词。他们说话的时候我就说话，我只管排着队，跟在后面就是了。

我听到身体慢慢移动的声音，听到外套摩擦的声音。慢慢地，我听不进牧师的话了。我的后面有人剥糖吃，另一个人制止了他。我试着关注艾丽，这里肯定有许多人都关注着她。她在教堂前痛哭流涕。她化了精致的妆，可眼睛在流泪，肩膀在颤抖。多么做作的眼泪啊！

"我虽行过死荫的幽谷，但心无所惧，因你与我同在。你的杖，你的竿，都在安慰我。"

我尽量不去听，而是环视着这些哀悼者。来参加葬礼的都是谁呢？除了跟着车队来的，大约还有三十个人。其中有些是村里人，他们穿着黑衣，大多数都已年过六十，像一群围在尸体旁的乌鸦。我还看到了恩迪科特校长，她来迟了，一个人坐在后面。一个穿长大衣的男人和她打过招呼后，让她去前面，但被她拒绝了。我转过脸，希望她没有看见我。乔伊斯以为我心里不舒服，把我拉得更紧了。我把脸埋在她的肩上，虽然担心这样会让我引起别人的注意，但我不能冒险，以免被恩迪科特校长认出来。到目前为止，尽管艾丽有过警告，但似乎别人都不知道我是谁。

我没想到的是，恩迪科特校长的到来，也勾起了艾丽的兴趣。她在座位上扭来扭去。其他几位出席者争先恐后地对校长笑脸相迎，她却待在原位。我回头去看艾丽，只见她表情严肃，湿润的脸颊反着光，眼睛眯成了一条缝。眼看她就要站起来，这时，我们的爸爸感觉到了她的动作。他迅速扭头看了一眼后面，然后让她坐下，拍了拍她的手，还在她耳边说了些什么。我又回头看恩迪科特校长，只见她蜷缩在墙边，好像正打算消失似的。艾丽最后往她所在的方向看了一眼，然后转头看着棺材。校长的到来为什么让她有这么大的反应呢？

过了一会儿，我爸爸站了起来。虽然头埋得很低，但他比之前镇定了不少。他走到台上时，光秃的石墙里散发出一阵寒意，蔓延过我的全身。我意识到，他就要开始念悼词了，一想到此，我感觉自己就像扑进火中的飞蛾。

"感谢大家来此参加亡妻卡桑德拉的葬礼。"念到这里，他才抬起头，看着聚在教堂里的我们。他的目光避开了我，由此可以看出，他知道我坐在哪里。"卡桑德拉的一生比我们想象中短暂，一场可怕的疾病带走了她。在座的许多人都见过她与癌症做斗争的样子，而且许多人还曾支持、帮助过我们。在此，我要感谢大家在我们需要时所给予的照顾，无论是现在，还是在她生病期间，还是在过去的任何时候。"

教堂里的哭声更厉害了。温和的抽泣变成了泪流满面。到处是翻手提包发出的沙沙声和吹鼻子的声音。和我那号啕大哭的姐姐恰恰相反，此时的我很镇定，很平静。这一刻，生平第一次，我愿意宽恕一切罪过。她是得癌症死的。这只不过是又一个普通家庭中的又一次普通死亡。我开始明白，这就是人生。

"但我不愿沉湎于这些时候，"我爸爸继续说道，"我并不会以这种方式去悼念我的妻子、我的朋友、我的伙伴。我只是选择记住十七岁的她。那个金发姑娘，她坐在我的自行车后座上赞美我，让我载她一程。我还会记住，她是一个热爱绘画的人，一个古玩收藏家。"我想起那幅褪色的蝴蝶画，才知道那是她的，是她为我画的。"那时，无论天气怎样，她都会拉着我去附近的山上。我们最快乐的时光是在年轻时，那时，我们的家庭还很年轻，那时的回忆，还历历在目。"

然后，他看了我一眼。我看到他的眼睛里有一丝光轻微地闪烁了一下，就像夜空中遥远星球上的一道闪光。可是，我看着他时，它就消失了。我觉得乔伊斯也注意到了这点，因为她把我的胳膊抓得更紧了。

"我确信，你们很多人都能证明，卡桑德拉是一个大方的人。每当朋友或陌生人需要帮助时，她总愿意伸出援手。她是一个肯为别人牺牲时间的人。她是一个喜欢做饭、喜欢逗我笑的好妻子。"他说到这里，我已经忍不住了，不想听这些谎话。在这悼词里面，那些丑陋的细节都被划掉了。就像PS后的我，身上没有疤痕，骨头也整齐地连在一起。他停下来擦眼睛，有人冲上去递给他一张纸巾。他们扶着他，但他说他没事，可以继续。于是那些人又回到了第二排座位上。接着，他清了清嗓子。

"卡桑德拉是一位无私的母亲，她总是做一些自认为对孩子好的事。"这时，人群里发出一阵声音，而且，我很肯定，有几个人在朝我这边看。他们认出我了吗？我爸爸又看着我，这一次确实是在看着我。乔伊斯似乎不喜欢他的这句话，她把我的胳膊抓得越来越紧，也许她觉得我有逃走的风险。可是，我哪里也不会去。因为，他一边看着我一边把她描述成一位无私的母亲，这其中一定有什么用意。他为什么想单独见我呢？有什么不能当着艾丽的面说的呢？他还藏着什么秘密？我觉得妈妈是爱我的，她想要我，为我做了一切她认为是为我好的事，这种感觉从未如此强烈。他是在告诉我，他们别无选择，她也很难过。否则，他不会这么说，不会当着我的面这么说。也许，我可以试着哀悼。也许我会找到慰藉，获得安宁。

过了不久，我们从教堂出来。我走在人群的后面，不想在他们放下棺材时离得太近。人们铲起泥土，填进墓穴里，大家围在爸爸身边，好言安慰他。我躲在一块大墓碑后面，看着艾丽。恩迪科特老师就在附近，她一定很快就出了教堂，也许在头几个出来的人里。她看起来有点儿尴尬，徘徊在门廊的墙边，就像我躲在墓碑后一样。很快，她匆匆离去，穿过大路，要么是去学校，要么就是回家。

看到校长离开后，乔伊斯小声说了些什么。我没怎么听清楚，于是问她："你说什么啊？我没听见。"

"没什么，伊里尼。没什么要紧的。"

这时，有人注意到了远离人群的我，他们用好奇的眼光打量我，在人群中交头接耳。很明显，他们知道我是谁了。那个丢失的孩子回来了。我感觉自己像一个入侵者。艾丽把人群集合起来，领着他们去了"魔法天鹅"的方向，她的举止竟然透着不合时宜的高兴。虽然如此，但我还是很感激她，因为，她带着人群离开，就看不见我藏在哪里了。人群很快散去，只有几个不认识的人还在墓地里。也许他们是在祭拜自己的亲人。我注意到爸爸一个人站在那里，于是我对乔伊斯说，我要去散散步，喘口气。然后，我走近他。

我才走了一臂长的距离，就听到他说："我们没什么可谈的了。"他扶着教堂的墙，站在一块小墓碑旁。那墙本来是用来阻挡附近的羊的，现在却可以用来防止他逃走。他会听我说的，他必须听我说。"我想说的话你在教堂都听见了。"

我又向前走了一步，不想放过他。我刚刚参加了妈妈的葬礼，难道这对他来说没有任何意义吗？我已经从上次会面中恢复过来，不管他是否愿意，现在正是好机会——艾丽不在这里，而且他很难过。我从未像现在这样坚定。

他微微转过身，看着我，然后抬起手，挡住阳光，不让它晃着眼睛。如此一来，他的脸就藏在了阴影中。今天天气很好，是个难得的夏末晴天。我看不见他的眼睛，但我感觉得到，它们正看着我。几秒之后，他转移了视线，抬头看着卡桑德拉带他去过的那些小山。"艾丽说得没错，"他温柔地说，"你和她长得真像。"

我深吸了一口气。"我只想问一件事，"我说，"之后就离开，而且我保证以后不会来打扰你。我知道这是你想要的。"他看样子很犹豫，于是我加了一句，"我觉得这是你欠我的。"

"我不欠你什么，"他说，"很多年前，我把我的灵魂全部交给你了。我已经没有什么可给你的了。今天，我不能谈这个。现在不能谈，不能和你谈。"

"求你了。"

他抓着墙，吸了一口气："问吧，你想知道的东西。"

"艾丽说她一直想让我留在这儿——我是说，我的妈妈——这是真的吗？"

他又回头去看那些小山，看见一只黑色的鸟在前方转圈，最后落在新挖的坟头上。它拔出一条虫子，然后带着它逃走了。我们俩看着它飞走。我回头看爸爸，他正在点头。

"那你为什么说我不该来呢？难道你觉得我不该来参加她的葬礼吗？她是否后悔过？"我说着向他靠近，"她是否后悔把我送走？知道这些对我有好处，这让我觉得自己不是那么一文不值。"我又哭了，可这一次，我没打算停下来。

"伊里，你不是一文不值，"他用全世界最温柔的语气说，"而且从来不是一文不值。"他喊我名字的简称时，我哭得更厉害了，泪如雨下。他看着我那泛红的脸。我看到他手上的肌肉抽动了一下，有一瞬间，我以为他要伸手过来，为我擦去眼泪。我现在离他很近，而且我不会阻止他，即便我已经知道当年是他让我离开的。可是，他把手背到了身后，可见抽动并不代表什么。"你以前是宝贝，现在也是。因此，我才为你倾尽所有。"

"那你为什么说我不该来呢？我本就应该来和她道别，而这就是恰当的时候。"

他长长地吸了一口气，然后说："因为你揭开了旧的伤疤，伊里。是我的伤疤，也是你姐姐的伤疤，还是永远无法治愈的伤疤。"他说着上前一步，我又以为他要碰我。他的嘴巴张开了，也许他是要亲我，作为最后的告别，因为我们完成了多年前以我的名义而定下的约定。可是，他又一次停了下来。"我不想伤害你。相反，我其实是想让你不受到伤害。"他看了看酒馆，样子很紧张，然后，又看着我说，"可是你应该离开。趁你还能摆脱我们时离开。你会明白，这样是最好的。现在她以为自己知道了真相，就不会再管你了。"他淡淡地笑了笑。"这里没有你的东西了。"

第 16 章

所以，这是真的。我最恐惧的事得到了爸爸的确认。我应该接受自己不属于这里的事实，离开。可这是一个残酷的事实——什么也没有了，真的就只剩下一个人了。

当艾丽闯回我的生活，收拾罗伯特·里尔的时候，我多希望能留在她身边。那天，她救了我，让我觉得我们是一个团队。她时不时出现在我的生活里，让我感觉好多了。她的出现让我在这世上有了一个位置，至少刚开始是这样。在学校里没朋友没关系，被人骂也没关系。自从罗伯特·里尔挨打后，他们也只是在我背后小声骂了。现在，谁还敢嘲笑我呢？如果你惹了我，可能就会少一个蛋蛋。艾丽的存在居然给了我力量，这让我很惊讶，但我不知道艾丽也有同样的感觉。我不知道自己是她的卒子，是被她玩弄和操纵的棋子。但很快我就明白过来了。

我们以前会定期见面。我说我想周六上午去图书馆时，杰米玛姑妈还以为我打算好好学习了。她很高兴，却也很小心。她知道艾丽回来了。我曾听到她在电话里问我爸爸关于罗伯特·里尔的事。"让那个贱人离我们远一点儿。"她对他说。所以，只有让她接送，她才同意我去图书馆。不过，我很轻易就从图书馆后面的安全出口溜出去了，艾丽就在那里等我。

每个星期六，我们都有两个小时可以在一起。一开始，艾丽好像只是要试试深浅，所以我们的头几次见面很安全。两个人在一起也没做什么鲁莽的事：在人行道上吐痰，抽烟，在厕所的墙上写我老师的名字和电话号码假装是聊天热线，仅此而已。她会把一根头发搁在汉堡里，然后向服务员抱怨。但这并没有什么好处，因为我们要用一顿饭里最好的东西去换。可规矩就是这样，于是我们留下了薯条。她这样做，只是要让我知道，她掌控着一切，她想要什么就会得到什么，她能够使唤别人。

她越来越热衷于乱涂乱画。我会找借口不在桥上和贮水池上涂画，否则你会发现整个城市里都是我们的杰作。后来，我们不抽烟，改抽大麻了。在候车亭避雨时，她还教我皮下注射。路人嫌恶的眼光让这样的行为变得更有趣。可是，我们一直被限制在两小时框架内。而且我们也知道，如果还想偷偷见面，那么，麻醉的程度必须降到最低。她对我说，我必须取得姑妈的信任。她还说，我必须取得她的信任。

我知道，她第一次让我独自在商店外等她，是在考验我。她去了很久，感觉上像是过去了好几个小时。而我满脑子想的只是杰米玛姑妈可能在镇上闲逛着等我，可能随时会看见我。我尽可能藏好，混入人群中，来来回回地查看王子大街上的巴尔莫勒酒店钟塔。艾丽突然出现了，她昂首阔步地走过来，笑得裂开了嘴。她脚步不停地抓起我的手，带着我往前走。

她说："别回头，继续走。"我便乖乖地照做。

她拉着我，坚定地往前走，我不得不加快速度才能跟上她自信的步伐。我们走在一片阴影里，左边是司各特纪念碑，右边是爱丁堡城堡。我们一直往下走，走到王子大街花园的最低点，直到可以听见火车从威弗莱火车站离开的声音。她把我拉到草坪上，我们坐在一棵大橡树的树冠下，她从袖子里拉出一块橙黄色的布，像变魔术一样。

她把那块布料推到我这边，说："你做得很好。这一次很容易。这是给你的。"

"什么？"我问她。我拿起来一看，是一件背心。

"我拿来给你的。"她朝我眨了眨眼睛，说道。我脑子里闪过一个念头：可能是她买的。但我马上知道不是这样。从她的笑容和那厚颜无耻的眨眼之中就可以看出来，她"拿"来给我的，偷来给我的。

我摸着这件螺纹针织背心，它正是我想要的，高腰款，可以露出腹部。在1996年，这种款式很酷，我想打扮得酷一点儿。但感激的火花只是一闪而过，我在扯衣服上的防盗标签时，才意识到自己生平第一次参与了干坏事。打罗伯特·里尔不是我的主意，我没有提出来，所以我觉得自己没有责任。可就在一个小时以前，我抱怨杰米玛姑妈总是把别人穿过的衣服给我穿。我说想穿新衣服。这就是我的错了，艾丽是为了我去偷的。

但是，我什么也没说，只是把背心放在书包里，偷偷回到了图书馆。艾丽不费吹灰之力就把防盗标签扯了下来，但我觉得人们还是能看见。杰米玛姑妈接我回家，她问起，我就说在看莎士比亚的戏剧。她问我是哪部戏剧，也许是为了测试我，于是我说是《奥赛罗》，因为我几个月前刚看过劳伦斯·菲什伯恩主演的1995版的《奥赛罗》，还记得大概的内容。她看上去很高兴，回到家以后，还说要给我做热巧克力，因为外面太冷了。而我则上楼去，将背心藏在了表姐的抽屉里。一个月后，我看见表姐把它穿在了一件苏格兰格子衬衣下面。没有人问起它的来历。

经历了短时的羞愧后，我对艾丽偷东西的行为习以为常。每当我看上什么东西的时候，这就能派上用场。我只需要视而不见就可以了。大多数周末，她都会给我带点儿东西，或者我们在一起时为我偷点儿什么。我想要什么她就能给我什么，对此，她十分骄傲。有时候，她还会偷一些我们俩都不需要的东西。之后，我们就把这些东西扔进垃圾桶，还乐在其中。有一次，我们偷了一条男式围巾，我建议她把它送给候车亭里的流浪汉，她拥抱我，说我心地善良。为此，我很骄傲，尤其是她看我的眼神，让我觉得自己做了好事。

　　当艾丽告诉我下周六是她生日的时候，我知道，自己只有一个选择。我没有零花钱，所以，是时候勇敢一点儿了。我一直在想她喜欢什么，可是我根本看不出来。有一天，我从学校溜出来，去了镇上。其实这也没什么难的。我冲进艾丽最喜欢的商店，偷了一对环形的大金耳环和一条前面有一排纽扣的A字牛仔裙。她一定会喜欢我送她的这些东西。到时，她就会知道我有多希望她能陪在我身边了。为了这个，道德已被我抛到一边。

　　接下来的那个星期六，我在图书馆后和她见面，说要给她一个惊喜。她看上去很兴奋，于是，我在去附近的麦当劳的路上慢慢告诉了她，说为她准备了生日礼物，希望她喜欢。她在我身边一直笑，拥抱我，牵我的手，说我能给她买礼物真是太棒了。她想知道我的钱是从哪里来的。杰米玛姑妈是怎么说的？他们会让她去家里吗？那时的我太天真了，看不出她的渴望近乎疯狂。我们走近座位时，她已经控制不住自己了。她迫切地想知道我要送她什么，开始对我动手动脚。

　　最后，我心慌意乱地把礼物拿出来给她。我红着脸，很尴尬，不知道她会不会喜欢。还好，她很喜欢，立马就把耳环戴上了。她时而用手指去拨动耳环，时而摆摆头，让耳环拍打在脸上。然后，她站起来，把裙子套在她那宽松的牛仔裤外面，说非常完美。裙子肯定大了，但她不在乎，因此我也不在乎。她伸手抱住我，我们紧紧地贴着彼此。这种感觉太棒了，我的心跳都快停止了。

"他们问你钱花在哪里了，你怎么说的？"她问我。

该我表现的时候了。我就等着她问我，这样我就有机会承认自己所做之事。为她所做之事。我还要承认，我像她，我们都是一样的。我笑了，然后像她那天给我背心时那样眨了眨眼睛。

"是我拿给你的。"

"你偷的？"她问。我像是串通别人做了什么事似的笑了笑，然后咬了一口汉堡。没想到，她抓住我的胳膊，将我往后推，汉堡落在我的膝盖上，摔成了两半。"是你偷的？"她又问道。这时，我撞到身后的镜子上，头都撞破了。我还听到了镜子碎裂的声音。"你别。他妈的。偷东西。"她坐了回去，松开我的胳膊。

我十分惊愕，一动不动。有几个人看到了这个场景，还看见她把耳环扯下来。其中一只很轻松地摘了下来，另一只卡住了，她干脆直接把耳垂扯破。她伸手一摸，血顺着手指往下滴。她咬了一口汉堡，然后舔了舔手上的血。

"我只是想给你一份礼物。"我怯怯地说道。可没想到，我这一辩解，反倒让她更加生气了。她从座位上站起来，抓住我的手腕，将我拉起来。我失足摔倒在地上，满脸都是酱汁，汉堡也随之落下来。我倒下时，她也险些绊倒在我身上。这时，一个男孩在一旁笑，我以为她要过去打他，但她走近时，他就闭嘴了。她转身看着我，我用双手捂住脸。她拉着我的左脚把我拖到街上，我的臀部立马肿痛起来。镜子的碎片还扎在我的头上。

她脱下裙子，朝我扔过来。裙子砸在我的脸上，留下一道红色的伤痕，火辣辣地疼。这时，一群人围了过来。我在学校里见过这种场景：打架快结束时，大家就围过来看。但这次没有人叫喊，他们只是一直看着，默默地同情我。此时此刻，"野牛""假肢伊里尼"回荡在我的脑海里，好像罗伯特·里尔事件从没发生过一样。

"你太他妈蠢了，"她喊道，"你不可以那样。如果他们发现了怎么办？你想过吗？"她朝我俯身过来。有人劝她冷静点儿，但艾丽转身把他们推开了。"他们会以为是我教你的，那样事情就更糟糕了。以后无论发生什么，她都会说是我的错。这又成了她讨厌我的理由，而这又他妈是因为你！"她说着踢了我一脚，正好踢在我臀部的疤痕上。"你最好祈祷杰米玛姑妈和马库斯姑父不知道，如果他们知道了，他们也会摆脱你。到那时，就没有人要你了，你就什么都没有了。"

她走了以后，有人把我扶起来，还有位好心的女士帮我把脸上和衣服上的汉堡残渣擦干净了。回到图书馆以后，我迅速恢复状态。杰米玛姑妈问我的脸怎么了，我告诉她，一本书从书架上落下来砸到了我。她说我总是笨手笨脚的。后来，她问我把《罗密欧与朱丽叶》看完没有——我告诉过她我还在看莎士比亚的悲剧。

接下来的那个周六，如果不是杰米玛姑妈坚持的话，我是不会去图书馆的。她说，去图书馆对我的学习和心态大有帮助，还说我的行为习惯好多了。所以，她看着我走进去。我一穿过图书馆的门，就看见艾丽坐在里面等我。她示意我坐下。

"你知道的，我可以把你做的事告诉他们，对吧？他们会相信我的，因为现在我比任何人都了解你。他们会说你和我一样，还会摆脱你。同时，你也会失去我。"她在椅子上坐直，双臂交叉，"那是你想要的吗？"

"不是。"我含含糊糊地说。我的臀部还在痛，仿佛能感受到她的威胁似的。"求你别说。我再也不敢了。"我感觉自己的肩膀在向内蜷缩，喉咙很痛，我拼命地抑制住眼泪。

　　她站起来，绕过桌子，走到我这边，一只手揽着我，说："好，我不说。但你可别再把事情搞砸了。"然后，她用手指捏起我胳膊上的一块肉，拧了一下。我皱了皱眉，感觉她的脸蜷曲成一个微笑。"否则，就全完了。如果没有我，你走到哪里都没有人理你了。"

第 17 章

我爸爸并没有等着看我崩溃的样子。那时，艾丽已穿过大路，朝"魔法天鹅"的方向跑去了。我感觉自己再次失去了不属于我的东西。越是接近真相，我越感觉受伤。我抬起膝盖，拍掉泥土，擦去脸上的泪水。突然，我意识到我坐在一座坟上。

坟的墓碑很小，是用白色大理石做成的，半边覆盖着青苔。碑上写着：你活在她身上。除此之外，什么也没有。我摇摇晃晃地站起来，迅速往后退了一步，又踩到了另一个人的安息之处。之后，我不小心将一只脚踩在了妈妈的坟头，这才想起来自己是在一片墓地里，于是飞快地往家里跑去。走到家门口时，我感觉臀部很不舒服，脸上、腋窝下都是汗水。所幸后门没锁，我匆匆穿过房子，这一次再也不害怕碰到妈妈的尸体了。我穿过走廊，来到一间书房。到这里的第一晚，我曾看到爸爸在里面。我走进去，面前是一张橡木桌。桌上没有电脑，只有一部电话。我迫不及待地想回家，于是给安东尼奥打电话。

"安东尼奥。"因为刚才哭过，我的声音还有些颤抖。

"哦，是你啊。我以为你不会打电话来了。我以为我们结束了。"他的声音和我的一样颤抖。他也在哭吗？"Grazie a Dio（意大利语，意为"感谢上帝"）！"

"我想让你帮我定下一趟航班。"我坐在绿色的皮椅子上，用手指摆弄着电话线。我低头盯着桌面，不想再看见这个地方或这种生活的任何细节。"我必须离开，现在就走！"

"你在哭啊。葬礼是在今天，对吗？"

我点了点头，仿佛他看得见一样。"已经结束了。一切都已经结束了。这地方再没有属于我的东西了。"我一边擦眼泪，一边控制自己的声音，"但是我在这里知道了一些事，一些非常重要的事。"

"什么事？"

"我妈妈是想要我的，是我爸爸不要我，而且现在仍然不想要我。这其中是有原因的，但我不知道是什么。我来这里，他并不生气。他很伤心。他说我揭开了一个旧伤疤，还叫我趁早离开。我知道这和艾丽有关，因为她也这样说过，可我不知道具体原因。"我们沉默了一阵。我希望他说点儿什么，又想到他说什么都没有用。之后，他深深地吸了一口气。

"Mio amore。"他说"亲爱的"。

我能听出他的安慰。他的呼吸加深了，语气里的担忧变成爱意。我回想起他那个用来包衣服的可怜的小袋子，那一切竟是如此遥远。

过去我一直以为，因为我支持他，让他能安心地做服务员，为开餐馆积累经验，所以对于他来说，要离开我不是一件容易的事。即便我拒绝为他生小孩，他也没有离开，这正证明了这一点。我觉得他和我在一起会生活得轻松一些。但此刻我意识到，没有我，他的生活才会轻松一些。爱一个冷漠的、经常将你拒之门外的人并不容易。如果对方给的远不及你想要的，那么留下来也并非易事。可是，他留下来了。我对他说："我想尽快回家。"也许家里还有可以挽救的东西。

我听到他穿着拖鞋走的声音，以及电脑开机的声音。"等一下。"他说。他的下巴摩擦过听筒，他的手指敲得键盘咔嗒响，他进入了搜索页面。"今天只剩一趟航班了。等一下，我打开看看。是晚上9:45的，到达时间是11:15。这个行吗？"

"好，就订这个。"知道自己很快就可以离开这里，我马上松了一口气。在他订机票的时候，我往窗外看去，看着那修剪齐整的草坪。今天，草坪上有一张桌子，桌上放着一些忧伤的点心，是给那些返回来的人吃的。

"好了，订好了。要我把具体信息发给你吗？"

"不用，念给我听就行了。我没带手机，到时去柜台检票。"于是他把航班号念给我听，我将它写在印有我爸爸名字首字母的笔记本上。

"那这段时间你怎么办？"他问。

"我把东西收拾好，再叫一辆出租车。越快——"我说到这里就停下了，因为我看见什么东西从桌旁的柜子里滑了一半出来。是一个人的脸，我认识这张脸。

"伊里？"

"——越好。"我接着把话说完，"越快越好。"我捡起照片，照片上的妈妈正看着我。我仿佛在看过去的自己。我们太像了，难怪恩迪科特老师问我是否有家人在霍顿。我出现的时候，她一定以为看见了鬼。

"伊里，你还好吧？"

"还好。"我其实不知道自己是否真的还好。

我打开柜子的门，发现一排蓝色的相册，它们是按时间顺序排列好的。其中有一个倒下了，我把它立起来，看到相册脊上写着：1978。我用手指摸着往下数，发现少了三册：1984，1985，1986。

我就地坐下，把听筒放在肩膀上，翻着1978年的相册。旧胶水像灰尘一样往下掉，历史的眼睛注视着我。

"怎么了？"我听到安东尼奥说。

"没什么，"我关上相册说，"我看他们快回来了。我先去准备一下，登机前再联系你。"

然后，我挂了电话，再次打开桌上的相册。照片上是我父母年轻的时候。有一张照片是在卢浮宫外面拍的，当时还没有金字塔。还有一张照片是在一条狭长的小船里，我觉得是在威尼斯拍的。幸福的脸上没有皱纹，也没有痛苦。我们最快乐的时光是在年轻时，那时，我们的家庭还很年轻，那时的回忆，还历历在目。之后我翻到几页空白的地方，以前放过照片，但现在不见了。然后是他们抱着一个婴儿的照片——他们的第一个孩子，肯定是艾丽。

我拿起另一本相册，上面写着1983，也就是我出生一年后。我用手指摸了摸褪色的金色字迹，打开了封面。第一张照片是艾丽站在一张桌子旁，桌上放着一个生日蛋糕。照片上，软糖在闪光，蜡烛很明亮，人却很模糊。我数了一下，有五根蜡烛。她身边还有其他小朋友，但他们隔了一段距离。照片上没有人笑，反而有个男孩在哭，他把手伸出来，想让人把他带走。我想这肯定意味着什么，但很快把这个想法搁置一边。

我翻着相册，一页一页地翻看这个家庭的成长足迹。然后，我看到一张我和艾丽在一起的照片。艾丽正在追一条狗，也许正是她后来杀死的那条。我在照片的背景里，骑着一辆三轮车。三轮车的座位是明黄色的，卷发散落在我那胖乎乎的脸上。我翻到下一张照片。背景里同样是冬天，同样是白色的天空和满地的冰霜。只是，这一次，我在地上，应该是从三轮车上被推下去了，艾丽在抢我的三轮车，那条狗在后面跳着。看着我们像家人一样在一起，我笑了。这就是家庭生活，是我从未经历过的东西，至少没有亲身经历过，只是作为一名旁观者或看客见到过。可是，在这张照片里，我看到了家庭生活的常态：我的脸冻得通红，眼睛里还有泪水，因为艾丽抢走了我的三轮车。我们曾经是一家人。我继续翻，希望看到故事一页页发展下去，但后一页是空白的。下一张照片不见了。

这时，我听到前门打开的声音。于是我把相册放回柜子，然后趁四下无人时将妈妈的那张照片藏进袖子里，再走到门厅上。最先进来的是弗兰克，我松了一口气。

"伊里尼，我们还在想你去哪儿了呢。"

"我提前离开了。你能载我去机场吗？"

"你这就要走了吗？"他回头看了看前门，好像在等谁。

"这样是最好的，真的是最好的。"他点了点头，好像真的明白似的，"马上就走吗？"

他沮丧地耷拉着肩膀，于是我知道他要让我失望了。"对不起，伊里尼，这不太可能。也许过几个小时，守灵结束后就可以了。如果我现在离开的话，哈里福特先生会把我吊起来的。尤其是在今天。"他说着向前走了一步，"再说，你也应该留下来。现在走不太合适吧。"

我觉得很尴尬，勉强同意了。很快，客人们纷纷回到家里。等几个小时又何妨呢？艾丽没有哭了，正在招呼客人。她指挥乔伊斯忙前忙后。看着乔伊斯穿着盛装鞋跑来跑去，再看看我脚上的单鞋，我心里充满了内疚。我心想，要是她穿着这双鞋就好了。这里有茶、咖啡、香槟、雪利，还有威士忌，应有尽有，仿佛置身于威利·旺卡的工厂。我坐在客厅角落的一把安娜皇后椅上，眨眼工夫就喝下了两杯威士忌。酒精的作用很快就上来了，因为我已经接近二十四小时没吃过东西。这种感觉真好。不过，为了保持头脑清醒，我还是站了起来，用木签穿起一块奶酪和菠萝吃了下去，接着又吃了一块洛林糕。

这时候，似乎没有人对我感兴趣。真是谢天谢地，因为他们回头看我时那诡秘的眼光已经够让我难受的了。我记得艾丽说过，大家都会知道我的身份，原来她说得没错。我和他们哀悼的那个女人长得如此相似，他们怎么能不知道我是谁呢？我之前走得匆忙，把写着订票信息的小纸条忘在书房了，于是，我又溜进书房，拿起小纸条，然后回到卧室。我手里拿着威士忌，等着最后几个小时过去。

我把酒杯放在床头柜上，然后把我的东西统统塞进包里，包括雪利酒和我从书房拿的那张妈妈的照片。我觉得没必要再把那瓶酒还回去了。他们欠我的，既然他们没办法还给我完整的生活，那么我就带走一瓶酒，也算他们还了一部分债了。最后，我把那幅框起来的蝴蝶画装进了包里。此刻，打包完所有的东西以后，这房间似乎比之前更没生气了，好像我又一次被送走了似的。

这时，我听到楼梯上传来脚步声，接着是扭动门把手的声音。我拉好拉链，刚一转头，门就开了。

"弗兰克说你要走。"艾丽说着走进来。

"是的。"现在我没那么害怕她了，对她的感觉也和以前不同，"我准备回家了。我要回到我以前的生活。"

"什么时候？"

"今晚。还有，你该知道，我明天就会换电话号码。这一次，不要找我了。"我需要一个利落的开始，需要再次过上远离她的生活，"艾丽，我再也不会陪你玩这些游戏了。"我说着坐到床边，借着酒后之勇吐露心声。自她进来以后，我第一次直视着她，差点儿哭了出来。

从前我一直以为我是属于这里的，现在我知道了，事实并非如此。所以，我不得不离开。我不能再去想这座房子和房子里的人以前的样子了。我已经得到我从前想在这里得到的东西。正如我曾经希望的那样，我的妈妈一直是想要我的。其他东西都是多余的，包括艾丽在内。我要用"知道剩下的事"去交换一个未来。在那个未来里，当我回头看时，虽然我不知道全部真相，但我可以说这一切都是因为爱。知道太多会有危险，目前这样就勉强足够了。

"你真是这么想的吗？"她看样子很沮丧，"你以前也说过那样的话，还记得吗？"她在我的旁边坐下，我们之间隔着一个包。

"艾丽，我确定我说了很多次了。"我抑制住眼泪，做出冷静的样子。我感觉有什么东西结束了。

"可你以前总是口是心非。"她里面穿着参加葬礼时穿的裙子，外面套了一件黑色的羊毛衫，她一边说一边揉着那件羊毛衫。我能听到乔伊斯在厨房里忙碌的声音，听到我爸爸和客人们告别的声音。"不过，有一次，你说的是真心话。"

"哪一次？"

"我杀死我的狗那一次。从那以后，你说你再也不想见到我了。"

我回想着，就在我们团聚失败的几个月后，我听到杰米玛姑妈在电话里对我爸爸说，这种事发生在艾丽身上，本就该在意料之中。她还说，他不该让她和动物待在一起。我还记得，听到这些话时，我感到很满意。我很高兴父母的生活因为艾丽和一条死狗而破碎了。

"你真的把它踢死了吗？"

"不，我踩在它身上，把它开肠破肚了。"

这话如此轻描淡写地从她嘴里说出来，既令人振奋，又令人恐惧。我想，看来这是真的。"我很高兴你杀了那条狗，因为我以为你让父母失望了。"我说。

"很好，我是为了你才杀它的。杰米玛姑妈搬家了，他们再也不会让你见我。我这样做就是要让他们不爽。之后，她又想送我去接受治疗，可他不让。尤其是在那件事发生以后——"说到这里，她停下来，眺望着窗外某处，"真是替你可惜。如果他们那样做，你就会如愿以偿了。她也是。"

"在哪件事发生以后？什么如愿以偿？你在说什么啊？"

"在精神病院、疯人院里，"她一边说一边用指关节敲打太阳穴，"他们会用麻醉剂，让你说出你的秘密。"说着她从指甲缝里抠出一块脏东西，"我第一次去的时候，他们把一切都记录下来了，直到父母接我回家。发生在我身上的事，也真是幸运，至少对于我来说是这样。不过我想，对你可就不怎么好了。但是不这样的话，我都不确定他们还会放我出来。"

"艾丽，你说的这些我都没听懂。"我觉得自己根本就不在乎，"我只知道你真的杀死了那条狗。这也是我一直想知道的。"

"是的，我当然杀了它。但是你早就知道了啊。所以你才对杰米玛姑妈说再也不想见到我。反正，他们是那么告诉我的。"

"我不记得了。"

"也许又是他们撒的谎吧。我一直希望是他们在撒谎。几年后，我找到你时，你好像还很高兴见到我。也许真是他们在说谎。"我发现她希望我在乎她，就像我希望她在乎我一样。她转身对着我，抓着我的胳膊。她抓得很紧，很痛，但她脸上的表情不是愤怒，而是绝望。"留下来。"

我摇摇头说："我得离开。"

"可你还没走。如果你真这么想，真的再也不想见到我，那么，再为我做一件事吧。伊里尼，我需要你。我们刚埋葬了妈妈，我觉得很孤独。我们一起出去吧，去附近喝酒。时间还早呢。"

"我要赶飞机。"

"那地方很近。我们喝完回来，拿上东西，还能准时到达机场。我保证。那时候再说再见。"她试着挤出一个微笑，却也藏不住内心的真实感受。我生平第一次有些同情她。她倒在我身上，拍了拍我的脸。"会很刺激的，就像好莱坞一样。"她眼看就要哭出来了。

"今天早上，你对我说，我可以摆脱你了，还说你再也不会找我。你说你知道爸爸的想法，说他还是会选择你。说得好像没有我在，一切都会更好。"我感觉自己的眼泪也快要涌出来，"怎么又变了？"

"就喝一杯，作为最后的告别，留下最后的回忆。"她抓着我，样子很可怜，"一起吧。"我们过去相处的时间虽然有限，但足以让我知道，答应她不会有什么好处的。可是，我又怎么能拒绝呢？尤其是今天，我怎么能再次逃离她呢？

"就一杯。我们新开一瓶酒，"我提醒她，"别以为我不记得你在我的学校对那个可怜的女孩做过什么。"我提起玛格丽特·沃尔夫时，她看上去很受伤，不住地摇头。

"当时我都没在。我在别的地方。"

"那是你的计划，你知道会发生些什么。只怪我当时太小了，还不懂。"

"那时你足够大了，知道自己的行为会造成什么样的后果，可你还为之沾沾自喜。"她一边回忆着我们过去做的事，一边欣赏我羞愧的样子，"那是你在学校发生的最好的事了。说得好像我会那样对你似的，你可是我的妹妹啊。"

第 18 章

下午五点时，我们离开家，去了镇上。我穿回了带"FEEL"字样的套头衫，艾丽穿了一双漂亮的打底裤和一件类似运动装的T恤。我们出发的时候，我已经做好了应对她一切古怪反应的准备，但她很冷静，也很温和。这时的她，一点儿都不像艾丽。

当我们来到邻近的霍伊克镇，把车停在一家酒馆门前时，已经差不多5:20了。彼时，街上刮起了大风，一场夏日风暴正在酝酿。她把车停下，又开走，换了三次，终于在"接骨木"酒馆停了下来。一路上她都很安静，话也不多，基本上没有任何反应，好像也知道这就是结束了。我指着里面的一张桌子，劝她进去，她跟着进去了。我建议喝点儿瓶装啤酒，她也同意了。我告诉她，我觉得教堂里的仪式很棒，她笑着说牧师是个好人。从头到尾，她都在划火柴。火柴盒上印着酒馆的名字。她点燃一根火柴，看着火焰烧尽，然后将它扔进一个空杯子里。她用火焰在手心里画图案，想测试自己的耐火性，偶尔烧到手臂上的绒毛，空气中便满是毛发烧焦的味道。我不知道坐在对面的这个假冒者是谁，这让我很紧张。

我们俩都保持着沉默，气氛有些凝重，我想不出任何闲话家常来打破这种沉默。于是，我问了一个现实的问题："我离开以后，你和我们的爸爸生活在一起，没有问题吗？"这是一个危险的问题，因为如果她回答"没有"，我就无话可说了。我既不可能叫她跟我一起去伦敦，也不可能再回来看她。

"我想是吧。"她说。听她这么说，我松了一口气。她看见了，却假装没看见。"总之，现在应该会好一些了。我觉得他一旦缓过来以后，也会好过些。"

"为什么会好过些？"

"因为她不在了啊。他们之间的关系一直很紧张。主要是因为我和她之间的关系紧张。"她抬头看着我，发现我在等她解释。然后，她把一根还燃着的火柴扔到啤酒杯垫上，看着它冒烟。我用拳头把火熄灭，她面无表情，好像根本就没有注意到。"你也知道了，她总是怪我，一直觉得我有些地方不对劲。这已经不是秘密了。"说着她又点燃一根火柴，并且拿起它，稳稳地放在我们中间。我们一起看着火柴慢慢熄灭。

我保持沉默。她那点儿可怜的决心，被她自身的本质捣碎了，我因此心生怜悯。"你之前说了一些我不知道的事，"她耸了耸肩，我便继续追问，"你说你去了诊所。他们为什么把你送去那里？"

听到我这么问，她的样子很惊讶，好像我才是那个有问题的人。"他们为什么送我去疯人院？因为他们没辙了。他们以为医生能帮上忙。所以，他们把我放在那里，表明他们采取了措施，这样他们心里就会好受一点儿。总之，不管什么原因吧，那都是很久以前的事了，就在你出生后不久。好了，我们不要整晚都谈论那个，好像死了人似的。"

她从座位上跳起来，朝吧台走去。我看见她打了一个电话，然后又拿了两杯酒过来。这是她的一贯伎俩，想诱惑我上她的当。我已经见怪不怪了。

"我说过只喝一杯，而且是新拆封的瓶子倒出来的一杯。我不喝那个。再说，你还要开车呢。"

她以经典的"艾丽式"风格朝我翻了个白眼，好像我多么不识趣似的。这种表情我见过很多次。然后，她把两杯酒都尝了一口，像是要证明她没有往里面下药。我拿起离她最近的那一杯，闻了闻。我不知道自己在闻什么，不过从结果来看，那酒应该是威士忌。

"来嘛。我们为你那'没有艾丽的未来'喝一杯。"她说这句话的时候并没有讽刺的意思，眼睛一眨不眨地盯着我的眼睛。如果她说这句话是为了让我难过，或者这么看着我是要让我感觉不舒服，那么，她做到了。她拿起杯子，想和我一起举杯。我用我的杯子碰了碰她的，然后小心翼翼地喝了一口，味道还好。好像我会那样对你似的，你可是我的妹妹啊。我说："味道不错。"希望我的评价能改善她的情绪。

"我知道。这里可是苏格兰，看到一杯威士忌，我就知道它好不好，好比我看到一个人，就知道他想不想来杯好酒。你和他们并没有什么不同。来，喝了它。"我照她说的，把酒喝了下去。"这就对了。"她说。

接下来的半个小时，我们聊起了共同经历过的事，虽然我们一起经历的并不多。当然，我们聊到了那条狗和当年发生的事。其实，草坪边上立着白色十字架的地方，不仅是它的葬身之处，而且是它的殒命之所。之后，她提到一些她让我做的不正当的事情。她还试着提起我上大学前我们的最后一次见面，但我避开了这个话题，转而提起她从渡槽上跳下去的事。出于某种原因，我觉得这很好玩。我并没有像以前那样谴责她，反而看到了有趣的一面。想起那个拉她上来的人的样子，我就想笑。他用一根落下的树枝猛戳她赤裸的身体。树叶沾在她的眼皮上，就像海盗的眼罩。哈哈！我甚至笑出了声。然后，我突然发现，在这些幽默之中，其实暗藏着诡计。我低下头，看见她的威士忌还没有动过。

"你在我的酒里下了药，"我一边试着站起来，一边说，"你说你不会，可你还是做了。"最终我没能站起来，而是滑倒在了椅子上。她扶着我，我靠在桌子上。

"别生我的气。他们很快就来了。"

"谁要来？"为了表现出生气，我努力和药物抗争。

"格雷格和马特。"

听到的答案迫使我离开座位往后退，但双腿站不稳，我摇晃了一下，抓住桌边，伸手托着臀部。然后我又坐了回去，感到很挫败。我笑着说："你真贱，居然给我下药。"又突然觉得这个想法真可笑。

接着，我看见格雷格向我走来。他走近桌子时，马特从他的影子后面溜了出来。他冲着我笑，我也笑着回应他，我第一想法是：他看起来真帅。马特端起那个装着火柴梗的杯子，坐了下来。他示意艾丽把剩下的半盒给他。她一递过去，他就把它扔进杯子里，然后把杯子放在了旁边的桌上。

"很好，很好，很好。两位漂亮的女士一边喝酒一边在干什么呢？"格雷格说。他拉过一把椅子，艾丽咧嘴大笑。我也跟着笑，今晚，我觉得他不那么讨厌了。他滑坐到她旁边，说："我们得来做点儿改变了。"我心想，他的未婚妻在哪里呢？我正打算问他，却发现我的脚踩在一块湿地毯上，于是就分散了注意。我试着保持头脑清醒。

马特坐下来，靠向我，问道："一切都还好吧？"

"还好。"他的手碰到我的手时，我回答道。这种感觉很棒。我之前从没被这样触摸过。然后，我靠近他，压在他身上。

我用脸轻擦他的脖子，他说："嘿，放轻松。"他的胡楂儿像针一样扎人，我像猫一样发出咕噜声。我伸手抚摸他的脸，我的皮肤在颤抖，从头到脚都感觉刺痒。真正的伊里尼在我内心深处尖叫：你在做什么啊？可是，它像一个遥远的回声，轻易就被我忽略了。

"伊里尼，你还好吧？"我听到艾丽在问。她从桌对面把手伸过来，我抓起她的手。

"你是我的姐姐，"我说，"我们是一家人。我怎么能离开你呢？"我终于站起来，靠在了她身上。我的手指穿插过她的头发，发现它们就像丝绸一样顺滑。她伸出手抚摸我的脸，这时，一丝回忆闪过脑海，脑中浮现出我们一起坐在路缘石上的画面。我不知道自己是喝醉了，还是被麻醉了。那晚便是结束的开始。那时，我唯一能做的就是离开她。我努力地去听，努力集中精力。她在说话，但我听不清她说的是什么。

她说："你不能离开我。好了，闭上眼睛。"我感觉风吹在我的皮肤上，刷遍我的全身，像吹动鸟羽。我睁开眼睛，发现艾丽正轻轻地吹着我的脸，她的手指在我的手臂上游走，就像蝴蝶一样。我知道，这一刻将成为我对她的最美好的回忆。

"走，"我说着去牵马特的手，"我们出去。"我不能和她待在一起。我不想给她机会，让她毁掉刚才的瞬间。

我走在前面，拉着马特，直到离开酒馆才松手。我原地转圈，张开双手在风中起舞。在这维多利亚式街区漫步的行人们，都盯着我看。他们瞪大了眼睛，好奇地看着愚蠢的我、自由的我。但我并不在乎。我们绕开那些沙色的建筑和门面装饰得很俗丽的酒馆。那些酒馆里常年卖廉价的啤酒，还播放天空体育新闻。我能看见远处市政厅的塔楼，它更像是一座法式城堡。我们像疯子一样跑在大街上，我躲到一座马的雕像后面，马特就来抓我。他还没抓到，我就从后面跳出来，把一个路人吓了一跳。之后，我感觉马特的手臂抱住我，还听到了他的笑声。我身体往前倾，想往他胡楂儿上蹭，结果我的唇碰到了他的唇。我吻了他，他的唇是那么湿润，那么炽热，让我疯狂。他将我转了一圈，把我推到雕像上，然后压了过来。清醒点儿。

"你知道这匹马代表什么吗？"他双手穿插过我的头发，问道。见我没回答，他又说："代表战胜了英国侵略者。你就是侵略者，知道吗？你侵略了我，占领了我。"

"我今晚就走了。"我心不在焉地说。一阵隆隆的雷声响彻天空。"我对她说，我永远不会回来了。可我爱她。我爱艾丽。我怎么能永远离开她呢？"或者说，我需要她，渴望她，想要她留在我身边。这已成为一种病态。所以我不能离开她，是因为我已经上瘾了吗？他用双手抚摸着我冰冷的脸颊，我呻吟了一声。

"你不能，她是你的姐姐。"他小声说道。然后，他拉紧我，说："那样对她不公平。"

"我的家人，"我说着又开始吻他，"我不是我自己了。这不——"他的吻打断了我，我开始丧失抵抗力。

我们往前走，每走几步就停下来亲吻、抚摸对方，因为他的触摸让我着迷。当我看到什么东西时，就停下来。比如，地上的一枚硬币，或在微风中摇曳的灌木。可不管怎样，我最后都会回到他的臂弯，被他揽着向前走。我们来到一条小巷，我靠在墙上，他的手在我的衣服下摸索，就像一个心急的青少年。我并不想停下来，可是有人将我们赶走了。我内心有了一种别样的感觉，很温暖，就像肚子在嗡嗡响。这一刻，我完完全全地融入其中。这里有我，有他。除了这里，再没有什么地方是我该去的。这里没有艾丽，没有安东尼奥。我感觉自己的牙齿在打战，但我还是要说话。我不能确定。

"让人睡过去是一件很奇怪的事，就好像你前一分钟还看见他们是清醒的，下一分钟，"我用力地将两只手拍在一起，这种冲击让我全身一颤，"啪，他们就失去知觉了。多么迅速，多么容易。这是世上最容易的事了。"我感觉有雨滴打在脸上，抬头看天空，大雨倾泻而下，建筑物在巨大的闪电下显得灰暗模糊。

"等他们醒来时，就到了另外一个地方。"我围着他转了一圈，仿佛我也去了什么地方，然后又回来，面对着他。

"我希望有人能让我睡过去，让我找到同样的平静。"我跳到一面墙上，沿着墙边走，就像体操运动员一样。我抬高手臂，夸张地喊了一声"哈！"，跳了下来。他把我揽入怀里，我抬头看着他大大的眼睛。"可是我再也不想醒来。"

不久以后，我发现自己躺在一张床上，记不清自己是怎么来的了。床单是白色的，很光滑，但我伸手一摸，它就皱了。床单摩擦着我的腿，我低头一看，发现身上穿的牛仔裤不见了，只有赤裸的双脚在床边晃动。然后，我看见了马特。我应该告诉他，这样做不好。可他跨在我身上，亲吻我的脖子，这感觉太爽了，让我无法拒绝。他把我的外套掀起来，我正要把它脱掉时，看见床头柜上有一个闹钟。我们在哪里啊？下午8:41，我突然想起我还要坐飞机。我该起床了。可是，一个声音在喊"留下来"，这声音太大了，叫我无法忽视。床单很舒服。他的唇，他的胡楂儿，他的手，他抚摸我、拉扯我胸部的方式，让我无法抗拒。在这一刻，我丝毫不在乎两边乳房是否对称。我无助地躺在床上，任凭他脱去我最后一件衣物。此时，我只是我，全身赤裸，毫无遮掩，没有约束。他轻轻揉着我的腹部，一直揉到那道疤痕。他没有在那里停留太久，不像安东尼奥那样。

他说："我想要你。"湿润的唇滑过我的两腿。灯光照耀在房间里，他的身体在柔和的光线中移动，影子忽上忽下。雨敲打着窗户。

我说："我也想要我。"他没有问为什么，这一刻，我生平第一次觉得，自己来对地方了。在这里，与一个陌生人在一起，我找到了平静。在这一刻，我对自己说了一句最棒的话：我值得享受这种美好的感觉。正如我爸爸所说，我并非一文不值。

第 19 章

　　我被水流声吵醒。一开始，我以为外面下雨了，但睁开眼看到的第一样东西是马特的脸。他拿着浴巾站在那里，全身湿漉漉的。他的身后，一团团柔软的热气从浴室飘出来。这时我才发现自己在宾馆里。我还发现自己全身赤裸，只盖了一床起皱的白色被单。

　　我一动不动地躺着，试着回想自己是怎么到这里来的。前一晚的画面闪现在我的脑海里：他的笑容，艾丽的笑容，我们接吻。可我无法将这些串联起来，不知道自己怎么到了这个房间，不知道之前都发生了什么。马特坐到床边，一只手摸着我的脚，对我微笑。我突然把脚拿开，就像扯松紧带似的。

　　"对不起。"他似乎有点儿受伤。见他投降似的举起手，我立马就后悔了，一部分是因为他，但主要还是因为安东尼奥。

　　"不，该说对不起的人是我。"我说着跨过被单，把腿伸到他旁边。令人失望的是，那被单和平日里盖的并没什么区别，还是普通的被单，不是我想象中会皱起波纹的那一种。"你没有做错什么。"

　　他长吁了一口气。"我还以为……"他没有说完这句话，"你看起来喝得很醉，但我问过你很多次，你一直说，感觉很棒，不要停。"他回忆的时候脸上带着微笑，可又发现不合适，于是停止了笑容。他看了一眼自己的身体，看到长满胸毛的胸口，做出一副很吃惊的样子，好像才意识到自己没穿衣服似的。

"我没有醉，"我说，"我喝醉过很多次，知道那种感觉。我只是被麻醉了。有人给我下了氟硝安定。"

"我没有——"

我没让他把话说完："别担心，我知道不是你。"此刻，我的头一阵一阵地痛，口里又干又涩。我伸出一只手去床头柜上拿了一杯水，另一只手始终攥紧被单。我的伤疤和不对称的身体，现在不得不在乎了。我猛地将水喝下去，然后把杯子放回床头柜上。"是艾丽。"

"你姐姐？她为什么要那样做？"他看上去真的吓坏了。我看得出来，他是在想，他本来就觉得她有点儿疯，还提醒他的朋友离她远点儿。他甚至还想起了她攻击受害者的女朋友的事。

"你以为这是她第一次做这样的事吗？"我想起了玛戈特·沃尔夫，于是用一只拳头盖住嘴巴，"艾丽就是个疯子。一直都是这样，我总是被她卷进来。天哪，我太蠢了。"

"即便如此，"他有些怀疑地说，"她也是你的姐姐啊。我还以为这种事总有某种家族免疫。"

我摇了摇头，才发现我曾经也这样以为。我相信她，信任她。"我们对于彼此无足轻重。"我终于明白了这个悲伤的事实，"我们从来没有当过姐妹，从来没有。昨天，我告诉她，我不要她了，她也说了同样的话。而且我们说的都是真心话。我正打算离开——"这时，我突然想起来，"哦，天哪，我错过了回家的飞机。"此刻，我只能摇着头，羞愧地遮住眼睛，"她是个贱人。她是故意这么做的，为了让我留下来。我们在哪里？"

"霍伊克，"他有点儿害怕地说，"如果你要去机场，我就载你去。要不了一个小时就到了。"他说着去拿衣服，我示意他不必麻烦了。"那回家吗？"听他这么说，我抬眼一瞥，用表情提醒他"家"这个字用得多么不明智。然后，我承受着所犯错误的重量，没精打采地向后倒。"真的非常抱歉。我没想到……我只是……我没料到……"

"这不是你的错。"我一边盖好被单，一边说。他在房间里到处找，捡起我的内衣和外套，把它们递给我。我接过来，因为让他尴尬而觉得内疚。"等我找到她，我要杀了她。"

"是吗。"他咯咯地笑着说。然后，在我穿内衣时，他停止了笑声。"也许我不该告诉你，但是她就在隔壁。"

我紧紧地抓着被单，就像被闩住的玩偶匣一样。然后，我指着剩下的衣服，示意他拿给我。他蹲下去，捡起我散落一地的、残存的尊严。"她在这里做什么？"我一边问，一边转动手指示意他转过身去。他乖乖地照做了。我把衣服穿好。

"是格雷格带她来这里的。我不觉得他想回家去。"

"也许是因为她的未婚妻，你是这么想的吧？"这是一次问他的机会，我要验证一下真相。从他的沉默来看，我是对的。实践证明，艾丽对我说的不都是谎话。

我穿上漂亮的锐跑鞋，冲到门口，把门拉开。我左右指了指，让马特给我答案。他指了一扇门，我捏起拳头敲了几下，可是没有反应。

"他们去哪儿了？"我问他。

"可能在吃早餐吧。"他说。

此时，我暴跳如雷，心中不满的程度几乎赶上了昨晚的快乐。如果要我斗胆一猜，我会说，她带给我的是销魂的感觉。当时，各种感官都被加强了。我很放得开，很健谈。一点儿都不像平常的我。我从走廊的镜子里看到，我的瞳孔还是像茶碟一样大。

"等一下。"马特牵起我的手，放在他手心。此时，他仍然什么也没穿，只裹了一条浴巾。我已不再像昨晚一样感觉电流穿过我的全身。

但还是有点儿感觉的。也许是美好的记忆被第二天早上的内疚抑制住了。仅仅因为这个，我没有推开他。"我知道你昨晚意识不太清醒，可是我昨晚很愉快。你是单身，我也是单身，不像格雷格那样。如果不是你抱着我，我占了你的便宜，我也算是个正派的人。"

"你没有占我的便宜，我是心甘情愿的。"我觉得我应该告诉他安东尼奥的事，可是，一想到此，我并不觉得兴奋。我突然发现，对于他来说，我一定是个值得追求的女人。单身，中等长相，有好的工作，而且很有趣。热情奔放地躺在床上，还有一点儿化学药品的帮助。我想起了昨天晚上，我们用各种不同的方式做爱。就像两个青少年，双手放在《印度圣经》上，第一次偷尝禁果。如果没记错的话，我昨晚对他"爱不释手"。身体到现在都还有后遗症，两腿间一阵阵地抽痛，臀部也还在痛。想到这里，我羞得两颊通红，立刻把手拿开了。

"那么，我们再做一次吧，下一次没有药品，也没有疯子姐姐。"

我一边审视他的身体一边笑，他的浴巾眼看就要掉下来了。我不想令他失望，但我脸上遗憾的神情已经给了他答案。

"还是算了吧。"他垂头丧气地说，"那不会是个好主意。"

我在走廊上等他穿好衣服。之后，我们在餐厅找到了艾丽，格雷格坐在她对面。我走近他们的桌子，马特跟在后面。我们从旅游度假的人们旁边经过，他们有的在倒茶，有的在切培根。马特在耳边不停地安抚我。空气中弥漫着面包的香气，很好闻，很有家的感觉。我都走到她身边坐下了，她还没有注意到我。

我叫了一声"艾丽"，但她没有答应我，继续涂着一块三角形烤面包。她涂得很薄，层次很分明，就像广告上那样。"艾丽，"这一次我加大了音量，"你他妈昨晚对我做了什么？"可她还是什么也不说。我使劲拍她的手，鉴于她从来只认暴力。看见三角形面包从她手里飞出去，落在格雷格的咖啡杯里，我马上就后悔了，而且有一种不好的预感。他向后躲了一下，可咖啡还是溅到了他的盘子里和衬衣上。

"你要——"他开始说，可我打断了他的话。

"我说，你昨晚对我做了什么？"这时，餐厅里变得很安静，最近的几桌人停下手里的动作，转身看着我们。我打起精神，因为我知道自己必须坚定。可是，我很难做到这点，因为艾丽还在动作，好像当我不存在似的。马特在格雷格身边坐下来，提醒他不要插手。艾丽拿起餐巾擦了擦手，然后将餐巾递给格雷格。他一把抓过去，一边擦身上的咖啡渍，一边恶狠狠地看着我。"艾丽，你居然给我下药，让我错过了航班。"

她仰起头看着我，问道："不好意思，你是谁啊？"

她这副傲慢的样子让我一阵眩晕，于是，我一把抓住她的手腕，身手十分敏捷，然后紧紧地抓着她那瘦得皮包骨的小手臂，完全控制住她。她并没有反抗，虽然我确定她的力气比我大。不过，精神病人不就是这样嘛，或者说是反社会者，怎么叫都行。他们不感到害怕，也不会对外界的刺激做出反应，因为他们看不到威胁。她没有反抗，而是用另一只手将桌上的果汁打倒。果汁倒在了我的腿上，我看到格雷格的脸上露出一丝得意的笑。马特很平静，他拿出一张餐巾，打算帮我擦掉果汁。果汁在我腿上流动，渗进了她给我买的牛仔裤里，我把她抓得更紧了。

"如果你没忘记的话，今天我已经没有妹妹了。"她说，"你昨天说，我们对彼此已经无话可说了，真让我伤心。我是给你下了药，那又怎样？有什么大不了的。"她把手抽回去，我并没有阻止。然后，她又拿了一块三角形面包，用同样的方式涂抹。

"有什么大不了的？"我说，"当然重要了。还有，是你告诉我再也不想见我的。"

她"砰"的一声将餐刀摔在盘子里，面包也被扔在一边。她的手指还放在刀上，一想到她的能耐，我就开始往后退。我他妈保证，会拿它捅你。我确定，她也想起了自己说过的话。我的嘴巴变得很干。

"你的生活既可怜又空洞，我只是想让你好好享受一次，想让你体会除了恨以外的东西。"她拿起一杯果汁开始喝，可是果汁大部分都顺着她的下巴流走了。她把果汁放下，又洒了一些在白色的餐巾上。现在，就连格雷格也开始紧张了。"你昨天晚上还很爱我。你还质疑自己是不是该离开我。目前我所看到的就是，你出现在宾馆里，他跟着你一起来吃早餐，"她说着把刀指向马特，"你过得很开心嘛。"

"这不是重点。"我尽量不去看马特。但这也是一个难以面对的事实。我确实很尽兴。我体会到了从未有过的愉悦感。

"我会带你回我家，让你取回你的包。然后，我会送你去机场，保证你能坐上飞机，好让你悲惨的余生远离我。"她说这些话的时候语气非常实事求是，好像句句都是重点，"如果你问的话，我会说，相比之下，我他妈是多么无私，因为我从没想过离开你。我们的父母不要你，并不代表我不要你。我想要你的。他们把你从我身边带走的时候我哭了，我那么需要你，伊里尼。当时，你还那么小，不可能伤害任何人。我想把你留在身边，在你身上画蝴蝶，可是他们不让，就因为我犯了几个小错误。"

然后，她站了起来，我跟着她走，我的牛仔裤又湿又黏。我对着马特做了一个类似告别又类似道歉的动作，然后带着一生最美好的回忆离开了。我在走廊上等她回房间收拾东西。她出来时穿着一身干净的运动装，拿着一个小过夜包。有一瞬间，我开始怀疑这一切是否是她安排好的。可之后，我咬了咬牙，放弃了这个想法。就算是又有什么关系呢？

"把你的手机给我用一下，好吗？"我们开始往走廊外走时，我对她说。她什么也没问，就把手机递给了我。然后，我拨通了安东尼奥的电话，同时试着找一个借口。就在他接起电话那一刻，我听到马特在叫我。于是我按下了"结束"键，转过身去。

"伊里尼，等一下。"他喘着气喊道。他那金色的卷发有些乱了，红着脸，身上穿着昨天的衣服。他放慢了脚步，来到我们面前。

"马特，我真的要走了。我要去坐飞机回家。"就在我说这句话的时候，手里的电话响了。这当然是安东尼奥打来的。

"等一下就好。"马特碰了碰我空着的那只手，"你要接电话吗？我等你。"他看了看我手里的电话说。

我正要张嘴说话，可是艾丽打断了我。"那是我的手机。她的手机坏了。"我还来不及接电话，她就把手机夺了过去，"你好，是谁啊？"她拿过手机边走边说。刚走几步我就听不到她说话了，因为大厅里很吵。

"太好了，她走了，"马特拉起我一只空闲的手说，"我想和你谈一谈。在你走之前，我有话对你说。"

"马特，这样做没有意义。"

"也许吧。但不管怎样，我还是要说出来。"他深吸一口气，然后很快呼出来，"我想说的是，我知道这次行程对你来说意味着什么。我知道，它是一场噩梦。对于你母亲的死，还有你家里那些糟心事，我感到很遗憾。"他快速瞥了一眼艾丽，我跟着他看去。她还在打电话，从一个座位换到另一个座位。我心想，她还要把我的生活破坏成什么样子啊！"但对我来说恰恰相反。当我在健身房看到你和艾丽在一起时，我就想，太不可思议了。”

“别说了。”别人看到我时的反应有很多种，其中不可能有“不可思议”这一项。也许对艾丽来说可能，而我？不可能。

“真的。我说的是实话。我不像格雷格，我不会去健身房泡妞。我很难向别人敞开心扉，或者让别人靠近我，”他又靠近一些，用近乎耳语的声音说，“我给你讲过的，关于我父母，还有治疗专家的事……我是不会和别人讲这些的，就连格雷格都不知道。和你在一起，我可以很诚实。你身上有一种……是我们俩在一起时，有一种对的感觉。我觉得和你在一起我可以做真正的自己。”

“你根本就不了解我。我们只见过两次。”

“对，可是我第一次见你就给你讲了我的过去，而我从没对其他人讲过。我这一生都在寻找那种感觉。这一定意味着什么。我不知道你是怎么看自己的，不过，在我看来，你很迷人。昨天晚上——”

“那是因为迷幻药。”我扫了艾丽一眼，她正在笑，而且是大笑。她坐在大厅的椅子上，旁边坐着一个商人。他穿着剪裁得体的西装，膝盖上放着一台笔记本电脑。他似乎对屏幕上的东西不怎么感兴趣，倒是对旁边的那个女人更感兴趣。艾丽是那个引人注目、让人身心向往的姐姐。我不是。人们见到我的时候，不会觉得惊艳。

“不。昨天晚上很棒。我知道你的感觉。我看得出来，也感觉得出来。而且我也知道我自己的感觉。”他说着从口袋里掏出一张名片，“我还想再见到你。上面有我的电话号码。你回家以后，想一想……想一想我。如果你愿意的话，就给我打电话。”

我接过名片，点了点头，说：“好，我会想一想。”然后，他把头伸向前，想亲我的嘴，我稍微侧开了。于是，他亲在了我的脸上。他的胡楂儿摩擦过我的皮肤，好像在上面留下了一个红色的记号，就像孩童膝盖上的擦伤。马特噘着嘴，脸上带着微笑，那是理解的微笑，好像他明白今天一切都变了，好像他意识到自己的努力白费了。那种熟悉的感觉我再清楚不过，不管你做什么，都没有办法改变已成定局的事。

"伊里尼，保重。"他说着放开我的手，然后走开了。

我回头看了看艾丽，她已经结束了通话。我示意她过来，她和我在玻璃门口会合。人们进进出出，玻璃门开了又关，门外的暖风与空调的冷风混合到一起。看着马特朝餐厅走去，我问她："你对他说了什么？"

"我对他说，你昨天晚上要走，我们的爸爸痛哭流涕地求你再留一晚。还说爸爸非常抱歉，想寻找机会弥补，尽管他知道这样的机会并不存在。"我能想象，安东尼奥听到这些一定很高兴，他一定以为我心中的恶魔终于被赶走了，以为我现在会答应嫁给他，为他生小孩了。"他问你为什么没有回电话。我说你很难过，还说我们坐在一起聊了一整夜。我告诉他，我们很快就去机场。我说你现在好多了，还说等我们一家人团聚后，应该找个机会见面。"她嘴边泛起一抹假笑。

"他怎么说？"

"他好像很高兴。"我们往外走时，她说。

我小声地说："谢谢你为我遮掩。"我的精神病姐姐竟然参与了这次欺骗，这让我很尴尬。这下，我在她面前就成了一个不靠谱的人。我们一路走到停车场，她什么话也没说。然后，我们坐进她的梅赛德斯里，默默无言，一直到她发动引擎。是她带我们来这里的吗？

她开得很慢，很小心，就像第一天那样。车窗外一片灰暗，昨夜的暴风雨过后，空气变得清冷，大雨将整个世界的颜色都冲淡了。我们穿过小镇，驶进乡间小道，又经过远处如丘疹一般的小山。地面上还附着一层低悬的薄雾。过了一会儿，我再也受不了这种沉默。

"艾丽，事情变成这样我很抱歉。"

"你不用抱歉。"她的语气很正式，发音很清楚。她要强的时候，她想表现出自己已经下定决心的时候，就会用这种语气。"这不就是你想要的嘛。我知道这一天迟早会到来。人们不会忍受我太久的。还记得吗，正因如此，你才对我撒谎，不告诉我你上哪所大学。"

"那不是因为我不能忍受你，而是因为我害怕。你还记得我走之前你都做了什么吗？"

"当然记得，"她说，"也许忘记的人是你，你忘了我那么做是为了你。"

"你用刀威胁我。"

"可我用它对付的人不是你，不是吗？"我们默默地坐着，回忆着彼此都不愿想起的事，"再说，在我那样做之前，你就对我撒了谎，不告诉我你要去哪里。"

我们来到霍顿，她把车停到路边，我们看着对面的风景。她曾说她喜欢这片风景，讨厌那栋废弃的建筑。她用手指在车玻璃上划出小山的样子："伊里尼，对人们来说，我永远不够好。无论我为他们做什么。问题一直在这里。"说着她又发动车，朝家里驶去。我们经过写着"母山"的路牌。她转入私家车道时，我隐约看见了不远处的房子，云朵的倒影映在车窗上。她把车停在那一排车库前面。弗兰克在那里，他正在擦另一辆车的挡风玻璃。

"艾丽，你错了，不够好的是我。要记得，他们留下的是你。你从一开始就足够好了。"我虽这么说，却不再相信。但现在，我能理解艾丽了。她看上去强势，其实很脆弱。虽然她言辞强硬，但她的精神很易碎。对于背叛，也许她的感触比我更深。

"如果你知道自己错得多么离谱就好了。"她熄掉引擎，转身对着我，"过去几天，我一直在这座房子里看着你。我知道，你现在知道她想要你，但你不明白他为什么逼你离开。你知道吗，那是千钧一发的时刻。要么是我，要么是你。但是她死了，过去的事最好别提了。重要的是，他不后悔当初的选择。我也是你来以后才知道的。谢谢你。"她的语气比之前柔和了一点儿，我觉得这或许是她的真心话，"我会好好的。我们不在一起，也许你也会好好的。"

然后，她从车里下来，我跟在她后面。我想起了我们第一天到这里的场景。这个地方给我的感觉不再陌生，我甚至不再觉得自己完全是个外人。知道这是我最后一次走进这座房子，我抬头看时，甚至觉得这个地方很漂亮，可能是因为别离在即。我走进敞开的大门，看见乔伊斯正在扫地毯上的面包屑。那是昨天哀悼会的残余。艾丽走在我前面。

我说："早上好，乔伊斯，你还好吗？"

"很好，伊里尼，谢谢。"她看见艾丽正朝楼梯走去，于是喊道："埃莉诺小姐，你父亲还在睡觉。他昨晚很早就休息了，还吩咐我今早不要打扰他。"

艾丽抬了抬手，表示不屑一顾。此刻能打破沉默的也只有那台嘀嗒作响的老爷钟了。我对着乔伊斯滚动了一下眼珠，淡淡地笑了笑，以表示对她的理解。我在心里说道：这就是典型的艾丽。我又觉得这样想很没礼貌，于是就不去想了。乔伊斯只是摇了摇头。

"乔伊斯，我今天要走了，谢谢你这几天的帮助，尤其是昨天。你真是个好人。"她停下手里的活儿，伸手拥抱我。她先是揉了揉我的胳膊，然后将一只手移到我那有疤的臀部。

"看到你长这么大，真是太好了。我还记得你小时候的样子，你知道吗？"我摇了摇头，"我就在你住的那个房间里照顾你。我以前喜欢抱着你坐在角落的一张旧椅子上。他们把你送走以后，我很想念你。"

此刻，我难以言语，只是把她拉过来，紧紧地抱着她。知道以前有人爱我、抱我、想念我，比什么都强。

"谢谢。"我只说了这两个字，再无其他。

"他们不是不要你，你知道的，对吗？"我把手抽回来，她的话让我很震惊，"他们都想要你。如果按照你母亲的意思，留在这座房子里的就是你了。"那是千钧一发的时刻。要么是我，要么是你。"她也是活该，谁叫她做了那些事的。如果他们没有发现那件事就好了，那样的话他们也许永远不会带她回家。"然后她摇了摇头，抿紧嘴唇，"哦，我不应该那样说。她那时还只是个小姑娘，我不该那么说一个小姑娘，"她说着把手放到心脏的位置，"就算是她也不应该。求上帝宽恕我。"

"乔伊斯，你在说什么啊？他们为什么要把我送走？到底发生了什么？"她说的这些和艾丽在葬礼之后说的那些话有着无可争辩的相似点，逼近的真相在我胸中膨胀，堵在我的嗓子眼里。一直以来，我都躲在那个房间里，如果我追问乔伊斯，她一定会把一切都告诉我的。

"知道他们是怎么对她的以后，他觉得那样不妥。他们必须把她带回家，可是让你们俩都住在家里太危险了。他觉得很内疚。既然撒了那么多谎，再多一个又何妨？"她艰难地吞了一下口水，"他觉得，知道了艾丽做的那些事以后，没有人会关心她。所以，他把她留下，什么也没提，然后把你送走了。噢，"她摸着头说，"我想错了。我怎么能说如果没有人知道会好一点儿呢？那样的事发生在一个小姑娘身上……"她往后退，我抓住她的手臂，"不，我不应该说这些的。就像我说的，最好把它锁起来。"

我想张嘴说话，可是还没来得及开口，就听到楼上传来尖锐而急促的哭喊声。

"不——！啊——不——！"这绝望的喊声，如同婴儿被殴打、小猫被勒住。我放开乔伊斯的手臂，冲上楼去，绕过一个不知转向何处的弯。我经过右边的一个死胡同，旁边放着一张小桌子。然后，我转过楼梯的扶手，循着哭声跑过去。"呼吸啊——！"

我跑的时候，听到乔伊斯一边拖着脚步跟在后面，一边喊弗兰克。我走进一个开着门的房间，里面很暗，窗帘全都拉上了。艾丽在床上，一边哭一边前后摇晃。我看见爸爸在她身下。我见过太多的死人，所以一眼就看出他是怎么回事。长大以后，我绝大多数时间都在看那些沉睡的人，我不会将这两者混淆。我悄悄蠕动着向前走去，看到他的尸体，他的眼睛还半睁着。我知道，已经救不了他了。他几个小时以前就死了。他的床头柜上放着一个空的安定瓶子，旁边还有一瓶空的苏格兰威士忌。这些证据足以证明他是自杀的。我拿起药瓶一看，上面没有标签。那是我的。

我往后退，站也站不稳。屋里的景象朝我眨着眼，就像一部老式相机的闪光灯：笨重的天鹅绒窗帘、床尾的条纹睡袍、棕色的被套和空水壶。我把药瓶塞进牛仔裤的口袋里，侧着身子慢慢移了出去。我走到门口时，乔伊斯正摇摇晃晃地走在楼梯平台上。

"叫救护车。"她走到我身边时，我小声说。她一看见他就尖叫起来，浑身发抖，差点儿倒在地上，我及时扶住了她。我又说："叫救护车。"我最后看了艾丽一眼，她发狂似的在床上扑打，像野兽一样，双手打在爸爸的胸口。我们都成了孤儿，我意识到，这成了将我们绑在一起的又一个因素。我能做些什么呢？什么也不能。我救不了他，也救不了她。就像其他时候一样，这一次，我只能救我自己。

我打算离开，于是从主楼梯上跑下去，再回到我的房间。我看见我的包还原封不动地放在床尾。我抓起包，冲出了门，顾不上隔壁房间的骚乱，也顾不上那从通风口穿过来的尖叫声。我任凭我的包在身后飞起来，撞到石灰墙上，随之传来什么东西落在地上碎了的声音，可我已经不假思索地冲到了楼梯上。我从后门溜了出去，当我走近房前时，看见弗兰克正朝大门跑去。等他过去了，我才继续往前走。我还听得见艾丽的声音。她正在发疯、胡闹。我想，也许我应该留下来，试着帮帮她，即便我知道根本没用。一切都是徒劳。

我走到艾丽的车旁，把包扔在乘客座位上，爬了进去。钥匙还在车上。我从私家车道把车开出来，往机场驶去。车胎压在碎石上，发出嘎吱声。学校所在的村子就在前面，那本该是我上学的地方。那个和我如此相像的女人，就埋在几分钟车程以外。我从后视镜里看着那座本该是我家的房子渐渐融入过去，就像艾丽一样。看着这一幕，我生平第一次明白，那里再也没有可以挽救的东西了。

第 20 章

过了安检后，我选择了一个安静的角落坐下，因为那里看不到登机口，所以没有人坐。我买了一部新手机，打算一回家就把它连同其他便宜货一起扔掉，再把电话号码换了。我把旧的电话卡插进手机里，等着手机识别。之后，三十秒内，我就看到了十七个未接来电通知。全都是安东尼奥打来的。一路到机场，我都忍着不哭，此刻，眼泪决堤而出。我放下手机去擦眼泪。我的眼睛很热、很红，视线开始模糊。我知道应该给安东尼奥打个电话，甚至几次尝试拨出他的号码。可是，半小时过去了，我仍然没能打出去。

我去洗手间洗脸，用水冲洗我的眼睛。在旁边水槽洗手的女人看出我遇到了困难。她想靠近我，借我一个善良的撒玛利亚人的肩膀让我哭泣。于是，我抽了一张纸巾，赶紧走了出去。之后，我买了一杯咖啡，趁热喝了一口，不给它冷却的机会，尽管又一次烫到了嘴巴和舌头。我的头一阵一阵抽痛，许是我的大脑因为那药而发胀，又或是因为我吃了药以后所做之事。我在卖纪念品的售货摊旁找了一个空座位坐下，那里稍微安静一些。拿出新手机，我心里明白，再等没有意义了。什么也不会改变的。于是，我拨出安东尼奥的号码。

"我爱你。"这是他说的第一句话，而且是用英语说的。他的语气中没有愤怒，也没有对抗。"对于这一切，我很抱歉。"他这么说，让情况变得更糟了，因为如果他生气，我还可以申辩。艾丽对他说的一切，他都听进去了，就像婴儿喝牛奶一样。

"我……"我说不出口。我想把一切都告诉他，然后求他原谅。可同时，我又无法承认自己做的那些事。于是，我只能悄悄流下两行眼泪。"我……"我又想张口说话，可是声音嘶哑，想藏也藏不住。这时，又有一个好心的女人要朝我走过来，于是，我转身，踉踉跄跄地走向一个出口。它的上方挂着一块牌子，上面写着：紧急出口。

"什么也别说。没关系。我应该和你一起去的，我应该陪在你身边。"我能听出他语气里的自责，好像他没有来显得很自私似的。

"我也希望你在这儿。"一行鼻涕从我的鼻子里流出来。我很为自己难过，但我不知道为什么。最令我难过的是我做过的那些事：和马特上床，在艾丽最需要我的时候离她而去。

他说："我会在机场等你。"

他也确实来了，没有手捧鲜花，也没带奢侈的礼物，只是一个人前来，穿着我一直都很讨厌的那件皮夹克。可是，当我看见它时，心里竟生出一种熟悉的感觉。他向我伸出手，我抓住他，鼻子里顿时充满了皮革和大蒜的味道。他双手抱住我，在我耳边用英语混合着意大利语说了几句我听不懂的话，可我还是听到了一句："我会一直在你身边。"

突然之间，我们过去发生的那些事，都不重要了。好像所有的争吵和问题都不存在了。有人一直陪着我，这就是回报吗？不管那个人是谁，我都可以处理好，对吗？我在想，是不是我说了什么话，才得到这样的回应。我也不确定。我躲进他那起皱的皮衣里，让他将全世界的声音消去。那一瞬间，我只是我。

回到家，我看见生活质量下滑了。啤酒瓶堆在水槽边，厨房的白色地砖上沾满了比萨酱，我在家的话不会有这种场景。但我并不在意。就连那些垫子被翻得乱七八糟，我也不在意。看样子，他昨天晚上是在沙发上睡的，这我也不在意。比我睡的地方好多了。

"欢迎回家，"他小声说道，"你是属于这里的。"他抱紧我，可是此刻我的心情已不如在机场时轻松。既已回到家，我便开始东想西想，开始怀疑他能在我身上嗅到马特的味道，就像某种原始本能。

"谢谢，"我接过他为我泡的茶说，"我要洗个澡。然后我们需要谈一谈。"我把杯子放到桌上，继续说，"我有话对你说。"他脸上闪过一丝担忧的神情，被他用微笑很好地掩盖了。

我把水开得很烫，皮肤都被烫红了。我认真地擦洗我那满是污垢的长发，想将小时候住过的房间里的灰尘洗掉。然后，我将手臂上、腿上的毛脱去，再动手处理两腿间的毛。脱完以后，我感觉自己光得就像一个登台表演的色情明星。光得就像艾丽。我擦洗全身，唯独避开了臀部的疤痕。此时，我拼命地思考着自己到底想对安东尼奥说些什么。

洗完后，我抓起一条浴巾，裹在烫红的身体上。身上的疤痕凸起来，变得又红又肿。我走出浴室，决定把一切都告诉他。我回到卧室，穿上他给我买的拖鞋，又脱掉，感觉穿着它们都是一种负罪。我在包里翻找，只见那些蝴蝶拍打着翅膀飞出来。于是我拿起那幅画，用手指摸了摸那细腻的笔触。之后，我把它靠墙放在了床头柜上。我本想把妈妈的照片和画放在一起，但又迅速将它塞进了床边的抽屉里。我在化妆包里翻找好几天没用过的乳液，当我把它拿出来时，还有一样东西跟着掉出来了：一个马尼拉纸信封。信封落到地上，掉在了我光着的脚旁边。我低头一看，信封上用旧式书法字体写着一个名字。

伊里尼·哈里福特。

"伊里尼，"安东尼奥朝楼上喊，"我又给你泡了一杯茶。快来趁热喝了。"

"好，马上就来。"我一边穿上毛巾布睡袍，一边回答。睡袍前面是系带的，闻起来有一种家的味道。穿好以后，我坐在床边，伸手捡起信封。几滴水从头发上落下来，刚好落在那几个字上，字迹变得模糊了。我小声地咒骂了一句，然后用白色的毛巾将水滴擦干。我把信封翻了过来，一边感受它的重量，一边猜里面的内容。然后，我撕开信封，拿出里面的信，最先看到的两个字是：遗嘱。

我，莫里斯·J.哈里福特，家住在霍顿的"母山"宅邸。这是我的临终遗嘱。我在此撤回我妻子去世以前的一切遗嘱及其附录，我……

看见安东尼奥靠在门上，我便没有往下读。这扇门还是他上的漆。想着这些细节，我越发觉得，我的不忠会造成很大的伤害。

"你在看什么呢？"他坐在我旁边，问道，同时用一只手拨弄着我的头发。

"没什么，不是我的东西。"我把信折起来，说道。他拿起我膝盖上的信封，举到眼前。

"可上面有你的名字啊，说明就是你的。"他侧身，向我靠近，我闻到了他身上熟悉的香水味，和他皮肤上生姜和豆蔻的味道，"你想和我谈，可你现在又说谎，为什么？"他没等我回答，继续说，"你一定有什么事，而且是很重要的事。告诉我，跟我说点儿什么。让我知道，我才能帮助你。"

我被他的真诚打动了，艰难地吞了一口口水："安东尼奥，过去几天发生了很多事。没有一件是好的。"他看起来有点儿紧张，甚至难过。我把信递给他，他开始看。他看得很慢，因为那种英语表达对他来说太难了。过了一会儿，他把信塞到我手里。

"我看不懂。这是什么？"

"是我爸爸的遗嘱，是他的遗愿和指示。这是一份法律文件，在我的包里找到的。"

"装在写有你名字的信封里吗？"我点了点头，他又说，"是你父亲手写的吗？"

"我不清楚，也许是吧。"

"这么说，你爸爸希望你留着它。但他又没死，为什么现在就给你呢？"我的表情泄露了一切，我在咽口水，眼神很焦虑，眼泪呼之欲出。"你爸爸死了？"我点点头，别开了脸。他向我伸出手，但我的身体很僵硬，不肯动。"发生了什么事？"

"他服药自杀了。"

"可你们不是整晚都在一起谈心和沟通吗？所以昨天你才没有回来啊。"

我开始想怎么跟他解释。那是艾丽说的谎，而且我还不知道谎言的全部内容。我感觉好像自己谋杀了爸爸，现在正试着制造不在场证据，所以，为了避免麻烦，就得一直撒谎。"是啊。一定是之后发生的，是在他去睡觉以后。"我一说出口，就知道这与他以为他知道的事相矛盾了。

"可是你……"他停顿一下，然后改变了主意，"算了。"他不屑地拍了一下手。

"什么？说啊。"我一边催他，一边靠在他身上。我想知道我什么地方说漏嘴了。

"没什么。"他说着伸手去拿遗嘱，然后把它塞到我手里，问道，"上面写了什么？"

我也不再追问，同时提醒自己不要再过分细说自己实际做了什么。事实证明，我还没准备好说出真相。

"我不知道，我还没看。"

"那就看吧。"

我努力地浏览那五页文件，尽量掠过那些法律行话，挑重点看。找到重点以后，我就念给安东尼奥听。"他比他的妻子卡桑德拉·哈里福特活得久。他声明自己的心智是健全的。"听到这句，安东尼奥看上去很困惑，于是我又加了一句，"表示他写下这份遗嘱的时候，知道自己在做什么。"我翻了一页，用手指划过上面的字，"他葬礼上的花费用他剩下的钱支付。还有……"读到这里，我停顿了一下。我不确定自己有没有看错。"等等，我再看一下这部分。"我一边读，一边吞口水，感觉呼吸困难。然后，我看了看安东尼奥，他正咬紧牙关等着我看完，并且因为终于参与进来而有些兴奋。

"什么啊？"他催问道。

"他把房子留给我了。"安东尼奥从我手里拿过文件，"第四条。"我一边说，一边指给他看。他看的时候，我盯着床头的蝴蝶。

"他把房子留给你了。"安东尼奥将文件翻看完，然后把整份文件翻过来，看后面是否还藏着秘密。"这里还有字，是号码，"他指着一串用同样的书法体写的数字："0020-95-03-19-02-84"，问，"那是什么意思？"

我摇了摇头说："不知道。"

"是电话号码吗？"

我又看了一眼那些数字，是用雅致的蓝墨水写的。"我觉得不是，至少不是英国的电话号码。"

"也不是意大利的。"他确认说，好像有可能是似的。我笑了，因为这让我看到他多么希望能帮上我的忙，多么希望成为我生活中的一部分，并为此付出了多少努力。因此，我想到马特，更加为自己做的事而内疚不已。

安东尼奥继续翻看文件，觉得我们一定漏掉了什么东西。然后，他突然跳起来，用手背敲打着文件纸。他把文件递给我，指着上面的签字。"快看，上面的日期。"我耸了耸肩，不知道他在兴奋什么，于是他又指着文件，说，"几天前才写的。"

他说得没错。遗嘱是在我到达房子的那天写的。我还记得，爸爸当时在书房里。那晚，我去找他的时候，他不是正在签什么字吗？这就是他想要给我的？我一把抓过那幅蝴蝶画，用力将它摔到墙上。安东尼奥吓得踉跄地往后退。我看见玻璃碎成了渣，画也撕毁了一部分。我立刻就为自己的行为感到后悔了。

第 21 章

　　"我们应该查一下这个号码。它一定有什么意义。"我们下楼后，安东尼奥不止一次强调。暖气片开始散热，我听到后面传来叮当声，此时我正在喝红酒。空气里还有一丝冷意，这房子似乎比以前小了，好像我和安东尼奥在相互碰撞。他伸手去拿搭在沙发边上的宽松毛衣。细雨轻敲着窗户。

　　"我根本不愿去想那个号码，只想忘了它。"说实话，我只想喝得酩酊大醉，然后昏过去，明早起来变成另外一个人。我无奈地说："我不想要他的钱，或者他的房子。"

　　安东尼奥点了点头，但似乎不太肯定。他试着藏起自己的不满，但没有藏好。我认识他很久了，不可能看不出来，而且我也知道他真正在想什么。他觉得这份文件是我与家人的联结，他可以利用它，治愈我的创伤，然后我就会给予他他想要的。我们正在看一档关于甲虫交配习性的无聊节目，他试着安静地坐在我旁边。可过了不久，他就开始心神不宁。他把酒杯放下，走到我的电脑桌前，杯子里的酒还原封不动。我看见他在不同的搜索引擎上输入遗嘱后面的号码。

　　几个小时过去后，我喝完又一瓶梅洛葡萄酒，感觉好多了，他也搜索完了。他把搜索到的结果告诉我，可能是：埃及登记的电话、斐波那契数列或一档名叫《号码危机》的节目。他还告诉我说那档节目已经过气了。接着，他又说了一些如何计算国际银行代码、如何创建瑞士银行账户，以及人类基因组如何不稳定之类的话。这些全都是根据我爸爸遗嘱背后的数字推测出来的。看着他乐在其中的样子，我很生气，他好像在玩寻宝游戏似的，他当这是一场游戏。

"这可不是阴谋论，"我比想象中更生气，"这都是什么鬼东西？"我说着把他写的那堆纸推开，他没接，我便把它们扔在了咖啡桌上。他看上去很生气。可是，我不愿陪他猜字谜，来证明他搜索出来的东西多么有用。去他妈的斐波那契。一个意大利人想出来的意大利式解决办法。

"我们不知道这个数字是什么意思，所以应该想办法知道。你父亲把它给你，显然说明它很重要。"他想拉我的手，我一下抽开了。我不希望他靠近我。他的存在让我浑身难受。

"在今晚之前，我爸爸什么也没给过我。如果我想知道那个号码的意义，大可以去找联署这份文件的律师。我确定，如果这个号码很重要的话，他一定能解释它的意义。毕竟，草拟这份文件的时候，他就在场，不是吗？"小声点儿，她就在楼上。我不想让她听见。他指的是我，还是艾丽呢？我之前以为是我，可现在不确定了。我把剩下的酒一饮而尽，然后将空杯子放在桌上，开始整理不小心打翻的东西。此时，屋子里很安静，也没有老爷钟的嘀嗒声。我不能像以前那样藏着了。

"可他是你的父亲啊，而且他还给你留了不少东西。这么多年以来，你都希望自己没有那样的过去。我以为你和他已经把问题解决了。艾丽说你们聊了一个晚上，你甚至连觉都没有睡。"

原来我的漏洞在这里。照艾丽所说，我们没有睡觉，而我爸爸却是在床上自杀的。安东尼奥将手放在我的腿上，轻轻拍打着。然而，此刻，我被过去的伤口包裹着，迷茫无措，心中只想着：如果是马特——那个我不怎么了解的男人，在这里就好了。

"你要是想他，"他继续说道，"要是难过，我们可以一起想办法。再说，他把全部财产都留给你了。"

"可我不想要他的全部财产。你为什么对这个感兴趣？"我一边说一边把他的手弹开。我用力地朝他打去，就好像他是一只夏天的苍蝇。"我告诉过你，我对他们别无所求。对她是这样，对他也是。可你就是紧追不放。是因为和钱有关吗？你觉得我们继承了这笔遗产就可以衣食无忧了吗？"

他的牙齿咯咯直响，两嘴张开。他把目光移开，这样就不用看着我。"那不是你的真心话，我知道你不是那么看我的。"他被我的话伤到了，但我的态度依然没有缓和，"你喝太多了。"他说着捡起空酒瓶，拿到厨房去。虽然我知道自己在胡说，但就是控制不住，他都走开了，我还在指责他。

"所以你才留下来的吗？"我大声喊道，"是为了钱吧？我妈妈死之前你就在计划离开了。不要以为我没看见那个旅行袋。可是你留了下来，因为你以为我即将得到一大笔钱。到时候，我就可以为你付电话账单，可以帮你定外卖了。"我说这些的时候想起了厨房地板上的比萨酱，"就拿这个来说，你上一次付账单是什么时候？"这一刻，我确定自己说中了要害。他最后一次付账单是什么时候呢？我他妈的记不得了。他站在门口，磨着牙齿，尽量不回答。可是，我希望他回答我，因为这一刻，我希望他讨厌我。只有这样，我才会好过些，才能名正言顺地继续保持沉默。这样会让我知道，他是在利用我，就像我利用他一样。我几乎就要让自己相信他不配知道真相了。"就连我妈妈死了，你都没说要陪我一起去。你根本不知道怎么帮我。过去三年来，你只是一直在依靠我生活，花我的钱。你以为你有那么好吗？你觉得你配吗？"

他向我冲过来，却在最后一刻改变主意，一掌拍向我的酒杯，而不是我的脸。然后，他把手举到空中，准备打第二次，但他低头看了看我，将手放到了身侧。

"继续啊，你不是想打我吗？打吧。"我凑到他面前，抓起他的手，却发现他的手像石头一样僵硬，无法移动，"你觉得自己完蛋了，是吧？你担心丢掉了饭票，那可是你最重要的东西。"

他根本就没听到我说的最后几句话。他一气之下，捏起拳头打在第二个杯子上，第二个杯子像第一个那样被打飞出去。看着他青筋暴怒的样子，我大叫着往后退。几滴酒溅到墙上，仿佛是从我们身体里洒出来的。他一边用意大利语喊着什么，一边冲到楼梯上。我以前听过那句话，意思是"去你妈的"。

有一会儿，我想起我们以前在一起时的画面，那时候，一切才刚刚开始。他光着膀子，拿着一张磨砂垫，在壁脚板上前后移动，就像触摸我那有疤的腿一样小心。那时候，他会停下来，转身看看我，用那满是木屑的手抚摸我。到了晚上，我的皮肤上还残留着木头的麝香味。他留下来，真的只是利用我希望被爱的心理吗？现在，我也不是很确定了。如果我们能回到以前该多好啊，但过去毕竟已经过去了。

十分钟后，他拿着一双厚袜子回来了，我的心还跳得很厉害。我看着他一言不发地擦干酒渍，然后将碎玻璃渣扫进垃圾桶里。他用指尖检查了一下墙面，一副失望的样子。也许既是对自己失望，也是对我失望了。他把袜子扔给我，小声说："把这个穿上，别划伤了。我们明天再谈。"说完便一声不响地上楼去了。

过了不久，孤独感令我难以忍受，于是我只好屈服于以前的模式。这个模式是这样的：首先，我叫他滚开，惹他生气，让他讨厌我，让他想要离开我，甚至打包好、订好票；然后，我上了他。这是一种恶性循环：愤怒导致性爱，性爱带来快乐，快乐又引起愤怒。我跟着他上楼，脱掉衣服，钻进被子里，用一只手在他背上摸来摸去。一开始他还会畏缩，肌肉紧绷，但我小声说了一句"对不起"，就感觉他全身放松了。我把手伸到他的前面，用他喜欢的方式抚摸他，像第一声惊雷缓缓穿过夏天湿润的天空。我们肌肤相亲时，我脑中闪现出昨晚的画面：马特在我身上，压着我，舔我，在我耳畔呼吸。我立刻将这画面赶走。

安东尼奥转过身抚摸我的脸。但不久以后，温柔的抚摸变得粗暴，他的手滑进我的头发里，紧紧抓住其中一股，把我的头往后拉。当我睁开眼时，看到的是马特的脸。

我对自己说："不，不，不。安东尼奥，安东尼奥，安东尼奥。想想安东尼奥。现在和你在一起的是他。"

于是，我大喊了一声："安东尼奥。"这么做只是为了提醒自己，但我尽量装成欲火焚身的叫声。他那柔软的唇沿着我身体的曲线游走，可是，我的身体却不像平时那样回应他的吻。没有兴奋，也没有激情，更没有热血澎湃。他在我身上移动的时候，我试着将注意力集中。他吻我的嘴唇，一秒之内却忽然睁开眼睛。在再次投入之前，他看见我的眼神，好像从里面看到了从未见过的东西。然后，他把我翻过来，让我跪在床上，还拉着我的头发将我往后扯。他推进去的时候，我的臀部在抽痛。他抓着我的伤疤，它们在发烫。我发出一声愉快的呻吟，然而只是装出来的。

我不知道是因为药物失效，还是昨晚的回忆让我变得麻木，总之，他摆出他最喜欢的姿势时，我并没有快感。他知道，让我像这样跪着，我会很痛苦，但他全然不顾，只是一味地往我身体里戳。我的臀部和腹部感觉到一阵撕裂般的疼痛。我睁开眼睛，看到那幅画的碎片绝望地躺在地上。我的眼泪流了下来，心里的痛和身体的痛混合在一起。但是，我不怪他。

那晚，安东尼奥上了我两次。每一次，我都像动物一样被他往后拉；每一次，他都在我后面使劲。第二次，我被弄醒时，他已经趴在我身上，进行到一半了。我装出恰当的声音，做出恰当的反应。之后，我微笑着抚摸他的皮肤，还小声呼唤他的名字，就像20世纪50年代的演员一样："安东尼奥，安东尼奥。"可是，这已经不是我认识的安东尼奥了。这是另一个安东尼奥，是一个心怀报复的人。他只是为了满足自己的需要。我把他变得跟我自己一样令人憎恶。有史以来第一次，他就是一切，而我只是他用来喝水的容器。这让我想起成为某个人生活中无关痛痒的角色是什么感觉，我还记得这种感觉有多么痛苦。

第 22 章

那是艾丽的计划，我依计行事，因为我只能孤注一掷。她还在为我偷东西的事生气，而我多么想回到以前。以前，她是我的英雄；以前，我们属于彼此。我想，她也不好受吧，因为她开始问我怎么样才能让我开心。她似乎在想办法让我们和好如初。于是，星期六那天，我们偷偷见面时，我给她讲了玛戈特·沃尔夫的事。我对她说，自从我小时候用铅笔戳了她的手以后，她就一直欺负我。我以为这是一次让玛戈特付出代价的机会，也是一次与艾丽和好的机会。

我告诉她，玛戈特在唱诗班唱歌，她是吹长笛的那一个。她穿印有"TOMMY"字样的宽松套头衫——艾丽说，这就是它贵的地方。我还告诉她，玛戈特上健身课的时候穿黑色的丁字裤，就连她的朋友们都觉得这太放荡了。而且她还没有月经初潮，因为她从不缺席洗淋浴——来月经就不能洗淋浴了，因为没有哪个老师愿意看到小隔间里发生"嘉丽式灾难"。噢，对了，最令我后悔告诉她的一件事是：学校里那些受欢迎的男孩都说玛戈特是性冷淡，没有人能染指她。唯一曾把什么东西戳到她身上的人只有我。

我按照艾丽的计划，花了几个星期的时间编造谣言。有许多处在学校社会底层的学生愿意传播流言，以换取地位的暂时提高。于是，关于玛戈特要在下一次派对上破处的流言就散播开了。最后，至少有四五个男生认为她的目标是他们。杰西卡告诉她的朋友贝基，贝基又告诉海莉，海莉告诉了萨曼莎，萨曼莎正在和杰克约会，杰克随之告诉了南森，说他要和玛戈特上床。记得保守秘密。是谁告诉杰西卡的？噢，就是某个女孩。我只是某个女孩而已。

关于这个故事，另外还有四五个版本，其中包括玛戈特要给人"吹喇叭"。有人说她想让人"爆菊"，这样她还能保留处女之身。我不记得我说过什么了，也不记得我是对谁说的。大多数故事都是艾丽编的，我只是个传递者。不过，关于"爆菊"的那一个，是我想出来的。

几个星期以后，公园里要举行一场派对。时值六月，学校已经放假了。派对是对外公开的，每个人都可以来喝便宜的苹果酒。派对快开始时，我差点儿临阵退缩了。我很害怕，不知道怎样才能悄悄将迷幻药放进玛戈特的饮料里。药是艾丽交给我的。我不知道是什么药，她只是告诉我，它能让玛戈特发疯、发狂，如此一来，大家都会笑话她。那时，我才十四岁，而且还是个处女。我能知道什么呢？

于是，我一直注意着玛戈特。当她和好朋友像一对女同性恋一样你追我赶，转而把酒瓶放在草地上时，我的机会来了。她们周围自然有许多欲火中烧的观众。我趁没人注意，把药放进了她的酒瓶里。那时，天色很暗，没有人看到我。再说，从来也没有人真的注意我。

不到半小时，她便和亚力克斯·罗宾森一起不见了。他是我们年级的"老大哥"。然后，不到五分钟，他就大摇大摆地回来了。他红着脸，满身大汗，指了指草丛，于是另一个男孩过去了。然后又一个过去了。我倒是很想告诉你，我后悔了，所以阻止了他们。我后悔害她被至少四个男孩上了，如果他们说的属实的话。可是，我什么也没做，只是在安全的距离外看着，之后的几个星期，还和艾丽一起嘲笑她。

从此以后，玛戈特就得了一个绰号叫"玛戈特容易"，"假肢伊里尼"则渐渐被淡忘了。自那以后，我甚至和她交上了朋友，因为其他女孩不愿意和她一起玩，她们说她是个荡妇。而我是她的英雄，对此我还沾沾自喜。我为当年戳了她的手而道歉，她说没关系，已经不疼了。后来，警察展开调查，男孩们都说事情没那么夸张，说谁也没有对她做过什么。可是我和玛戈特都知道，事实并非如此。警察带她去检查取证，可已经过去太久了。他们还查了血，可是毒理学报告上什么也没有。当然没有了。

警察介入后，大家渐渐开始原谅玛戈特，开始相信她可能是被强奸了。然后，男生们就倒霉了。老师们开始留意他们，稍微犯点儿错就将他们赶出教室。他们有没有被判刑已经无关紧要。最终，玛戈特又大受欢迎。毕竟，大家都喜欢受害者。而且，她带着我一起，让我也跟着受欢迎了。此外，我的成绩也提高了。杰米玛姑妈不仅夸奖我，还告诉她的朋友们她终于把我"打通"了。她说，我终于学会了如何融入集体，说我身上不全是哈里福特家的基因。这一切是谁造成的呢？当然是艾丽。

我长大以后，才意识到自己所做之事的严重性。毕业后，我和玛戈特失去了联系。我常常想找到她，告诉她事情的真相。有一次，我甚至走到她工作的服装店外，想向她承认，是我毁了她的人生。但我临阵退缩了，我连走进去的勇气都没有。

安东尼奥已经两天没回家了，也没有给我打电话。我回家后的第二天他就走了。我用新的电话号码给他发了八条信息，又用旧的号码发了八条。他没有回复，他不想见我。但他没有带走多少东西，我肯定他还会回来。我真的希望他会回来。我希望自己能撤回之前糟糕的行为，让他回家来。要不然我该怎么办呢？我还希望自己能打起精神去工作，可是我做不到。我希望我没有将那支铅笔戳进玛戈特·沃尔夫的手里，而是告诉她，她的画很漂亮，然后试着和她成为朋友。可是，事情一旦做了，就不可能收回，所以无论多么糟糕，你都得想办法往前走。

第 23 章

第四天晚上，夜已经深了，我听到钥匙开门的声音。然后，我听见安东尼奥穿着沉重的靴子，拖着脚步走过门垫。接着，为了不吵醒我，他又踮着脚尖穿过门厅。我匆忙坐到沙发上，抓起电视机的遥控器，装作根本没有察觉他不在的样子。他走到客厅门口时，我开始不停地换台。一开始，他什么话也没说，但我能感觉到他正看着我。我咬紧牙关，不让自己露出紧张的微笑。我首先想到的是：谢天谢地，终于结束了。我竟然这么快就忘记了如何一个人生活。

自从他离开后，雨几乎没有停过，都是断断续续的暴风雨。上一分钟还是晴天，下一分钟就下起雨来。我只出过一次门，为了买新手机。我用眼角的余光看见他脱掉雨衣。那是一件新雨衣。我想，他是用我的钱买的吗？但我又提醒自己，之前是我太过分了。于是，我咬了咬唇。

他说："你好。"我继续换台，不理他。我换了那么多个频道，可能换到了"上帝台"，在那里，所有的人要么被拯救，要么拯救别人。在上帝的威力下，人们纷纷倒地，一个压着一个。我想起有一次杰米玛姑妈带我去看一个另类的治疗师，说是为了治疗我的臀部。可是，那个治疗师一直说我体内有邪物，还说要将它驱出来，这样就能减轻我的痛苦。现在想起来，他们是要给我驱邪啊。之后，她叫我不要把这件事说出去。但当晚，我很自然地告诉了马库斯姑父。后来，他们吵了一架，她一个月没和我说过话。她再也没带我去了。

安东尼奥向前走了一步，我又开始频繁换台，对着电视机使劲地按遥控器。突然，屏幕上出现"免费预览"的字样，然后是乳房和噘嘴的大特写镜头。时不时有个女孩被人翻来覆去从后面上，同时还有另外一个男人想在她脸上"采取行动"。那晚安东尼奥对我做了同样的事，我的臀部至今还有疼痛感。我试着告诉自己，他不是故意这么混蛋的，可就是很难信服。我关掉电视，放下遥控器。

他走进屋说："对不起，我没有打电话回来。"他那黑色的头发湿漉漉的，他耸着肩，一副歉疚的样子。

"你收到我的消息了吗？"我问。他点了点头。"你去哪儿了？"这时，电视上的色情画面出现在我的脑海里，我想象他在某个破烂的脱衣舞俱乐部，花着我的钱，"鸡巴"被人含在嘴里。我感到一阵恶心，于是伸手拿起一个快见底的酒杯，将剩下的酒一饮而尽。不管我做过什么，如果这些都是真的，那也够伤人的。我见他瞥了一眼我脚边的四五个空瓶——又或者是五六个。然后，他什么也没说，只是坐到我身边。

"我为我的离开道歉。我当时很生气。现在我冷静下来了。我不想让你难过。"这时，我看了他第一眼。他的眼睛凹陷下去，黑眼圈很重，就像画了眼线一样。就算他的睫毛很长，也不能让它们漂亮起来。

"你离开了四个晚上，去哪儿了？"

"意大利。"他往沙发后靠，转头看着我，可他的身体没转过来，好像准备好随时撤退似的。

"意大利？去了四天？"我把酒杯放在他之前写了搜索结果的那一堆纸旁，问道，"为什么？"

"我在这儿待不下去，没法儿和你待在一起。你回来的时候，我很高兴。我非常想帮助你，照顾你。我想，也许这是一个新的开始。"他说着把那堆纸整理好，"可你还是和以前一样。你说得对，当时我的确准备离开你。我再也不想待在这儿，整天什么都不干，一直吵个没完。"说到这里，他哭了起来，此刻，他正在擦脸上的一滴眼泪。这并不是我第一次看见他哭。"伊里尼，我们以前在一起多么开心啊。那时，和你在一起感觉真的很好。可是，从我提出组建家庭开始，你就变了。"他说着靠近我，想触摸我的手臂。我没有推开他。"伊里尼，我想结婚生子，想要正常的生活，想跟你过日子。我会给你时间的。如果需要，我还会尽可能帮助你。可是我希望你对我坦诚相待。"他拉起我的手说，"如果你不想要我了，就告诉我，我会打包走人。但我要让你知道，我是爱你的。我不在乎你的过去，也不在乎你我可能出现的问题。如果你愿意，我可以把今天当成第一天。"我想，我有多少次想重新开始自己的生活啊，就像一只该死的猫。他停下来，深吸一口气，然后，似乎是害怕自己说得还不够坚决，他又补充了一句："但前提是你真心愿意。"

我拿起桌上已经预付费的手机，将它扔到最近的废纸篓里。这么做并没有什么特别的意思，我只是将它从桌上拿开了，但这样的行为本身具有象征性。它意味着我正在扔掉过去的生活、过去的联系和打给安东尼奥的八通未接电话。那张电话卡的某处藏着关于玛戈特·沃尔夫的信息。艾丽也知道那个号码。他理解了我的行为，于是挪近一点儿，紧紧地抱住我。此时此刻，我本应感觉释然，但不知为什么并没有。

他做饭的时候，我检查了一下我的银行账户。我发现，他走的那天早上从我的账户里取了340英镑。这也就意味着，他买雨衣的钱和去意大利的机票钱都是我出的。这种事其实并不算小，但我决定不去在乎。我想已不值得再为此争吵，再来一次"我支持你"之类的谈话了。我们现在如履薄冰，我不想跺一跺脚，然后眼睁睁看着我们双双沉没。我还没有准备好让他离开我。离开了他，我能干什么？当你对不同的事物一无所知时，独自一人也挺好的，可现在，我尝过了不同，所以回不到"工作——睡觉"重复的模式了。也许时间一久，我们的关系会好一点儿。如果没有的话，也许我会变得更强大，从而习惯没有他的生活。

于是我坐下来，面带微笑地等着吃饭。他说，没有我的日子就像在地狱里煎熬，我也用同样的话回应他。我们开始吃饭，他看了我一眼，我知道那种眼神意味着他想吻我。然后，他吻了我，我们最终到了床上。这一次终于回到预期：安东尼奥对我很温柔，因为我很脆弱，他的手在我的伤疤上游走。之后，我起来照镜子，从镜子里看着臀部，心想，这些记号是什么时候成形的呢？我以前竟然没发现。我知道，他们曾在我的伤疤处矫正我的骨骼，修复我的肌腱，而它们的弧度看起来就像蝴蝶的翅膀，稍稍呈"V"字形。我低头看了看那幅被撕毁的画，同时告诉自己，明天我就把它收起来。

过了不久，安东尼奥起身，将地上的碎玻璃扫干净。他把那幅画塞进一个抽屉里。他知道，我既然把它带回来了，就说明它对我很重要。他好像能读懂我的心似的。外面的风暴还很猛烈，可至少我心里的风暴似乎平静下来了。那晚，我们相拥而眠。他回来了，我很高兴。几个月以来，我们还是头一次这样睡觉。我好奇我心中的恶魔是否终于找到出路了。

第 24 章

第二天吃早饭时，安东尼奥说他要开一个小餐馆，这是他梦寐以求的。他说过很多次了。他想象中是这样的：找一个不大的地方，放些旧桌子，再铺上昂贵的白色亚麻布，就像古罗马一样。桌子和银餐具可以循环利用，只是看不见圆形大剧场而已。

"我自己存了一半钱，另一半向银行借。"他将一块五花熏肉塞进嘴里，然后舀了一勺炒鸡蛋。我想起乔伊斯做的炒鸡蛋，真的太咸了。艾丽做了女主人，可能会把她逼疯，一想到此，我竟笑了起来。

虽然我怀疑银行不会贷款给他，而且他存的钱也未必够，但我还是说："这主意不错。"然后，他又好像能读懂我的心似的，站起来，将银行的贷款文件放在桌上。我浏览文件时，他从我的盘子里偷了一块熏肉。桌上有一个小花瓶，里面插着康乃馨，应该是他放的。

"你不在的时候，我去申请了贷款。"他一边舔手指一边咂嘴，"就在你走的第一天，那时，我以为我们彻底结束了。"

我笑了笑，凑过去亲他，并没有认真看他给我的文件。他惊讶地往后退了退，然后放松下来，慢慢地吻上我的唇。"炒鸡蛋很棒，如果你来掌厨，一定卖得很好。"

之后，我们坐在沙发上，依偎在一起，看探索频道。我们看骄傲的狮子，看幼狮如何生存。然后，他做了加鸡肉的意式香蒜酱面，我们盖着羽绒被，将餐具放在膝盖上吃起来。我们做完爱后是裹着羽绒被下楼来的。是的，我们做爱了。这一次的感觉很好，很温和。以前，我总对这种温和的方式避而远之，但现在也只有这样能够治愈旧伤口了。毕竟，我总是受伤。或者，据我爸爸所说，正是我揭开了那些旧伤疤。

可这一切给人的感觉，就像我们在跟着剧本走似的。剧本教我们怎么弥补过错，假装一切正常。当我们不知道说什么的时候，就手拉手，隔着一段距离，朝对方微笑。不过，他已经很努力了，而这一次我也在努力。就目前来说，这已经足够。最后，我们睡着了。

打雷声让我惊醒，巨大的雷声响彻整座房子。然后又一声，听起来一模一样。这时我才发现，根本不是雷声，是有人在敲门。我看了看手机，上面显示的时间是晚上11:07。这个时候，不会有什么好消息的。我把安东尼奥推醒，然后意识到敲门的可能是艾丽，心里感觉很不舒服。这种感觉和那晚她打电话来告诉我妈妈的死讯时一样。

"怎么了？"他先是用意大利语结结巴巴地说了什么，然后问道。这时，又是一阵敲门声。

我小声说："有人敲门。"他低头看了看表，然后站起来，套上T恤。紧接着，他整理了一下他的四角裤和里面的东西。我跌坐在羽绒被里，听着外面的动静。虽然听不清他们说的话，但能听出他们说话的语气，我立马就知道那不是小事，同时也知道了来人不是艾丽，于是松了一口气。

我穿上衬衫，不到一分钟后，安东尼奥带着两个人来到了客厅。他们一脸威严地站着，雨水滴落在层压地板上，流进地板缝里，门厅上还有他们留下的一块块泥巴。其中一个是女人。她的脸很方，像不协调的魔术方块，而且没有化妆。她耳朵的位置很低，好像它

所有爱消失的地方

170

们滑了下来，就要融化了。她对我笑了笑，但我知道，这笑容里没有好意。这是一种正式的微笑，意思是"既然我在你的家里，就表示一下礼貌好了"。她旁边的男人身材高大，几乎身体各个部位都比例过大。我立刻就知道了他们的身份——警察。

"晚上好，哈里福特医生。我是福雷斯特警官，这位是麦圭尔警官。我们深夜到访，是想问几个关于你姐姐埃莉诺·哈里福特的问题。"

我环顾四周，判断着当前的状况。桌子上有一瓶酒，它的形状很容易被误认为香槟，还有两个空杯。电视开着静音，而我看上去就像不久前才做过爱的人。我们像是一对幸福的夫妻，两个人之间没有任何问题。但警察来了，他们想向我了解我姐姐的情况，那就意味着他们或许知道我的父母刚刚过世，知道我即将继承一笔巨款。也许是艾丽给他们打的电话。我突然有点儿害怕，因为这场面看起来像是在庆祝什么。

"好的。你们想问些什么呢？"安东尼奥直接切入正题。我对此很高兴，可他又能做些什么呢？他连艾丽的面都没见过。

"我们可以坐下吗？"福雷斯特警官一边问，一边坐到对面的沙发上。我没有回答，安东尼奥示意麦圭尔警官坐到他旁边。

"我姐姐怎么了？"我有些疲倦地说。我的语气很随意，就好像我们是一个难管教的孩子的父母，已经习惯去警察局做客了。哦，埃莉诺做了些什么？她又惹什么麻烦了？是将铅笔戳进小女孩的手里了吗？噢，天哪，真是个冒失的女孩。

"你姐姐失踪了，我们正协助爱丁堡的警察寻找她。她最后一次出现是在两天前，在她居住的村庄——霍顿。之后就再没人见过她，村子里找不到人，附近的城里也没有。她也没有回家。"麦圭尔警官还没有说过话，可是把所有的细节都记录下来了——没有家人的合照，陈列柜里也没有摆放小玩意儿，只有一些医学书：《麻醉法》《麻醉手册》《止痛治疗》《活人的坟墓——安第斯人的丧葬制度》《药理学成就》《为陪伴而杀人》。我还不如直接摆一本关于如何杀人、藏尸的指导书算了。

"但你们不只是实施搜索的警察，你们是便衣警察。"我知道事态已经严重了，于是说道。我脑海里闪过各种各样的想法，每一种情景里我扮演的角色都不大体面。

"哈里福特医生，也有很多警察是穿着便服挨家搜查的，请放心。但是没错，我们是英国刑事调查局刑事调查部门的。"安东尼奥的双脚交换重心，他以为这样显得很随意，可我知道，他只有在紧张的时候才会这么做，"最后一个见到你姐姐的人是酒馆的老板，那酒馆的名字叫——"她停下来翻了翻黑色的笔记本，"'魔法天鹅'。夜深了，她还冒着雨在墓地里跑来跑去。从那以后，就再没有人见过她。我们正在根据过去一周发生的事情，绘制一幅她的行踪图。据说她精神上有问题，所以我们把她归类为易受伤害的成人。"我差点儿笑出来，赶紧抑制住。我以为自己将刚才的小动作遮掩住了，可是有什么能瞒过警察的眼睛呢？"哈里福特医生，有什么好笑的吗？"

"对不起，我不是故意的。我只是从没听过有谁把艾丽描述成易受伤害的大人。"然后，我平静下来，将羽绒被往上拉了拉。我真希望自己穿着短裤。"其实恰恰相反。我能帮上什么忙吗？"

这时，麦圭尔警官出场了。他不费吹灰之力就接过话题，好像他们之前彩排过似的："我们理解你刚失去家人之痛。"

"我去煮一壶茶吧？"安东尼奥打断他说。谈话中断时，一道闪电划过天际，一秒后，雷声接踵而至。

"奶茶，不加糖。"福雷斯特警官说。

"我也一样，谢谢。"麦圭尔警官转身看着我，两只手交叠在一起，"每当有压力的时候，现有的问题总会被放大。我们知道你最近失去了双亲。节哀。"

我冷淡地说："谢谢。"我本应该做出难过的样子，但我又想，有些事情做得程式化就显得太刻意了。

"当然，我知道这一定很难，但我们还是得问一些关于你母亲的问题。她是怎么死的？"他继续说道。

"我想是得癌症吧。"

"你不知道你母亲是怎么死的？"福雷斯特警官斜视着我，插嘴说。

我顿了顿，吞了一口口水："我觉得是癌症，但我没有见过病历，也没和医生交流过。"

见我满不在乎，福雷斯特警官环视了一遍那些书，然后站起来，到处走动。她拿起《药理学成就》，翻着书页，问道："你自己就是医生，对吗？"我点了点头。"你不想知道吗？"她说着把书放下，到处查看。不过，屋里没什么个人物品。"我们这样想想。我的某一个家人卷进了犯罪事件，我肯定想知道究竟是怎么回事。我想知道案件的具体情况，有哪些事实、哪些假设。我是这么认为的。我的工作要求我保持一颗好奇、怀疑的心。"她又拿起《为陪伴而杀人》，那是连环杀手丹尼斯·尼尔森的传记。为了缓解自己的孤单，他会把被害人的尸体留下来。接着，她面无表情地把书放下。"我以为，作为一名医生，你可能想知道自己的母亲是怎么去世的。"

我把头发塞在耳后，拨开刘海儿。安东尼奥端着一盘茶走进来。我伸手过去，拿起我的那一杯，同时紧紧地抓着羽绒被。

"我们的关系不是很好，"我说，"不是你们所谓的正常的母女关系。"

"是，我们知道你被姑妈收养了。"

"不，不是，我只是和她住在一起而已。"

"为什么？"

"为什么她不收养我，还是为什么我和姑妈住一起？"

"都说说吧。"福雷斯特警官说。

"我不知道。"安东尼奥坐在我旁边，拉着我的手，"我三岁的时候就和她住在一起了。从来没有人告诉过我为什么。"

"你从来不问吗？"我耸耸肩，让他们知道我无法回答，"你不是个喜欢追根究底的人，对吗？我们和你的姑妈谈过了。她告诉我们，你的母亲带不了两个孩子，她招架不住。我猜这就是现在所谓的产后抑郁症吧。"安东尼奥拍了拍我的手，知道"真相"以后，他松了一口气。但我知道，这都是胡说八道。现在就连杰米玛姑妈也乐意接受这样的胡扯了。我想问他们是否知道姑妈没有参加葬礼，但我没有问，因为我确定这一问便会引起怀疑。

"我想就是产后抑郁症吧。我们的关系几乎不存在。我们从不交谈，也没有信件往来。对于她来说，我就像不存在似的。所以，她死了之后，我没有问。"我并没有提到我对艾丽的那些猜测。

"那么，我来总结一下。"福雷斯特警官拿起一杯茶，又放下，说道，"你和你的母亲没有关系，和你的父亲也没有关系。"她看着我，等待我确认。我迅速地点了点头。"你是怎么知道你母亲去世的消息的？"

"是艾丽打电话告诉我的。"他们看样子很困惑，我解释道，"我的姐姐，埃莉诺。"

"你是怎么做的呢？"

"我去参加葬礼了。"

麦圭尔跟随福雷斯特拿起他的杯子。"所以，你放下一切，飞回去参加了葬礼？"他问道。

"是的。"我慢慢地将手从安东尼奥的手里抽回来。

"即便在你和父母都没有联系的情况下。"

"你也可以这么说。"听到自己的过去被缩减成几句话，我心里有些难过。好像有人正在损害它的声誉，让它变得比实际更加渺小。我听起来多么傻呀——小女孩飞奔着去哀悼她的妈妈，可她从没在乎过她。在他们眼里，我一定很可怜。

"你大概是去帮助你姐姐的吧？"

"是的，你们也可以这么说。"严格说来，事实并非如此。但对他们说，我回去只是想弄清楚他们为什么不要我，这个理由太差劲了，连我自己都无法承认。尤其是我刚才还同意了杰米玛姑妈的说法——他们是因为产后抑郁症才将我送走的。"因为我想回去帮助艾丽。"

"埃莉诺·哈里福特。"

"是的。"

"你到了之后是怎么找到她的？她的精神状态怎么样？"他们同时喝了一口茶问道。

"我又不是心理医生，我怎么知道呢？"

福雷斯特稍稍抿了抿嘴，看向麦圭尔，她的脸颊上起了一丝皱纹，就像我臀部的新月形疤痕一样。她扬起眉毛的样子，让我觉得她已经把我定义为一个自作聪明的白痴。"对，哈里福特医生，"她生气地说，"你不是心理医生，可你是她的妹妹。你了解她。你们身上流着相同的血。你肯定能告诉我她是在哭泣，还是难过、开心或兴奋。哈里福特医生，这些可都是很简单的情绪。"

"她当时很好。"他们一齐转头看着我，好像我刚才说的是"她偶尔会变成外星人"一样，"艾丽和大多数人不同。我并不是想说她有什么不好，只是对于发生的一切，她似乎并没有觉得特别悲伤，反正对我妈妈的事是这样。如果你了解她——"

"所以，"她打断我说，"你母亲死后，埃莉诺·哈里福特的状态是正常的，没有变得特别糟糕。葬礼前你们在一起都做了什么，让你觉得她是正常的？说说你们是怎么面对亲人去世的。"

她说话的时候，我脑中想着那些事。我们的活动不太正常，我们做的那些事显得我和艾丽无情、冷漠。这一刻，我对她的恨意空前加深。她到底滚去哪里了？"没做什么，就是些简单的事。去外面逛了逛，一起吃饭。葬礼过后，我就离开了。"

"简单的事，嗯哼。"她哼哼一声，我要是看到某人的脸上长了奇怪的皮疹也会有这样的反应。她分析着形势，看上去还是一副精明的样子。"可是，葬礼结束后，你没有立马就离开，对吗？"

"对，没有马上离开。"她盯着我的眼睛，等着我细说，"我又待了一个晚上。"

"在哪里？"

"在那座房子里。"这是我第一次彻头彻尾地撒谎。我是个说谎高手，这一点人尽皆知。可这是对警察说谎，还是在失踪案件的问询过程中，而且失踪的还是一个"易受伤害的成人"。他们交换了一个眼神，这让我感觉很不舒服。看来他们其实知道真相。安东尼奥也发现了这点，他转身看着我。"那天晚上，我们出去了一会儿。喝了点儿东西，可能我们俩都喝得有点儿多了。"

"是跟格思里和沃特森先生一起吗？"安东尼奥的身体僵在原地，血液里的嫉妒开始上涨。我没有告诉他关于格雷格和马特的事，这反倒让事情变得更加可疑。

"是的，"我说，"他们是我姐姐的朋友。"我又补充了一句，试着把自己撇清。

"第二天早上你就离开了？"

"是的。"我知道接下来会发生什么。我能感觉得到。好像我正看着一辆货运列车，它的灯光刺着我的双眼，因为我就站在火车轨道上。火车正呼啸着向我驶来，我却没办法跑开。

"就在你父亲死后。"我点点头，"埃莉诺对你父亲的死有什么反应？"

"她很难过。她的状态不太好。"

"她打电话告诉你母亲的死讯时，你觉得她难过吗？还是感觉她很平静？"

"她很平静。"

"所以，可以理解为，你父亲的死更让她难过。"

"也许吧。"

福雷斯特警官双手交叉："这么说来，她给你打电话的时候很平静，貌似在处理你母亲的后事。你直接坐飞机赶了过去，因为你说你想帮助她。可是，你父亲死的时候，埃莉诺显然很难过，你却开着她的车离开了。我们在机场发现了那辆车，是一辆灰色的梅赛德斯，车牌号是KV58HGG。是这样吗？"

"我不知道车牌号是多少。但你说得没错，我开走了她的车。我想离开。"

"离开埃莉诺？也就是你去帮助的那个人，你的姐姐？"

"打扰一下，警官，"安东尼奥打断说，"这与艾丽失踪有什么关系吗？"

"我们只是在分析她的精神状态。"麦圭尔警官插话说，"再说，我们发现她的车时，钥匙还留在上面。"然后，他转身对着我说："我肯定，你也认为我们需要排除这个相关事实吧。所以，你确定是你开走了车吗？

"是的，我确定。"

"很好，这样就为我们节约了四十八个小时，我们就不必去查找监控录像了。"他小声地对福雷斯特说。

"莫利纳罗先生，你呢？"福雷斯特警官问，"发生这些事的时候，你在哪里？"

"我就待在这儿。伊里尼喜欢自己处理这些事。她不希望我去见她的家人。"

"哈里福特医生，为什么呢？"福雷斯特看着我，问道。

"很显然，因为我和他们的关系不怎么好。你们也已经说了，艾丽的精神有些问题。"

"不，事实上，我们告诉你的那些也只是道听途说。作为一名医生，你肯定也明白，我们没办法和你讨论她的病史。但坦白地说，我们调查了她的历史，却没有得到任何有用的信息。"

"一定有的，我确定。艾丽亲口告诉过我，她在精神病院待过。"

"我们没有权利继续讨论这个。"

"但这点很重要。正因如此，我才不希望她出现在我的生活里。她非常难相处。"话一出口，我才意识到这些话听起来多么可怕，因为我刚才还在扮演好妹妹。"我只是希望我们之间保持一定的距离，这样对我们俩都好。"于是，我又撒谎说。

"可你还是去帮她了。"福雷斯特挖苦地说，"之后呢？"

"我们就待在这儿。我没有去上班，请了病假。我们待在家里。分别了几天，我们需要在一起待会儿。"

"噢，看来你们相处得还不错。"麦圭尔警官站起来，笑了笑。

福雷斯特警官似乎还在扮演坏警察的角色。她继续说："接下来的几天，确保我们能找到你。我确定，我们还有更多问题需要请教你。"

他们朝门口走去，我也跟了过去，腰间还裹着羽绒被。"噢，还有一件事，"福雷斯特的搭档打开门，雨飘进来，打湿门垫，她说，"约瑟夫·惠若林顿，这个名字你知道吗？"

我想了一会儿，说："不知道，我从未听过这个名字。"

她笑了笑："好的，谢谢。别担心，我们每年都会受理七千多宗人口失踪案。到最后，大多数人都是安全的。其实，有时候是他们自己选择失踪的，尤其是在他们感觉到威胁和危险时。"

我说："我觉得没有人能威胁到艾丽。"他们什么也没说，只是迅速地看了对方一眼。

福雷斯特警官的脸上闪过和进来时一样的假笑。那笑容虚假又老套，和我的笑一样不讨人喜欢。"他们中的大多数人最后都会出现的。"

第 25 章

　　当我从一个关于罗伯特·里尔的梦中醒来时，安东尼奥已经醒了。他开着灯，坐在床上。我看了看时钟，同时用眼角的余光瞥了一眼夜空。此时是早上3:01。

　　他面无表情地盯着墙看，我说出一句显而易见的话："你醒了啊。"

　　"我睡不着，一直在想你姐姐的事。"他把手伸到床边，拿起一瓶水。一定是他从楼下拿上来的，因为我们睡觉的时候，那瓶水还不在那儿。"你做梦了。"

　　"你怎么知道？"我伸出手，他把水递给我。

　　"你嘀咕了几句。"

　　我喝了一口水，然后用手擦去嘴唇上的水滴："我说了什么？"

　　"萝卜什么的。还是罗伯特？我也不知道。都是些胡言滥语。"

　　"是胡言乱语。"我纠正他说。就像这样，他时不时会用一些不熟悉的词。像鹦鹉一样重复，却总会出错。他并不管对与错。我把瓶子递回给他。"你觉得她发生了什么事？"

　　"不知道。记得吗，你从不让我见她。"

　　"但是，你和她说过话啊。"他看样子很惊讶，猛地转过头，"我回来之前，在电话里说的。你觉得她听起来是个什么样的人？"

　　他吸了一口气，好像在做什么决定似的："她很狂躁，很激动。

我还以为是你们一家团聚，你和你父亲的关系也有所改善的缘故。可似乎并不是这样。至少，从你的行为看来，不是这样。所以，我觉得她很疯狂。"

对于他的结论，我毫无异议。"可她会去哪里呢？她又为什么要离开呢？整座房子都是她的了。"我说。

"事实上，那房子是你的。"他说完喝了一大口水。我想起那座房子是我的，不知道要怎么处理它。"你从来没有给我讲过她的过去，没告诉我她有病。你说她疯了，但疯了有很多种意思。我不知道她真的有病。"他别过脸，眼角低垂，忽然目光一闪，又抬头看着星空。暴风雨过去了，剩下一片美丽的风景。星光闪耀，如钻石般晶莹。"我真希望你提前给我讲过那些事。我希望我能提前知道她有病。"

我耸了耸肩："有什么区别呢？"

他又低下头，挑起肚脐上的一小撮绒毛："现在没什么了。不过，你给我讲讲你的过去吧。在以前，这是禁区，可我觉得我们已经过了那个禁区。我希望你给我讲讲她的事。别让我蒙在鼓里。"

"关于什么的？"

"随便。你来选。"

我想起了玛戈特·沃尔夫和罗伯特·里尔的故事，可我在这两件事中的形象都不好，于是我给他讲了另外一个故事。那是之后发生的事，当时我已经知道艾丽是什么样的人了。我坐起来，没有用羽绒被盖住身体，因为我穿着睡衣。警察走后，我们没有再做爱了。

"我上大学之前，有一天，她说要带我出去庆祝。那时候，和她在一起很费劲，因为她的想法和行为越来越古怪了。她告诉我，她从没有过上大学的妹妹。我觉得很奇怪，因为我是她唯一的妹妹。她说，我们得记住这个时刻。于是，我们去了一家俱乐部，我们抽雪茄，喝得晕乎乎的。那时我才十八岁，不会喝酒。"那时，我的臀部仍然有问题，我的着装品位还是很糟糕，即便那已是2001年。我穿着五颜六色的衣服，全身裹满牛仔布。艾丽穿着一双及膝的蓝丝绒松糕靴、一条白色的紧身短裤和一件红色的乳胶弹力抹胸，像一面人体英国国旗。而这些，全都是偷来的。

"她带我去了一家俱乐部，里面只有闪光灯，光线很暗。俱乐部里还放着欢快的家庭音乐。她每走过一处，都挥动双手，有节奏地指指戳戳。凌晨四点时，我已经筋疲力尽了。我没有像其他人一样，在药丸的作用下兴奋舞动，只是蜷缩在离我最近的卡座。她整晚都在嗑药。第二天八点左右，大家都走了，她还在闹，双手在空中摆动，口中喊着'哇哦'。"我模仿艾丽的样子，就像我还在那里看着她一样。他同情地笑了笑。"最后，保安把她拖出去，扔出了俱乐部。我就跟在她后面。"

"那个夏天，我都和她待在一起。我们住在一间公寓里——她为了离我近些，特意租的公寓。那晚之后，她睡了一个星期。其间，她偶尔醒过来，发一阵疯，一会儿因为别人把她扔出俱乐部而大哭，一会儿又在安排并未兑现过的夜间活动。过了好多天，她还在生气。她大叫着说这不对，不应该这样，这不是她的错。我把这一切都归罪于毒品。我心想，毒品真是个坏东西啊。你知道我的心理吗，就好像你还是个小孩，你觉得全世界只有这个疯子是真的爱你。可同时，我也意识到，她对我没有好处。如果我想拥有正常的生活，那就得结束和艾丽在一起的日子。我并不恨她，现在也不，即便有时候我努力说服自己去恨她。但我也没有留下来。于是，有一天，趁她睡觉的时候，我就溜走了。"

"她找你了吗？"

我从床头柜上拿了一支烟："找了。但我告诉她我要去利兹大学，于是，她就去北边找我。实际上我是要去埃克塞特大学。她花了几个月的时间才找到我。"

"怎么找到的？她做了什么？"

我点燃香烟，深深吸了一口。安东尼奥讨厌我在床上抽烟，可他也点燃一支，抽了起来。"她照着医学院挨个儿找，最终找到了我。她哭得稀里哗啦的，说没有我的日子太难熬了，说谢天谢地还好我没事。好像我失踪了还是怎的。好像这一切只是一场意外，知道我没事她就放心了。"

"你呢？你都做了什么？"我把剩下的烟灭了，滑回床上，枕着温暖的枕头。他也躺下来，还把羽绒被拉过来给我盖上。我抓过被子，紧紧地抱着。我们脸对着脸，相隔不过几英寸，他呼出的气中还有香蒜酱的味道。

"她能回来我很高兴。我感觉自己又一次被需要。没有她在的日子，我很孤独，就像小时候他们把我们分开时一样。"他伸出一只手，将我揽在怀里。我们的脸碰到了一起，那一瞬间的感觉非常美妙，非常温暖，好像我可以把一切都告诉他似的。"我留她待了一段时间，直到她在我的宿舍里和别人上床。那以后，我便换了住处，也换了电话号码。可是我知道，她会找到我的。在她找到我之前，我每天都在想她。这变得像一场游戏，而这游戏没有赢家。"

安东尼奥伸手关了灯，月光在我脸上投下阴影。窗户过滤掉了外面的交通噪音。我想起我们重聚时的真正场景——艾丽出现在校园里，手里拿着刀，威胁说如果他们不带我见她，她就割破自己的喉咙。令我离开的那件事发生后，我就该想到会有这么一天。是的，其间艾丽突然爆发过，也发生过疯狂的事，还有太多毒品，但这些都不是我离开的原因。我不知道自己为什么不愿意告诉安东尼奥这些。也许我只是不愿意再想起。我裹着羽绒被，转过身去，闭上眼睛，祈祷自己能睡着。但紧接着，他问起另一件事。

"伊里，在你回家的前一晚，和你们一起喝酒的那两个男人叫什么名字？"

"呃，格思里和沃特森先生。警察是这么说的吧。"我尽量让自己的语气随意一些，装作不太记得的样子，好像他们只是无关紧要的一部分。

"我是说他们的名字。你一定知道。"

"格雷格和马特，"我平静地说，"他们是艾丽的朋友。"

他转到一边，我感觉到羽绒被被拉走。"所以，不是罗伯特了。"他叹了一口气，好像如释重负，又好像充满负担。黑暗中很难辨别。

第 26 章

　　我知道和艾丽在一起很冒险。而且，当我决定上大学之前和她在一起待几个星期时，我很紧张。我是年轻，但不愚蠢。我知道，眨眼之间，好的也可能变成坏的。她兴致勃勃地为我们租了一间公寓，我想，当时我对她还是抱有希望的，我也极度渴望关爱。我对她还有亲情，再加上她经常对我说我们属于彼此，这确实让我很心动。

　　在杰米玛姑妈家的生活已经简化为礼貌的是与否：是的，我被医学院录取了；不，我不需要搭便车；是的，我要走了，宜早不宜迟。哪怕我学习成绩再好，也无法因此跨越我和她之间因为艾丽而产生的鸿沟。杰米玛姑妈知道我在跟艾丽见面，她本就想和我保持距离，所以也没有说什么。马库斯姑父已经不管我了，杰米玛姑妈又不过问这件事，因此，我有理由相信他们迫不及待地想让我离开。事后回过头来看，我想她也是没有办法了。艾丽是唯一需要我关心、需要我陪伴，并不顾一切亲近我的人，这一点，杰米玛姑妈无法否认。

　　离开的时候，我心里空落落的，但来到艾丽的公寓时，我的情感仿佛得到了宣泄。这里即将是我的家，在这里，我是被需要的。

　　头几天，艾丽和我形影不离。她无微不至地照顾我，就好像我刚刚大病初愈，或做过手术似的。可能我刚刚做了"过去"摘除手术，她要用爱来给我的伤口上药。我累的时候，她会抚摸我的头发；

我宿醉难受的时候，她照顾我，直到我安然无恙。我跟她说，为了搭配她的发色，我要把头发染成粉红色，她高兴得叫了起来。那些日子可谓醉生梦死，只有年轻人才会如此享乐。时间虽短，但我们两个人一直在一起，真是我一生最快乐的时光。

但是，在此期间，也有令她烦恼的事：我还是个处女。她简直不敢相信。她的那些经历让我震惊，正如我还是处女的事实令她愕然。她问了我一遍又一遍，为什么我还是处女。每一次，我都用同样的话回答她：我所认识的男孩中，没有一个是我喜欢的。然而，我的答案并不令她满意，也许是因为它本来就是骗人的吧。

事实是，自从玛戈特·沃尔夫事件后，关于性的问题，我连想都不愿想。因为我，玛戈特被强奸了，而且是四次。是我往她的饮料里下了药，虽然是艾丽鼓动我这么做的，但看着第一个男孩将她带离派对时，我心里竟然有种满足感，这一点始终无法原谅。再有，我觉得，我的贞操大概是我唯一能够完全掌控的东西，是我为自己留的。那是我身上唯一不曾被破坏的东西，我希望就这样留着它。

但艾丽觉得这是一个需要解决的问题，是一个需要卸下的担子。于是，我们每天围绕着"找个男人和我上床"这个中心来回讨论。任何男人。艾丽把她的朋友们罗列出来：金发男人、黑发男人和橄榄肤色的男人。她认识一个来自肯尼亚的男人，他非常乐意帮忙。还有一个来自纽卡斯尔。她带我泡夜店，和认识的、不认识的男人谈论我。他们会向我抛媚眼，就好像我是某种产品，而时机已成熟，可以竞拍了。我拒绝了所有的人，一个人躲在厕所里，祈祷我们能回到最开始的那几天。那时候，她的爱令我窒息，而我愿意就那么死了，也会很开心。

我们一起出去的第六晚，事情有了变化。当时，我看见一个男人正看着我。他很安静，很谨慎，和其他人相比，他似乎对艾丽和她说的话不那么感兴趣，这给我的印象很好。我知道，他想要我。再加上他的长相、姿态和他那柔软的肩膀、微张的嘴。他并不装模作样，这点最性感了。

当然，他并不是我喜欢的第一个男人。以前，有个叫克里斯·休斯的男孩，他与我同级，个子高高的，一头金发。他在校队踢橄榄球，还参加县级越野赛。只要一见到他，我的双脚就开始颤抖，一股冲动从肚子流到腹股沟。回到家以后，我会发现自己下身湿润，身体非常兴奋，不知道该怎么办。我知道性欲是什么样的，此刻，当偷偷看着那个靠在墙上的、有着红褐色头发的男人时，我就感觉到了。现在回想，他有点儿像马特。

直到我们回到艾丽的公寓，他才靠近我。我在一个20世纪60年代的箱式沙发上坐下，他坐到我身边，跟我打招呼。屋里放着音乐，艾丽和她带回来的两个男人在厨房里调鸡尾酒，如此环境之下，我几乎听不见他说话。

"嗨。"我回答的声音低沉而沙哑。他伸出一只手，抱着我的头将我揽过去，开始吻我。

我抽回身，撞到了沙发的扶手上。但他抓得很紧，双眼大睁看着我，好像我是导弹锁定的目标。我心里拼命想站起来。这个情形马上就能结束，我只需要走开就好了。我可以回到我的单人间，躲进发霉的绒布被单里，用汗水把我的性挫折蒸发掉。但他并没有试图制止我，正因如此，我留了下来。见我没有动，他便抓住机会，将带有杰克丹尼酒气味的嘴唇凑过来，盖住我的嘴，我也配合着他。

他在日出之前就走了，走的时候我还在睡觉。从此以后，我再也没有见过他。他留给我的只有记忆——在我的脸上移动的、长满粉刺的脸，零星的胸毛，以及我嘴唇上咸咸的汗水。即便现在，我也不知道他叫什么名字。因为当我问了艾丽才知道，她也不认识他。

那天早上，艾丽溜到我那乱糟糟的床上，双手抱住我，将我叫醒。我正要转身，她制止了我，并用身体将我压过去。她在身后挪动，我能感觉到她温热的呼吸喷在颈背上，她的前膝盖顶着我的后膝盖。她就这样贴着我，保护着我，一只手横跨过我的胸前，将我拉近。她不介意我全身赤裸，或许我也不介意。过了一会儿，她悄悄问我："疼吗？"她知道我昨晚做了什么，本能地知道。

我说："疼。"我开始哭泣，虽然我并不想。不知道为什么，我觉得非常难过，好像这样的生活不属于我似的。我伸手护住两腿间的地方，想起了玛戈特·沃尔夫。我受伤了，伤口一阵阵地抽疼。但发生在我身上的事和玛戈特所经历的完全不同。他亲吻我，爱抚我，他的手滑过我的胸部时会发出喘息的声音来夸赞我。他还会问我感觉怎么样，要不要停下来。后来，他还夸我漂亮，让我忘记了身上的疤痕。但没有人那样对待玛戈特。

"别担心，很快就会好了。"她抚摸着我的头发，还亲吻我的肩膀，"会越来越好的，下一次就很容易了。"她紧紧地抱着我，她的身体很暖和。"我保证，我绝不会像他那样伤害你。"

这样的时刻太美妙了，但我知道这不真实。灾难即将来临。她的友好看起来甜美，其实是变质的。我们好像是在做梦，梦醒后，这温馨的一刻就会结束，她还是会像以前一样伤害我，不顾她的保证。我忘不了她打我，也忘不了她拿烟头烫我。她曾说那是意外，但我表示怀疑。我知道，只有她不在我身边，我才能更爱她。

我说："我过几个星期就要走了。"上大学是我逃离人生的绝佳借口，在对玛戈特做了那样的事以后，我觉得我需要退出那样的人生。所以，我竭尽全力，埋头苦读。功夫不负有心人，我进了医学院。在那里，我将会有新的称呼，将开始一段新的人生。我知道自己该和艾丽分开了，现在时机正好。"你会来看我吗？"我将脸埋进落满灰尘的枕头里，问道。我希望她没有听出我话里的违心。

"当然了。"她把我抱得更紧，回答道。我的眼泪滚落下来，几乎灼伤双眼。

"好啊，我要去的是利兹大学。"这是我对她说的第一个弥天大谎。

我真该在那天就离开的，真该起床就走。但是我无处可去，便选择了继续留下。我多么希望能避开那件不可避免的事，可它还是发生了。该发生的总是会发生。这一次和以往都不同。我怀疑，就连艾丽也能感觉到，那年夏天我们在一起的时光，会在短短两周后，以一种糟糕的方式结束。我们都无法预测那一天会发生什么，但不管怎样，它还是发生了。那件事一发生，就将我赶走，让我跑得比什么时候都快。

第 27 章

　　过了好些天，我们都没有听到别的消息。我请了病假，称自己得了肠胃炎，即便我知道他们不会相信。我之所以会说这个善意的谎言，是为了避免电话那头的人知道真相后感觉不舒服。善意的谎话本来就不可信。不过，为了增加整件事的真实性，我还是给当地的诊所打了个电话开证明。因为我是医生，所以他们未经检查就诊断我为食物中毒。这样至少可以再请一个星期的假。

　　屋里的气氛很沉郁。我每一次转身，几乎都能看到安东尼奥在接电话，用意大利语说着什么，那些话似乎加深了我们之间的裂缝。渐渐地，他打电话时的情绪越来越狂躁，好像在和人争论什么。有几次，我问他在给谁打电话。有一次他说是他爸爸，另一次说是他妈妈，还有一次是一个我从没听说过的朋友。但对话好像都差不多，满嘴都是意大利语的"他妈的"。于是我知道他在撒谎，因为他从不会对他妈妈说那种话。

　　我在一本旧的通讯簿中找出了杰米玛姑妈最近一次打过来的电话号码，那上面全是我去上大学前她留给我的紧急联系人的号码。我给她打过几次电话，每一次打电话时，我的心都会提到嗓子眼儿。我想知道，既然我父母都死了，她会不会告诉我真相。我想知道，艾丽失踪了，她是怎么想的。可是她没有接电话。我想，我们还在疏远对方吧。

麦圭尔警官打过几次电话，告知我们情况。他说，他们正在排查当地的医院，可是目前还没有发现。同时，他们还在挨家挨户地询问。他问我艾丽有没有什么明显的特征，于是我告诉他她的额前有一块粉红色的伤疤，这是我唯一能想起的特征。他建议我运用社交媒体在她的朋友之中寻找，还说，我可以给他们发消息，问他们有没有线索。当我告诉他我没有社交账号时，他听起来很心烦，局促不安地建议我创建一个。我说不知道怎么做，他便结结巴巴地说他可以以我的名义申请一个账号，但首先需要我的照片。我同意了，并用邮件把照片发给他。不到一个小时，他就发了一串密码给我。他以我的名义发了一百多条消息给艾丽在脸书（Facebook）上的朋友。

几个小时以后，我登录账号，发现一条回复都没有。我仔细查看，想找到我可能认识的人，可看了一遍我才发现，她的好友没有一个是来自苏格兰的。里面没有格雷格，也没有马特。那些人远在天边，都是美国的、澳大利亚的。此外，还有一些俄罗斯名字和少数东欧人名，最后一个是巴西的。而且，他们全都是男人，一个女性好友都没有。麦圭尔警官又打电话来，问我知不知道艾丽的密码，因为他还在等许可证，有了许可证之后才能无密码访问。但是，很显然，我不知道。

我最终还是收到了一些回复，但都没什么用。其中一条是用外语发的，可能是俄语。不知道是什么意思，后面还跟了一个闪闪的表情，我直接把它当成废话，不予理会，也懒得去翻译。还有一条消息是一个网名叫"兰迪·罗尼"的人发来的，他的位置在亚利桑那州和内华达州交界的布尔海德市。他说艾丽应该很快会回家，还说等她回来以后，要把她那可爱的小屁股打得又红又痛。我开始觉得一点儿希望都没有。多亏了福雷斯特警官，我越来越觉得自已要为艾丽的失踪负责。所以，到了第三天，我决定要帮着做点儿什么。

于是，我从人道主义团体"守护者"着手。他们的网站做得很好，上面有一张儿童的照片，让你一看就觉得自己需要他们，而不只是帮助他们。还有许多快乐的面孔——儿童、像我一样跛脚的人、残疾人和吸毒成瘾的人快乐地生活在一个制度完善的乌托邦里。这一群人在玩耍，那一群人在跳舞，还有一群人在烹饪。有的人来这里戒毒，有的人来这里寻找一个家，这里是吃饭和睡觉的中心。他们只缺一个妓院，这样一切人类的需要都能在这里得到满足了。

我给他们在苏格兰边界的办公室打电话。接电话的是个女人，她的声音很温柔，语气很平缓，仿佛经过训练，什么问题都能解决。

"早上好，这里是'守护者'，我叫爱丽丝。请问有什么可以帮您的吗？"

"早上好，我是哈里福特医生。"我以此作为开场白，希望她最起码能认为我不是等闲之辈。这样一来，如果她知道艾丽，就能轻易找到她。"我在找我的姐姐，埃莉诺·哈里福特。她已经失踪几天了。"

"她以前来过我们这里吗？我可以在数据库里搜索她的名字。"我能听到她敲键盘的声音，她敲得很慢，好像根本不知道自己在做什么。在某一刻，我听到她小声对旁边的人说着什么，似乎在请求帮助。

"据我所知，好像没有。"可说实话，我又怎么知道呢？

"我把名字输进去，什么也没搜到。上面显示：未找到结果。对吗，鲍勃？"我意识到她不是在和我说话，于是，我便等着鲍勃再搜索一遍。然后，我又听到敲键盘的声音，爱丽丝还向鲍勃重复了一遍名字。几秒钟后，爱丽丝说："对不起，没有找到结果。她没有在我们这里登记过。她失踪多久了？"

"有几天了，"我回答，"警察已经介入调查。"

"哦，是的。我想起来了。我昨晚在新闻上听到过。是霍顿那个可怜的女孩，对吗？真是太遗憾了。"乐于助人的爱丽丝突然变得严肃起来，"他们说她是家里唯一的幸存者。你刚说你叫什么来着？"当地的新闻报道切断了你和一堆死人之间的关系，这种感觉并不好受。我甚至和父母的尸体或失踪的姐姐都攀不上关系。我挂掉电话，不让她有机会在我那裂开的旧伤口上撒盐。

之后，我又给几个避难所打了电话。第一个是专门收留弱势女性的，所以，我在拨号之前就没想过能在那里找到她。我不认为艾丽是一个弱势的女人，她也许是一个伤心的女人，毕竟她还有孝在身。可是，弱势？不可能。如果你去问玛戈特·沃尔夫和罗伯特·里尔我姐姐是否弱势，他们会直接告诉你答案。但我还是打了电话，这一次，我自称是她的朋友，很担心她。当他们追问我的时候，我告诉他们，我叫萨拉，住在霍伊克。接下来，我照着这个剧本给其他几个避难所打了电话，可都没有消息。其中一家一定是装了电话追踪器之类的东西，因为我打完电话不久，福雷斯特警官就打电话过来了，但我并没有告诉过她这个号码。

"下午好。"我听到她一边喝东西一边说。我想象她正在用一杯来自餐厅的泡沫塑料装的廉价咖啡代替"星巴克"。一想到此，心里多少有些压抑。

"下午好，福雷斯特警官，有什么需要我帮忙的吗？"

"我有几件事想问你。你能到局里来一下吗？"我穿着宽松的运动服，没有穿内衣，不对称的胸部脱离了束缚，兀自下垂着，"你和埃莉诺在一起的最后几天，有些细节我觉得是相关的。你没在上班，对吧？"

"是的，我没有上班。没问题，我马上过来。"我一边摆弄着桌上的一页纸，一边说。我的回答太过随意，好像根本没想过拒绝。我听到她叹着气又喝了一口饮料，又听见她翻文件的响动。"一个小时后怎么样？"我提议，尽量让自己表现得严肃一点儿，都没去问她是怎么知道我号码的。

"好。一会儿见。"她说着挂断了电话。

我也挂了电话，低下头时，才发现手里摆弄的纸正是爸爸的遗嘱。我盯着它看了一会儿，心想该怎么处理它。我还在疑惑他为什么要把它放进我的包里，然后拿走我的药自杀。信封上写着我的名字，意味着他希望我看。我情不自禁地认为安东尼奥有一点说对了：信封后面的数字必有蹊跷。如果他能写一个简短的说明就好了，但现在我应该习惯这种疏忽。

拿着遗嘱，我静坐了一会儿，眼看着那些文件，期待答案自己钻出来。其中一定有我应该了解的东西。我突然想起自己对安东尼奥说过，如果我真的想知道信封后的数字是什么意思，可以打电话给拟遗嘱的律师。于是，我翻到最后一页，仔细浏览，最后找到了他的名字——约瑟夫·惠若林顿。这个名字听起来很熟悉，不过我也是过了一会儿才想起来，那是福雷斯特在我家里随意提到的名字。可我又想，警察是不会随便提起什么东西的，不由得担心起来。这意味着他们看过这份文件了，他们知道我继承了爸爸的遗产。而现在，这世上唯一能和我争遗产的人失踪了，我还在爸爸去世时离开了她。这些细节堆起来，很难说我没罪。

我抓起电话打给约瑟夫·惠若林顿。他慌张地接起电话，我想象他现在一定满脸通红，气喘吁吁，也许还点着一支烟。

"喂。"没有秘书，也没有礼貌的问候。

"早上好，我是哈里福特医生。我——"

"噢，哈里福特医生。终于来了。我还以为你永远不会来找我呢。"我听到他拉椅子的声音。他坐上去，椅子便嘎吱作响。"我还以为你最近经历了许多事，一定没有时间回消息。顺便致以我最深切的哀悼。以那样的方式失去父亲，真是太糟糕了。"他的诚意就像碟子一样浅，可是他的语气比刚接起电话时温和了一些，总的来看，他也不是那么讨厌。

"什么消息？"我问。

"我在你的答录机上留了三条言。我还担心你是不是像你姐姐一样离开了。"他发出一阵窒息般的笑声，然后镇静下来，"我是说，她可能去什么地方闲逛了，你知道吗？新闻上有报道。"我想告诉他，正因为这件事，我等会儿还要去警察局，可是我不知道是否有必要。再说，他也没在等我回答。他习惯于给出答案，而非得到答案，这是他留给我的印象。"只有上帝知道她的去处。谢天谢地，你还知道要开走她的车。"

"听你的口气，你好像认识艾丽。"

他咯咯地笑了起来，简直算是捧腹大笑了。同时，因为他在抽烟，笑声中还带着些许喘息。"我认识这家人好多年了。"我注意到他没有说"你的家人"，但我没有放在心上，"她从小就爱惹是生非，常常乱来，一失踪就是几个星期，行事非常鲁莽。但你别担心，她会安然无恙地回来的。她总是会回来，很遗憾。无意冒犯。"

"没关系。"他不同情艾丽，我喜欢这一点，也因此感觉轻松了一些，"这么说来，报案说她失踪了的人不是你？"

"我的天哪，姑娘，你不会和她一样疯吧？我永远都不会那样做。是乡村酒馆的老板赖利先生。他给管家打电话，说埃莉诺在墓地里举止怪异。管家才慌张地报了警。紧接着，警察展开调查。还有人说看到她和一个男人在一起。几个小时以后，整件事就被传成了绑架、谋杀加人口失踪案。"

他所说的"管家"一定是乔伊斯。我简直不敢相信自己之前没有试着联系她。如果说有人能证明我在爸爸死后马上就消失了，那这个人就是她。另外，她好像是喜欢我的，所以，她甚至可能为我担保，证明我与遗嘱更改没有关系。如果事情发展到那一步的话。

"恕我直言，哈里福特医生，"他清了清嗓子，好像在决定是否要说出来，"她总是和一些奇怪的男人在一起。她会露面的，记住我的话。"我打开桌下的抽屉，找到一包烟，点燃了一支。抽烟的时候，我把烟雾吹到一边，好像安东尼奥就在旁边数落我似的。可是他不在。今早我醒来之前他就离开了。他昨晚说今天要上早班。"至于房契的转让，你什么时候能来处理一下？"

我喜欢他的直接。没有废话，直截要点。"惠若林顿先生，我觉得没有那么容易。"

"亲爱的，为什么呢？"

"正如你所说，我的姐姐失踪了。警察正在不间断地调查，我不认为我们可以转让道德上应该属于她的财产。"

"也许吧，可以这么看。但你的父亲非常明确这一点。那钱呢？姑娘，那可不是一笔小数目。"

"是啊，我知道。"我在看遗嘱的时候，发现其中还有一大笔钱。我并不想要它。"但说实话，我真的不想做会让警察怀疑我涉案的事。"

"涉案？你？别开玩笑了。"

"我非常感谢您的信任，惠若林顿先生。也许，某种情况下，警察还会找你谈话呢。不过，我们先不谈我爸爸的遗产，我想问你点儿事。遗嘱的副本上有一串我爸爸手写的数字。你知道那是什么吗？"

有一会儿，他什么也没说。我吸了一口烟，让烟雾顺从地从鼻孔里飘出来。"什么数字？"他问。

"是一连串数字。0020-95-03-19-02-84。你知道那是什么意思吗？"

"呃……嗯……不，我不知道，也许没什么意义。你准备好继承房子的时候给我打电话，我会很乐意帮助你的。"

我说："谢谢。"可是他已经挂断了电话。

抽完烟后，我坐在桌沿上，看着垃圾篓。以前的电话卡还在用预付款购买的手机里。我走过去，把它刨出来，同时将沾了红酒渍的纸巾和碎玻璃片拨到一边。那些碎玻璃是我们吵架时摔碎的，安东尼奥把它们扫进了垃圾篓里。那是一部旧式的、砖块形状的手机，屏幕只有小火柴盒一般大，尚且还有电量。我浏览菜单，发现有十通未接电话，语音信箱里还有五条新留言。其中三条是惠若林顿留的，他让我给他回电话。还有一条是福雷斯特警官留的，也让我回电话。最后一条消息来自霍顿学校的校长。

"你好，我是恩迪科特校长。我们在福克斯林托儿所和幼儿学校见过面。我这里有一些你或许会感兴趣的信息，希望你能回个电话。"

她还留了一个电话号码，我将它潦草地写在遗嘱背后，就在那串手写的数字下方。我决定见过福雷斯特警官以后就给她打电话。我还想着是否应该给艾丽打个电话，思考之际，我已经在拨号了。可我还是决定不这么做。最好让她找到我。游戏规则就是这样的，我很久以前就知道了。我把新手机和旧手机一起放进包里，出发去警察局。

第 28 章

　　警察局的接待处很潮湿，汗水和咖啡的味道刺痛了我的眼睛。外面车水马龙，购物的人在背景里叽叽喳喳。接待处有一个女人，浓妆艳抹，衣着暴露。看样子她就该站到街上去，寻找下一个把她放倒在车座上的人。作为一名妓女，你的身体必须出奇灵活。我是绝对做不到的。即使我不得已去了妓院——那里灯红酒绿，地毯上有陈旧的精液的味道，他们也不会把我放到展示窗口。没有人愿意见到弯曲的骨头和有疤的臀部不自在地磨着一根虚构的阴茎，这样肯定会让你的客户变软。我可赚不着什么钱。

　　"她很快就回来了。"她对我说。

　　"谢谢。"我一边说一边用手指敲击办公桌。我在原地逗留了一会儿，双手抚着桌面，还像工匠一样用手掌拍打它。好了，结实又稳当。这里另有一把椅子，就在她的旁边。

　　她说："还有一会儿。"我又点点头，心不在焉地笑了笑。过了一会儿，我在她旁边坐下。她身上有廉价香水和香烟的味道，青少年时期的我的味道。她从烟盒里抽出一支烟递给我，虽然不想抽，但我还是接住了。她又用牙齿咬着抽出一支，同时在口袋里摸索打火机。刚摸出来，一名警察走了进来。

　　"这可不行，朱尔斯。"他轻轻敲了敲桌子，喘着粗气往里走，顺便将她口中的烟抽出来，在手里揉皱。我则把烟滑进袖子里，像一个被抓了现行的青少年。那名警察转过身去时，朱尔斯朝我转了转眼珠。我也对着她转动眼珠，还点了点头，好像在说："是啊，他太凶了。"他径直穿过接待处往前走，留下我们俩。我感觉我们仿佛身处校长的办公室外。

"讨厌鬼。"朱尔斯骂了一句，然后又掏出一支烟，"别以为我没有了。"她迅速点燃，用嘴唇深深吸了一口。烟头上和她的手指背上都留下了红色的口红印。由于太过着急，她把口红弄到了脸上，这让她看起来像一个还没有学会化妆的小女孩。她心神不宁，我发现她的脖子上有一处紫红色的吻痕。"快点儿抽，很快又会有人来了。"

她伸手过来，手指熟练地滑动打火机，我拿出袖子里的烟，像新手一样抽起来。当我闻到她那涂了黄指甲油的手指上残留的烟味时，就更不想抽了。我低下头，不让她看到我脸上不悦的表情。这时，我看到了她的鞋。它们比我想象中漂亮，是系带的，侧边还装饰着蝴蝶。一只蝴蝶的翅膀位置偏了，仿佛它曾试图起飞，却被她拍了下来。不过，虽然鞋很漂亮，她那双脚却丑得几乎没救了。她在脚趾上涂了一层红色的指甲油，有核桃仁那么厚。我想，对有的人来说，无论生活多么糟糕，他们从来不会放弃尝试。

"你来这里找谁？"她问，好像我们是犯罪联盟的战友似的。"男朋友吗？"她将目光从我那没戴戒指的无名指上移开，追问道。

"找我的姐姐，她失踪了。"她看起来很惊讶。

"她叫什么名字？"朱尔斯问，好像她可能认识艾丽似的，"很多失踪的人最后都找到了。"说完，她又深深吸了一口烟，"当然，他们回来时的状态并非都和离开时一样。"在她的世界里，失踪的女孩就像选错了顾客的妓女一样。出现的时候可能还活着，也可能死了，总之，他们的生命都是可以任意处理的。我能感觉到，她正在搜索大脑中的档案：上周失踪的那个金发女人于同一天晚上回来了，出现的时候鼻青脸肿，且被下了迷药，但好在还活着；这之前失踪的还有那个浅黑肤色的女人，她穿了鼻环，背部文了一对翅膀；还有那个被他们从汉普斯特西斯公园的鱼塘里拖出来的红头发女人，她的乳房被切掉了，肚子上还刻着"荡妇"两个字——这件事我也听说过。

我说："她叫艾丽。"接着便讲了她的事，假装还有希望。我在原地等着，周围的人走来走去，她回来时什么也没找到。

"喏，不认识她。"她摇着头说。我吸了一口烟。

就在这时，门的那边一阵喧哗。朱尔斯站起来，前后踱步，她低着头，耸着肩，做好了打架的准备。她把烟扔在地上，用饰有蝴蝶的鞋子踩灭。门被撞开了，一个男人怒气冲冲地闯进来，留着平头，头两侧、耳朵上方文有鸟类文身。他压低声音说了些什么，像是在威胁对方。

他说完便冲了出去，比服了类固醇还兴奋。朱尔斯飞快地飘到他身边说："宝贝儿。"我看见门口还站了一名警察，于是迅速把烟灭掉，希望他没有注意到。我看着朱尔斯紧张不安地站在她的宝贝儿身边，用手指在他的肌肉上移动，两人一起朝一辆车走去。刚要走到时，他推了她一把，然后打开车门，把她拍了进去。

"需要帮忙吗？"那名警察打断我的注意。

经过一番询问后，我穿过一扇双层门，来到一间没有窗户的、冰蓝色的房间里。他们给我倒了一杯用泡沫塑料杯装的苦咖啡，还告诉我福雷斯特警官很快就会回来。

"谢谢你过来协助调查。"福雷斯特警官进门便说。和我想象的一样，她正端着一杯咖啡，另一只手臂下夹着一堆文件。她放下咖啡，将文件扔在我们之间的桌上，用一种奇怪的眼神看着我，我也不知道奇怪在哪里。她在我对面坐下，双臂交叉。此时，我真希望自己给艾丽打过电话。那样也许就不会显得我一点儿都不关心她了。"你要知道，你是自愿来这里的，随时都可以离开，好吗？"

"好的，我尽力帮忙。"福雷斯特警官点了一下头。她很直接，很明确，好像一切尽在掌握之中。"我想解决问题，找到艾丽。"

"我猜，埃莉诺还是没有联系上吧。"我摇了摇头，喝了一口咖啡，"你有试着联系她吗？"她等我回答。见我不说话，她失望地看着眼前的文件，深深地叹了一口气。她翻看文件内容时，我仿佛看见艾丽在盯着我们。

"我给'守护者'和几个避难所打过电话，"我迅速地说，"还有，我查看了麦圭尔警官在脸书上的留言。可是，好像没找到什么有用的东西。"

她抬起头，将头靠在手上。"你用自己的账号发过消息吗？"我摇头，她又看着文件，"我们来看看目前所掌握的信息。"

接下来的五分钟，她把已知的信息概括地说了一下。据说艾丽有精神病；我们的母亲死了，然后父亲也死了；我们去了健身房，去逛街、喝东西；她失踪了。每陈述一件事，她就用手指在桌上刮一下，好像要效仿古雅典人，将这些信息刻在石头上。

"你父亲死之前发生的事，我想问得更详细一点儿。你会配合吧？"我赞同地点了点头，"很好。你告诉我，你和艾丽在一起做了些平常的事，每天都会发生的、很普通的事，对吧？"

"是的，没错。"我把双手垫在屁股下，以防自己手足无措。

"那么，在你看来什么是平常的？什么是每天都会发生的？你平时都做些什么？"

"和安东尼奥在一起吗？"她点点头，手指敲着桌面。我能感觉到她的脚在抖动。"我们出去闲逛、吃东西。有时候也看电影。都是平常的事。"

"你以前失去过和你亲近的人吗，哈里福特医生？"

对我来说，这个问题有些侮辱人，因为我从一出生就差不多失去了所有。但我知道她的意思，于是继续回答她的问题："没有阴阳相隔的。"我生命中对我具有积极含义的人都还活着。几年前，在我与杰米玛姑妈失去联系之前，马库斯姑父死了，但那不算。我甚至没有参加他的葬礼。当时，我担心我的亲生父母会去，或者更糟糕的是，艾丽会去。难怪杰米玛姑妈再也没给我打过电话。难怪艾丽消失后，她不接我的电话。

"我有，"福雷斯特警官说，"我的父亲去年去世了。我请了三周假。当时我很难过。我没有丈夫，也没有孩子，就是孤身一人。"

"你想说什么？"她的遭遇，我并不觉得惊讶。

"哈里福特医生，我想说的是，失去在乎的人非常痛苦，很难熬过去。你父母的死足以成为她失踪的理由。"

"我们不知道她为什么会失踪，这只是推测而已。"

她端起咖啡，看着我，一直盯着我的眼睛，想要从里面搜索出什么。后来是我转移了视线。"我只是想了解她在那几天的行为，从你母亲死后到你父亲自杀。"她讨厌我，我能感觉到。每次目光接触的时候，她的嘴角都会下垂，好像我多么差劲似的。"我正在试图了解她的性格。"

"那你了解多少了呢？"话一出口我才意识到，这样说显得我很急躁，好像我在针对艾丽似的。这下可麻烦了，没有人需要去针对一个失踪的人。好像是为了印证我的想法，福雷斯特噘着嘴，一脸不满。她皱眉的时候，那皱着的眼皮也撑开了。"抱歉，只是……艾丽有些复杂。如果你了解她——"

"那正是我现在所做的。"她不顾我的道歉，说，"这么说，你们去了健身房。"我感觉手心冒汗，热得仿佛腿下塞了一团火。我的左腿偏离臀部，开始疼痛。我将双腿抽出来，试着放松。

"是的。"我一边在牛仔裤上擦手一边说。

"玩得开心吗？"

"我想是的。"

"我有'你的运动装'的老板的陈述。"我的样子一定很困惑，于是她解释说，"和埃莉诺在一起的第二天，你们去买东西了。我读给你听。"她从文件中拿出一张纸，开始念，"大概十一点后，有两个女人来到店里。我之所以记得她们，是因为其中个子较高的那个女人很漂亮，头发也非常好看。她穿着一件粉红色的运动衫，是用质量上乘的吸汗布料做成的。我还好奇当地还有谁家在卖这种衣服。"她一口气念完了这些。这些不相关的事实只是为了引入情境。然后，她放慢了速度，我知道接下来该说重点了。"个子高点儿的那个很兴奋，不停地说要给她的妹妹买东西。个子矮点儿的那个脚是跛的，看样子不是很开心。无论我给她推荐什么，她都不喜欢。慢慢地，那个高个儿的、漂亮的女人也就失望了。她一直在说'我只想我们俩在一起做点儿什么事'。个儿矮的那个厌烦了她的恳求，于是挑了一双高档的运动鞋，最后抓起一条打底裤和一件运动文胸。那个漂亮的也买了这两件。"

福雷斯特警官抬起头，向我确认事情的经过，因为运动文胸不是我的风格。我以为别人不容易注意到我的跛脚，可事实上，好像商店里随便一个人都能注意到。我用手指比画出露脐上衣的样子，她会意地点点头。

"我可以继续吗？"她等着我回答，清了清嗓子，喝了一口咖啡，然后继续念，"她们大声争论起来，我看见几个顾客都走了。所以，最后结账时，我发现她们拿错了尺码，也没有提出疑问。我很高兴她们终于走了。"

她往后靠了一下，用藏在纸后的双眼打量我，然后将文件放在桌上。"还有呢？"我问。我已经习惯了自己和艾丽的关系变成这样，好像没有什么地方是正常的。她不妨直接念成：两个女人去逛街，买了运动装。虽然我不记得是我选的打底裤和运动文胸，但我想，不能把这样的烂选择怪到艾丽头上。

"你们似乎没有很开心。她恳求你，而你……他是怎么说的来着？"她又低头看文件，找到以后笑着念道，"哦，在这里。厌烦了埃莉诺的恳求。"

"谁叫她是艾丽呢。她喜欢强求别人。我并不想去健身房。"

"可你告诉我你们在一起很开心。"

"是啊，是还不错。可那不意味着我想去。如果我那几天想去健身房，我会带上运动衣的，不是吗？"

她没有发表任何意见，只是从文件中拿出另一张纸。"我再念一份陈述给你听，这是来自健身房的：大家都认识艾丽。她属于那种逍遥自在的人。她参加过很多活动和慈善事业。她可能不太擅长社交，但是她的心肠一向很好。我觉得她很孤独，因为她好像喜欢注意男人。我想，她是在寻觅男朋友吧。和父母在一起生活肯定很难。我听说她曾经想要个孩子，她当时的男朋友却退缩了。她好像经历了很多奇怪的事。"福雷斯特没有看我，低头喝了一口咖啡。我伸手端起我的咖啡，放到嘴边，可是它已经冷了，于是我又原封不动地放了回去。"要换一杯吗？"福雷斯特指着杯子问。我摇了摇头。"你觉得埃莉诺像他们说的那样吗？"

我说："不像。"

"我也觉得不像，但前提是我要相信埃莉诺是你所描述的样子。这里还有另一个版本。这是一个精神病医生说的，"她说着又从档案里抽出一张纸，"你肯定想听听这个版本。"我用力地点点头，以示认同她的说法。如果有人能够说清楚艾丽是个什么样的人，那这个人非精神病医生莫属。我坐在座位上，身体前倾。"上面说：我是去年认识艾丽的，我是她的医生。她第一次来我这里，是因为她以为自己永远要不了小孩。她在一段又一段无意义的关系中游走，只为寻找一个爱她的人。我得出的结论是，她和她母亲的关系不好，而喜欢她的父亲，想在许多方面找到一个替代他的人。她很会生活，在当地的健身房参与社交，还在当地猫狗收容所当义工。最后，她有了保障，她的收入来源于家庭基业。她没费多大劲就明白了不是每个男人都可能成为她孩子的父亲。除了和母亲的关系不好以外，她最大的问题，"读到这里，福雷斯特警官抬头看着我，"就是她的妹妹。"

我当时一定傻眼了，因为她给了我时间去领会，才继续念。

"据艾丽描述，她的妹妹是一个独来独往的人，不关心家庭关系。她曾经多次尝试与她建立关系，而且过去六年来一直在寻找她，但都没有用。她觉得这一切都怪她的母亲。她说她的妹妹心里充满怨恨，而且很疯狂。"

我感觉眉毛上有一滴汗，于是伸手去擦。艾丽描述的根本就不像我，而这些笨蛋的陈述还在为她的假想世界提供支撑。她当然能够玩弄一个精神病医生。这是显而易见的，而我却从未想象过。我没想到事情会发展成这样。从头到尾，一切都是她的计划。她在给我设陷阱。

"我想再来一杯咖啡。"我说。

第 29 章

听福雷斯特念这些文件，我感觉很不舒服。我想跑开，想吐。我想朝她大喊，说她大错特错，我没有做过这些事。我被包裹在艾丽编织的谎言里，这么多谎话，令我开始怀疑她所说的那个人是不是我自己。

"这也不太像埃莉诺，对吗？"她没有理会我的请求，而是把一张艾丽的照片推到我面前，用手指敲着桌子一字一句地说，"至少和你说的不一样。""那个高个儿的、漂亮的"这几个字一直回荡在我脑中。"她说她的妹妹心里充满怨恨，而且很疯狂。"

"不，"我说，"不像。"

"另外，她也没有接受心理治疗的记录。我们调查了她的全部病史，除了看家庭医生以外，没有任何其他记录。而她的家庭医生也做了陈述。他只在私下里为她看病，最后诊断出她没有病。"

"不可能，"我想起她说过父母曾把她放在一个诊所里，"她一定接受过治疗。这点我是知道的。"

"你怎么能这么确定？这些资料显示，你很多年没见过她了。即便现在，她失踪了，你都没有给她打电话。你给别的什么人打过电话吗？"

"打过。"我跳起来，用手指着她，像在指控她似的。她举起双手，示意我往后退，好像我要袭击她一样。于是我坐回去，让自己冷静下来。"惠若林顿，我知道他是谁了。我给他打过电话，他是处理我爸爸遗产的律师。"

"哈里福特医生，我们当然知道他是谁。"她拿出一份看上去像是我爸爸遗嘱的复印文件，上面画着黄色和粉色的重点线，还用便利贴标注出了重要的段落。我发现第四条既画了重点线，又用便利贴标注出来了。"我们知道他是因为这个，你到达霍顿那天由你爸爸签署的遗嘱。这是在你父母家找到的。如今是你的家了，对吗？我想你已经见过它了。"

我想撒谎，却发现没什么意义，撒谎对我只有坏处没有好处。于是我说："是的，我见过了。"

"你没有想过告诉我们？这份遗嘱将艾丽排除在外了，不是吗？我想不到比这更让人难过和脆弱的理由了。"又是那个词，它提醒我，他们离真相又远了一大截，"失去父母以后，她发现父亲切断了她的经济来源。而我们刚刚才听说过，她的经济保障来源于家里。在经历了那么多事以后，这就像一记狠狠的耳光，对吧？"她指着旁边贴有粉色便利贴的部分说，"哈里福特医生，也许你看不到上面的印迹，因为这是复印件。但上面确实有水渍，我们拿去化验分析，发现那是眼泪。毫无疑问是你姐姐的。在她敬爱的、与她关系融洽的父亲的遗嘱上，有她的眼泪。她的精神病医生可以证明她与她父亲的关系。可是，就在你出现以后，他把她排除在外了。这点你怎么解释？"

"我无法解释。"

她把报告放回文件夹，喝了一口咖啡。然后，她像一位胖胖的得克萨斯警长一样手臂交叉端坐着，用那疲倦的、像鸟一样的眼睛看着我："你父亲去世的前一晚，你为什么改了航班呢？"

"我没有改，而是错过了。"

"你确定吗？"她说着又抽出一张纸。我感觉自己脸红了，虽然我知道自己刚才说的是实话，但我有一种可怕的感觉——她马上就要证明我说得不对。"我们从航空公司得到了这个。"那像是一张屏幕截图，上面还有一条标语：国内航空，航向正确！她把它推到我面前。我看到了"管理我的订单"几个字。我往下看，竟发现航班改到了第二天。这是我改的吗？我不记得自己这么做过，不过，那晚的很多事我都不记得了。

"这不是我改的。"我的语气听起来不太肯定。我把手放到鼻子前，闻了闻手上的尼古丁。"一定是艾丽改的。"

"要修改航班，得有预订机票的详细资料。她有机会接触到那些吗？"

我想起自己放在房间里的包，我的所有东西都在里面。她有可能找到航班的资料。不过，她也可能是从书房拿到的。在为妈妈守夜的那一晚，我将纸条落在了书房。我太粗心了，忘记了这游戏该怎么玩。我低头看着桌上的纸，浏览上面的信息——修改时间：16:35。

"是艾丽改的。"我一边抓头，一边用手指在桌上摩擦。我正在瓦解，正在一针一线地散开来。"一定是她拿了我的东西，修改了航班。你要知道，谁都可以在网上修改的。那个时候，我们一起待在房子里。"

"可你不是整晚都待在家，对吗？你和一个叫马特的人在宾馆里。"她说着递过来一张监控录像拍的粗糙的照片。毫无疑问，照片上的人是我，我的脸贴着他的脸，他搂着我，好像我马上就要倒在地上了一样。"你在门厅里吻他，然后，过了一会儿，你在三楼的楼梯平台上用嘴巴做其他事情。你想看吗？我可以证明。"我用手捂住嘴，好像就要吐出来了。也许是想隐藏证据。她举起另一张照片，然后将它转开，不让我看到上面的图像。"但我希望你自己承认，避免我们俩都尴尬。"

艾丽计划得非常完美。有了和马特上床这件事，我所做的一切都会加深我的罪恶，增添她的清白。我就这样被她玩弄于股掌之间。我不得不故作轻松："承认什么？承认我离开家以后和另一个男人上床了吗？我又不是第一个那样做的人。那并不代表我和爸爸修改遗嘱这件事有关，也不能证明是我改的航班。第二天，我又花钱买了一张机票。如果我自己改了航班，为什么还要那样做呢？"我试着装出目中无人的样子，却漏洞百出，就像手被饼干罐夹住了，那感觉绝不会好受。

"是，你不是第一个那样做的人。老实说，我不在乎你和谁上床。我在乎的是这个。我们先假设你说的是实话。我简单复述一遍。"她站起来，开始在房间里转圈，"你对你母亲没有感情，可是，她死后你还是匆匆赶了回去。你说是为了帮你的姐姐，可是，在此之前很多年，你都拒绝和这个姐姐有任何联系。接下来的几天，你姐姐想陪陪你，可你一直给她摆脸色。你装作若无其事，陪她去健身房，去酒馆。然后，你父亲修改了遗嘱，随后自杀了，你却改了回家的航班，最后在宾馆的楼道里给一个陌生男人'吹箫'。"

我大声喊道："不是我改的航班。"我滑回椅子上，眼看着一切被搞得一团糟。她丝毫没理会我，继续讲述着她以为的事实。

"你父亲死于服用过量安定，可是他没有处方，我们也没找到瓶子，连包装的碎片都没有。你知道吗，你那个看精神病医生的姐姐，她也没有任何处方。可你是医生。麻醉师，对吗？"

我点点头，她倾下身，她的呼吸中带着浓浓的咖啡味。我在想，这一切是否都是艾丽的计划，从一开始她就想毁了我。也许，从玛戈特·沃尔夫和罗伯特·里尔的事开始，她就想让我麻烦缠身。也许是她让爸爸改了遗嘱，就为了陷害我。

　　"你可以接触到那种药，对吧？如果需要，我可以查看女皇大学医院的管制药品记录。你就在那里上班，没错吧？"她没等我回答，继续说，"你的姐姐失踪了，你的解释是，她有精神问题。可是，除了去年看过几个月精神病医生外，她没有任何关于精神疾病的记录。而且，当时她是因为觉得自己不可能当妈妈了，才去看的医生。还有，令人惊讶的是，"她举起双手，"失踪的姐姐是唯一可能质疑遗嘱的亲属。你父亲在去世前几天写下那份遗嘱，将全部财产留给了你——在三岁时就被他抛弃的女儿。哈里福特医生，有些事情说不通啊。请向我解释一下。"

　　"你认为我加害了我姐姐？"

　　"我可没那么说。这不是问询，你是自愿来这里的。"

　　我的内心狂乱不已，几乎没在听她说话了，但我听到了"自愿"一词，这让我稍微冷静了一些。理论上讲，我是可以离开的，这个想法很有帮助。我需要改变方向。"我离开的时候，管家乔伊斯在家。她能为我担保，当时艾丽还活着。而且她可以清楚地告诉你，有问题的那个人是艾丽。她知道发生在那座房子里的所有事情。如果你是在指控我什么，我想知道我是否需要请律师。"

　　"你觉得你需要律师吗？"福雷斯特反问我，好像我这样要求正好能证明我有罪。她等着我提出要求。

　　"不。"我一边起身一边说。我不知不觉站了起来，然后听到身后的椅子摔倒在地板上的声音。"但是，你这么一说，好像这一切都是我计划好的。我先设计害死父母，再弄走艾丽，企图接手他们的财产。可是，在我见到我妈妈之前，她就已经死了。还有，我爸爸是自杀的。也没有人知道艾丽出了什么事。"

"有人知道艾丽身上发生了什么。你知道我是怎么知道的吗？因为总有人知道。"她停顿一会儿，将手里的文件翻来翻去，然后又不必要地将它们整理好。她抬头看着我，示意我放松。"其实不然，我并不觉得你姐姐的失踪和你有关。爱丁堡分队已经和乔伊斯谈过了。她告诉他们，你当时直接离开了。事实上，她似乎很维护你。另外，你离开霍顿后，有人最后见过埃莉诺。"见我没有坐下，她又示意我放松。"我私底下见过约瑟夫·惠若林顿，他似乎也认为遗嘱的修改和你无关。可是，这种情况对我来说没什么意义，而且我觉得你没有说实话。你还有很多事情没告诉我们。所以我有责任怀疑你。向我坦白吧，这样我也能对你坦白。你为什么去那里？"

我深深吸了一口气，伸手去扶椅子。扶起来后，我坐了上去。我开始慢慢地、痛苦地说出真相。我讨厌这个女人为了知道真相而如此逼迫我，逼得我不得不泄露自己的秘密。"因为我想见我的妈妈，不管她是死是活。我已经想不起她的样子了，而那是我见她的最后机会。我想，也是出于好奇吧。"福雷斯特警官似乎放松了一些，"我想知道他们为什么把我送走。我一直都不知道真相。"

她似乎接受了这个说法，用一根手指来回摩挲档案边："你知道吗，你长得很像她。"

"知道，你不是第一个这么说的人。"

此刻，她靠在桌上，态度温和了一些："哈里福特医生，我漏掉了什么呢？告诉我是怎么回事。你在乎你的姐姐吗？"

我想起了艾丽的每一次怪异行为，我曾经渴望和她一样。长大一点儿后，她做了一些很疯狂的事，终于把我推开。我想起每一次逃离她以后，却又因为她不在身边而感到痛苦。我想起自己还留着那部预付费的手机，以防她打电话来。想到这里，我拿出手机放在桌上，给福雷斯特看。

"我原本把它丢了，这样她就联系不到我。可是我又从垃圾桶里把它捡了回来，因为我改变主意了。我在乎艾丽，想把最好的给她，"我重复了爸爸的话，"我只是不知道怎么让她成为我的姐姐而已。那些描述她的人都没有我了解她。我所了解的她，和别人口中的不一样。她和平常人不同，福雷斯特警官。到了那里，我就不是我自己了。我说的话、做的事，都不像我自己所为。"

"就像宾馆里的那个男人？"

我吸进一大口气，感觉自己非常需要它："我想是的。你知道那晚她给我下了药吗？你可以问格思里先生，他听到她亲口承认的。我拼命想把艾丽留在我的生活里，却又推开了她。我推开了所有人。我想我是被训练成这样的。"这时，她看着我，仿佛在暗示我不要狡辩，但她什么也没说。我想，在这一刻，她可能对我多了一丝好感。"我希望你们能找到她，真的希望。我并不想要什么财产，它和我没有半点儿关系。我想知道她安然无恙，然后再继续躲着她。我知道这么说显得我很坏，但只能这样了。我虽不能和她一起生活，但是——"

"没有她，你也无法生活，对吗？"她用别样的语气说。她扔掉了警察那套该死的"例行公事"。"你说得对，那样确实显得你很坏，但那不是犯罪。背着男朋友和别的男人上床也不是犯罪，无论你是否被下了药。"她的最后一个字带有明显的鼻音，这足够让我明白她还不是很相信我。"既然你决定坦白，那就再说点儿别的吧。你回去以后究竟在做什么？"

"躲起来，待在家，看电视。"我想省略下一句，但考虑到加上它会让我显得更可怜，而目前看来，扮可怜是有好处的，因为我还在担心她认为整件事是我策划的，于是，我补充了一句，"酩酊大醉。"

"和安东尼奥一起吗？"她问道。我看到她的眼里闪过一丝诡异的光，于是心想，这个什么情绪都写在脸上的女人究竟侦破过案子吗？

"不是。"我知道，她应该已经知道情况了，"回去以后，我们吵架了。我想，一部分是因为我为出轨而愧疚，还有一部分是因为我觉得自己让艾丽失望了。"事实就是这样，"还有，关于遗嘱的问题，知道自己继承了全部财产以后，我很难过。我不想要它。我想向前看，把过去抛在身后。我们吵架了，他摔了几个杯子，晚上就走了，又或者是第二天早上走的。我也不知道。我醒来的时候他已经走了。"

"那么，可以说你们的关系很紧张了。一切都不顺利。"

"确实可以这么说。"

"那他去哪里了？"

"意大利。他从我的账户里取了钱离开的。你们来敲门的前一晚才回来。"

"走了四天？"我耸了耸肩，以示确认，"他还打算开一家餐馆，对吗？他申请了很大一笔银行贷款。"

她是怎么知道的？"那是他的梦想，他一直想开一家小餐馆，现在他有钱了，肯定会去做。我想，他还有些存款吧。"我猜他的存款大部分都是从我这里弄走的。

"嗯，是吗？"福雷斯特说。她又抽出一沓纸，那沓纸很厚，和监控录像拍的照片一样厚。我不怎么看得清。她想了一下，然后看着我。"你们俩共同经营吗？"

"不。我连银行贷款的事都不知道。他是在我离开后安排的这些。我们之前还吵过一次，我想，那一次我们都觉得已经结束了。"

"抱歉。我还是得问你，安东尼奥·莫利纳罗认识你的姐姐吗？"

"不认识，他们从未见过面。"

她沉默了片刻，然后问我："你确定？"她递过来一张粗糙的照片。只见照片上艾丽那显眼的金发整齐地盘在脑后。即便是在灰色调的照片里，她也令人惊艳。她的骨骼构造很优美。她在一间酒馆里，手上拿着一瓶酒。那是在霍伊克时我们一起去的那家酒馆。她旁边有一个男人，我认得那张脸。一开始我以为是格雷格，但那是我的大脑在耍花招，让我看到我希望看到的。凑到她耳边的那张脸属于安东尼奥。"这是我在你来之前刚拿到的。"

我问："什么时候的事？"

"她失踪的当天。"福雷斯特警官说，"看样子，她失踪前，最后一个见到她的人是安东尼奥。"她的样子几乎是在为我感到悲哀。

第 30 章

离开警察局之前，我问的最后一个问题是他们是否会逮捕安东尼奥。福雷斯特警官只是说，打草惊蛇毫无意义。看来他们已经在监视他了，或者是在等重要的证据，然后立即逮捕他。也许是在等我卷进去，成为共犯，这样就能将我们一起逮捕。不管福雷斯特警官在计划什么，离开警察局时，空气浓稠而闷热，我满脑子想的都是自己又回到了那种意料之外的生活。那种暗无天日的生活。

我们先从事实说起。首先，安东尼奥撒了谎。他没去意大利。他在酒馆里，和她一起。我可不会假装没看见他离她如此之近，近得都能舔掉她皮肤上的汗。他靠在她的脖子上，在她的耳边说悄悄话。这本可能只是一瞬间的事。也许福雷斯特警官打印出那张快照只是想破坏他的形象，就像新鲜出炉的名人揭露性报道一样。也许她觉得这样会引起我的怀疑，让我感觉遭到了背叛，于是便坦白一切，帮她解开谜题。毕竟，她是为了让我坦白才叫我去警察局的，不是吗？她想看看我是否会一气之下满脸鄙夷地放弃这个不忠的男人，和他同归于尽。一张照片的问题在于，它包含的时间太短暂了，你的大脑会尽量去想前后发生的事，好让故事变得完整。而在我的故事里，安东尼奥是个骗子。他和我的姐姐见过面了。他没有去意大利。他将要接受审问。安东尼奥是个该死的骗子。

另一个事实：我爸爸将大部分财产给了我，只留下一点儿基金给艾丽，以免她饿死。钱和房子，还有我妈妈的全部首饰——根据她那僵硬的脖子上戴着的那条漂亮项链来猜测，她的首饰应该很多——都是我的。我一直想从家人那里得到更多，现在我得到了，而且收获颇丰。问题是，我再也不想要了。我真希望他没这样做过。

因为，最终的事实是，我看起来像个骗子。这是重中之重，也是整个故事的意外结局。所有发生的一切，从决定去那里寻找真相，到爸爸死后立即离开，都表明整件事是我计划的。照福雷斯特警官所说，妈妈死后我的种种行为都是为了得到遗产。虽然她说过不认为是我做的，但我知道她只是在等证据而已。好像我是什么主要人物，能在远处操纵人的生死，而且真的能从中牟利。砰——咚！我他妈中了头奖。

我坐在车里，低头看着这部预付费的手机，它是我与艾丽之间的唯一连接。我拿起手机，拨出号码，听到接通的声音。福雷斯特警官有一点是对的，我之前真的应该给她打个电话。电话转到了语音信箱，我开始留言。

"嗨，艾丽，是我。"我的声音很甜，很友好，像是要把树上的小猫哄下来。如果能让她露面，我可以扮演受害人的角色。"大家都很担心你。警察在找你。我也很担心。我需要你联系我。我……"我停了一会儿，心想还要说点儿什么，可是想不起来，便挂了电话。

我把手机扔到乘客座位上，双手紧紧地抓住方向盘。天开始下雨，我行驶在布里克斯顿大道上，感觉车子在打滑，夏末的细雨和灰尘让地面变得湿滑。大雨倾盆而下，雨刷左右摆动，一瞬间，能见度只有一米。我把车靠边停在公共汽车专用道上，伸手去拿手机。我使劲按着键盘，再次拨通艾丽的电话，语音信箱响起时，我留下了真正想说的话。

"艾丽，你他妈滚去哪儿了？现在看起来一切都是我安排的。你敢跟我玩消失！"我把手机往座位上一摔，然后把车开回路上，这下心里感觉好些了。

我停好车，冒着雨跑进地铁站旁的星巴克。我点了一杯浓咖啡，坐在吧台前。拥挤的咖啡店里弥漫着热肉桂和香草混合的味道。我从窗边的座位上看着过往的行人，凝视着那布满水珠的窗户。街对面的卖花人正在匆匆整理一盆盆水仙、郁金香和散开的满天星。行人来去匆匆，每个人都有自己的归属。一些人提着购物袋匆匆进屋避雨，身上沾满夏雨的气息。其中有一位母亲，推着坐在童车里的孩子。有的人搬开凳子，让出一条道。那孩子在哭泣，他大叫出声，好像哪里很疼一样。我看着那个女人给自己买了一杯喝的，给她的孩子买了一块甜点。可他把甜点摔在桌上，碎屑高高溅起，就像婚礼上的五彩纸屑。她眼看就快哭了，不胜烦扰。但是她还是举起他，把他放在自己的膝盖上弹跳。如此简单的动作。几分钟后他就睡着了。见我正看着她，她不好意思地对我笑了笑。这有多难呢？我转过头，看着倒映在橱窗上的我的脸，差点儿认不出自己是谁了。

就这样过了一个小时，雨开始小了，咖啡店的人也越来越少。那对母子是最先离开的。她出去的时候，我想对她微笑，可表示友好的时刻已经过去了，我只能尴尬地扭头沉思。我一直不擅长交朋友，所以现在也找不到人来帮助我。虽然杰米玛姑妈尽了全力，但我终究还是没能学会融入。

我开车回家，每遇到一个转角都会提醒自己家在哪里。回家。回家。左转，往家走。下车前，我查看预付费的手机，艾丽没有回电话。为了打发时间，我拨出恩迪科特校长留下的电话。

她接起电话，用最动听的声音说："你好，请问你是？"她的苏格兰口音稍微弱了一些，与之前的声音大不相同，我都不确定接电话的是不是她。

"你好，是恩迪科特校长吗？我是杰克逊太太。"电话那头的人显然有些困惑，"我们几个星期前在学校见过面。"在她思考之际，电话那头一阵沉默，于是我试图唤起她的回忆，"我当时在给孩子们找学校。"

"哦，对。"她慢慢地说，好像拼图玩具渐渐成形似的，"我没想到你会回电话给我。"

"你似乎有很重要的事。你留言说有些信息我应该知道。"我不知道自己为什么要避开主题。我很想把一切都说出来，告诉她我在葬礼上看见她了，告诉她我和住在那不会出售的"母山"里的那家人真的有关系。可是，我又想起艾丽看见恩迪科特校长时的奇怪反应，于是我坚持用了假的身份，就像穿着防弹衣一样。

"是的，杰克逊太太，我说过。是关于那座房子的事。现在它空出来了，只是，"她停了一会儿，然后豁出去了，"我想我们都已经知道了。我得提醒你，要得到那座房子并非易事。"

"噢。"我假装很惊讶地说。我还坚持装下去，尽管我确定她几乎已经承认她知道我是谁。"我会记住你的建议。里面的人搬走了吗？"

"搬是搬走了，不过是以死亡的方式。还有个女儿，但据说她不会继承房子。"她说最后一句话时声音很小，好像这是一条最新消息，好像这淫秽的流言会灼伤她的舌头，好像她那滚烫的话语中还有热气冒出来。我听到电话那头传来有说有笑的背景音，这时我意识到自己已经忘记了日期。我瞥了一眼时钟，看到今天是星期二。

"抱歉，恩迪科特校长，你现在是在工作吗？或许你那里有人，不方便说话？"

"是的，没错，亲爱的。听我说，那房子空出来了，但别指望它会立即出售。我相信有人会继承它的。"她继续说，不理会我的问题，但在某种程度上也回答了我的问题。我继续和她进行迂回式的交谈。

"谁会继承那座房子？"

"杰克逊太太，我和惠若林顿先生是好朋友。注意，只是好朋友而已。我不想有什么误会。"本来就没有误会，"惠若林顿先生是处理那家人财产的律师。不过你可能已经知道了。"她小声说。我想象她转过身去，收起一贯的无礼与傲慢，转而蜷缩在角落里，用手捂着嘴。

"是的，我知道。"我已经失去耐心，不想再装了，"拜托，恩迪科特校长，我的身份你一清二楚，"我突然说道，"不然你也不会给我打电话。说重点吧。"

那头沉默了一会儿，背景里仍是说笑声。我在想自己是否把事情搞砸了，是否误解了我们的谈话，将自己暴露了。可是，接下来，恩迪科特校长咯咯地笑了，好像我们刚才分享了一个笑话。我抽出一支烟，迅速点燃，然后猛地将窗户打开。吸气，呼气。雨水飘进来，打湿了我的腿。"哦，好的，没问题，杰克逊太太。你到学校找我的时候已经说得很清楚了，我完全明白。"

"所以，"我很高兴我们达成了共识，"如果你知道我的身份，那就告诉我事情的经过吧。想必你也知道，我的姐姐失踪了。"我使劲地抽着烟，同时把车窗关小了一些，以免雨水落进车里。

"好呀，亲爱的。我当然会告诉你了。正因如此，我才不得不给你打电话。惠若林顿先生正在处理相关事务，但我要强调的是，我建议你不要遵照遗嘱。你也看到了，这里面涉及他们大女儿的继承权问题。"

"恩迪科特校长，直说吧。你想告诉我什么？"我将剩下的烟扔了出去。我不懂。她一会儿想帮我，一会儿又这么含糊其词。她在葬礼上都没和我爸爸说过话，那么现在又为什么这么有心帮我呢？难道她知道一些我不知道的关于艾丽的事吗？和艾丽失踪有关？如果是，她为什么要隐瞒呢？

"杰克逊太太，我只是觉得你应该放弃那笔遗产。不值得为此冒险。当然，如果你来这儿，我会很乐意见你，并帮你找到遗失的那块拼图——打个比方。"

"恩迪科特校长，你是要我去霍顿吗？"

"嗯，是的，我当然想再次见到你。欢迎你随时到这里来。谢谢你回电给我，亲爱的。"

"等等，恩迪科特校长，别挂电话。"可她已经挂了。我再打过去，她也不接了，连语音信箱都没有。

第 31 章

我考虑发动引擎，直接开去霍顿。她要说的肯定是很重要的事，也许是不想被别人听到的秘密，所以才会在电话里遮遮掩掩。就在这时，我看到安东尼奥在窗前挥手，于是心想，还是先关注另外一些事吧。

我淋着雨走到屋里，门厅昏暗又潮湿。我能听到勺子碰撞茶杯发出的叮当声和那个骗子在厨房的瓷砖上拖着脚走路的声音。我想起他计划开餐馆的事，暗自回想，他告诉我他贷到了款，还是只是申请了贷款呢？多希望当时看了他给我看的银行来信。福雷斯特看上去不相信他的贷款被批准了。关上门后，我试着把注意力集中到知道的事实上。可问题是，我知道的那些事实让一切变得更糟。

安东尼奥是个骗子。

他即将被审问。

他没去意大利。

他当时和艾丽在一起。

我走到客厅，站在我们做过爱的沙发旁。我曾坐在那里，极度渴望生活变好。我们曾依偎在那里，一边看电影，一边吃爆米花。房间里还有我们热乎的身体的味道，家具上还有性爱的气息。我听见他端着茶杯朝我走来的声音，于是坐了下来，衣服还是湿的。雨水穿过头发，漫延过头皮，滴在我的肩膀上，宛如眼泪从脸颊滑落。我看见他用我的钱买的雨衣搭在一把旧的皮椅子背后。夏天去意大利为什么非得买雨衣呢？又一个事实：我太傻了，太容易上当受骗了。

我在想自己要说些什么，脑中至少出现了五种场景。我打算谨慎地质问他，让他露出马脚。可是，当他站在我面前时，我的计划全都土崩瓦解了。我交代了一切。

"你没有去意大利。"没等他放下我的杯子，我就说道。他盯着杯子看了良久，同时寻找着他未曾料到会需要的回答。

他回道："你什么意思？我去了意大利啊。"他仍然没有看我，极力避免和我眼神接触。最后，他迅速地扫了我一眼，抽动鼻子，嘴巴稍稍歪向一边。我立马就知道他在撒谎。

"你在说谎，"我既不坚定也不畏缩地说，"我知道你去了哪里。"

他笑了，而且是大笑，好像这只是一种"好吧，露馅了"的情形。我几乎在等他举手投降，好像我手里拿着一支詹姆斯·邦德式反派人物用的、小小的隐形枪。"你不知道我去了哪里。"他说，还故作神秘地打了个手势。他拿起雨衣，从里面的口袋里掏出一个红色的小盒子。

没有几种方法可以阻止我，但这是其中一种。我在那张脸上看到了熟悉的、得意的笑。当他沾沾自喜时，当他做了什么让我惊讶或高兴的事时，就会这样笑。正常情况下，他对两种情形的满意程度是一样的。我们睡在一起的第一晚，他用舌头做了让我浑身发抖的事。我高潮到来后，他一边用手背擦嘴，一边俯身看着我。当时的笑容和现在一样。

"那是什么？"我问。

他什么也没说，但是得意的笑已经变成希望的笑。可怜的希望。他打开盒子，单膝跪地，一枚小小的钻戒卡在漂亮的底座里，出现在我眼前。它好像在说："我的所有不多，但我已尽了最大努力。这是我能给你的最好的、最后的东西。"

"我们结婚吧。既然你家里的事已经结束，我们可以往前看了。去意大利举行一场盛大的婚礼，建立我们自己的家庭。"说着说着他开始用意大利语代替英语，我变得更加紧张了，因为他只有在很激动或很生气时才会这样。很明显，他并不生气。他真是这样打算的。

"你怎么就断定我家里的事结束了？"他仍然单膝跪地，将盒子举到我面前。我看到他脸上的笑不见了，就连那可怜的希望也已消失。这与他想象的画面不同。

"你的父母去世了，你的姐姐也终于从你的生活中消失了。你实现了一直想实现的。如今，你可以继续向前走了。"

"我的姐姐不是从我的生活里消失，而是彻底不见了。"他还没有被吓到，仍然单膝跪地朝我移过来。我忙将那盒子推开。此刻的我异常震惊，因为，似乎就连安东尼奥也没有意识到，这是一场大型游戏：我逃走，却悄悄地希望他们跟在我身后。他难道不明白我为什么去那里吗？在我震惊之际，他已将戒指戴在我手上。他将我的不反抗看作好征兆，还亲吻了我的脸颊。

"真好看。"他眼角含泪，说道。

"不，安东尼奥。"我一边拒绝一边将我的手从他手中挣脱，"我没有答应嫁给你。"我试着脱下戒指，可是我的手指太浮肿，戒指又太小，卡住了。"你怎么会这么想？一切都结束了，尘埃落定了？离结束还早着呢。"我再次尝试取下戒指，可仍没能取下来，只好把双手垂在身侧，有如放弃了一般。"我知道你去了哪里。你没有去意大利买这个小东西。你在霍顿，和我姐姐在一起。别再装了。我亲眼看见了照片。你为什么要骗我？你是怎么找到她的？"

他站起来，挪到另一个沙发上。然后他坐下来，将盒子扔到桌上。他很用力，那盒子朝我发出咔嗒声，它落到桌上，打开着，里面空无一物。他双手穿过头发，扯起T恤，好像要将它扯下来似的。现在他才是在生气。

"不是我找到她，而是她找到了我。你用她的手机给我打过电话，所以她有了我的号码。她想认识我。"

我回想起在私家车道上找到的手机，屏幕是碎的，一定被砸过。好像是故意的，也许是用高跟鞋踩的。她哪儿来的时间呢？我不知道她是什么时候溜出去干的，但我知道破坏手机的人就是艾丽。一个轻易的举动，切断我与外界的联系，然后等待时机，套出他的号码。"你和她通过几次电话？"

"七次，当你还在那里的时候，也许是八次。她晚上给我打电话，问你的事。问我们在一起的生活。我以为我是在帮忙。"

"帮忙？"我把头埋进手心，想着为了不让他们见面自己付出了多少努力，"你都跟她说了什么？"

"一开始只是一些简单的事，姐妹之间想了解的事：你住什么样的房子，工作多少个小时，有多少待命的事项。她想了解你的生活，问我们去哪儿度假，还问起我的家人和意大利。"

这下我知道她是如何引诱他说出一切的了。他喜欢喋喋不休地谈论他那有着八个祖母和七大姑八大姨的庞大家庭。哦，是的，亲切友善的艾丽被误解了，她只是对一些简单的事感兴趣而已。此刻，我几乎能够听到他的叹息声，他在感叹我真是太混蛋了，竟然想躲开她。

"你说的是一开始。"他伸手将桌上的盒子复原，也许是觉得它的存在太过尴尬。他关了盒子，把它放在他旁边的垫子上。"之后呢？有什么不简单的？"

"她的问题变得越来越私人化。"他一点一点地朝我移过来，努力缩短我们之间的距离，可又停了下来，"但她不像你说的那么疯狂。她很和善，很友好，她说她很担心你。"我避免中断我们的眼神接触，希望他是因为我那冰冷的眼神才没有站起来触碰我，"然后她告诉我，你不能很好地应付。她还说你举止怪异。"一滴眼泪流下来，他把它擦干了。"我当时很担心你。"

"我当然举止怪异，"我大喊道，"和她在一起，我还能怎么样呢？你忘了我跟你说的关于她的事了吗？"

"可是，伊里尼，问题是，你根本什么都没对我说过。"他将头靠在沙发背上，我能看出这不是他第一次后悔见了艾丽。我知道那种感觉，艾丽的言行让人不堪重负。它紧跟着你，就像绑在腿上的枷锁。刚与她接触时，她会让你感到短暂的快乐。而她一旦抓住你，就会将爪子刺进你的血肉，将你拉下她引来的"水"里。

"我只告诉了她几件私人的事，"他鼓起勇气靠近我，"我是想帮忙。比如你一直想知道自己长得像谁，你小时候喜欢吃什么，你幼年时的房间是什么样的。"也许我们在一起的所有时光只是她写的一个长篇剧本，安东尼奥的讲述正是在填补其中的空白。还有墙上的蝴蝶画，她在我皮肤上抖动的手指，以及她在我的石膏上画的昆虫，都是为了战胜我而使出的戏剧性的诱惑。又是一个大脑耍的花招，我陷进去，满怀信任地将它变成真的。

"你可真笨啊。"我一边摇头，一边擦干自己的眼泪说。哭并不会让我感觉好一些，但我没有忍。这一次不用忍。"她了解这些事只是为了对付我。这些东西全都对她有用。她可以利用这些控制我。而她确实做到了。她把我变成一个可任人摆布的人。这样她就能影响我，引诱我进入她的世界。"我居然这么容易就落入她的计划。就喝一杯，作为最后的告别。她利用那一晚，把我和唯一与我有关联的东西隔开——安东尼奥。她知道，没有他，我就是一个人。没有他，我就会需要她。没有他，我就是她的。而且，在我们悲惨的命运中，至少这一次，我会去寻她。

"不。她是在试着接近你。"

"天哪，安东尼奥，你还不明白？你知道这像什么吗？好像这一切都是我安排的。我想让家人死，这样我就可以继承房子，还有钱。好像这是遗产犯罪。"

"可这也太荒唐了。是福雷斯特警官说的吗？"

"她没有这么说，但不代表她不是这么想的。是的，荒唐，但也不能阻止她相信。不过，你知道有什么是不荒唐的吗？那就是我所做的一切都像是有罪。我与家人没有联系，可当我妈妈死后，我立马就赶回去了。我爸爸修改了遗嘱，随后就服安定自杀了，除了我，没有人能拿到安定。"他开始抚摸我的腿，我没有制止他。这很管用，让我平静下来。"你知道更严重的是什么吗？"我想起那些事实后便推开他的手，"他们以为你也参与了。"他站起来，站得像灯柱一样直。"安东尼奥，他们有你的照片。你对我说了谎。你没去意大利。你是最后一个看见她的人。"

"他们认为我和她的失踪有关？"

"是的，也许我们俩都被怀疑了。他们可能认为是我让你去的。你去那里干什么？你为什么要去见她？"

他退到另一个沙发上，T恤从裤子里分离出来，露出他那橄榄色的肚子。他看上去很帅，可我能感觉到他正从我身边溜走。我知道，表面之下还潜藏着更多的谎言。只要轻轻抓破，它们便会统统冒出来，就像脓毒性伤口，只需要开一个小小的口子，便会有脓汁溢出，伴随着丝丝刺痛。

"她告诉我你不能接受父亲的死。她建议我去那里，商量一下怎么帮你。她还说，你这个样子她见过许多次。她总是知道该怎么帮你，但她需要我参与进来。噢，伊里尼，你为什么不告诉我她有病呢？"他说着站起来，伸手向前。桌上有一堆杂志，他翻弄着那些杂志的卷边，把它们捋平。"我很绝望。如果不去，我们就结束了。我不想失去你。"

"他们有你们在酒馆的照片。从那以后就再也没人见过她了。"

他沮丧地捶打沙发："那不可能。我在宾馆和她分开，而且——"说到一半他就停下了。

"你们一起去了宾馆？安东尼奥，你……"我并没有问完，因为答案都写在他的脸上了，"噢，天哪。"我抽噎了一声，眼泪簌簌落下，"你和她上床了，对吗？"

"不是那样的。不，不！不是那样的。"我从沙发上跳起来，远离他，因为我已经知道了真相：她用鼻子轻擦他，等待着她的男主角；他则靠过去。这一次他终于知道该怎么做，怎么让她感到很爽，这种感觉可真好。他一定想过，和我相比，这真他妈容易。先是一个简单的亲吻，再一个亲吻，一不留神，她的手就已经在他裤子里寻找他大脑的开关了。我拼命地拔着手上的戒指，他本想用这该死的、可悲的、刻着罪行的戒指来弥补他犯下的错。我跑进厨房，抓起洗手液涂满手指，又扯又扭。"伊里尼，不要。"他跟进来，恳求道，"求你了，不是你想的那样。"他说着抓住我的肩膀，将我转了一圈。水溅到我们身上，和我的眼泪混在一起。"我没有和她上床。没有。"

"可还是做了什么，对吗？做了一些你不想对我说的事。你吻了她吗？她吻了你吗？"

"我不想的。是她吻的我。她想和我上床，可被我阻止了。我拒绝了她。"他正抓着我的手，阻止我摘下戒指，好像强迫我戴着它，我们就能如他所愿，忘记发生过的一切，展开一段新生活。

"你拒绝她的时候你们在哪里？不是在酒馆，对吗？"他无法直视我。他紧紧地抓着我，抓住这唯一能挽救我们的机会。"你们在宾馆里。你们准备去开房，你后来改变了主意。我说得对吗？"

他放开我的手，跌坐在其中一张塑料餐椅上，手上沾满了绿色的液体。他把头埋进光滑的手心，将那沾满了苹果味洗手液的手指滑进头发里。

"我是和她一起去了宾馆。她一直在说你的事，给我讲你们过去的故事，我感觉离你那么近。她知道所有的事情，比如你婴儿时穿什么颜色的衣服，你喝什么牌子的奶昔，还有因为你走路的姿势而欺负你的那些同学。"我一只手护住臀部，好像它被欺负了似的。我脑中出现各种声音：叫我"野牛"的声音；罗伯特·里尔的声音；他同伙的咕哝声；我走近时，他们的鼻息声和嘶嘶声。"好像我一直想知道的关于你的一切都触手可及。我得到了答案。仿佛她就是你，我搞糊涂了。"

"你想让我相信你把她当成了我？相信你'糊涂'了？"那一刻，戒指从我的手上滑落。我将它重重地扔到桌上。

"她吻了我，我没有反抗。你知道吗，你们很像。表面上不像，但确实很像。你们有着同样的'丘比特之箭'，"他说着伸出一根手指去摸他的嘴唇，然后摸了摸人中，"还有你们的耳垂，同样地向后弯。"我无法去看他，他垂下了头，"然后她告诉我，我最好和她在一起，我也应该和她在一起。到时，我可以做一切我想做但你不想做的事，比如要孩子。她说你不能给我的她可以给我。还说她会嫁给我，而你永远不会。我想你一定告诉过她你不想要孩子，因为我从来没提过。"

"我从来没有告诉过她我不想要孩子。"

"是吗，可是她知道。她比你想象中更了解你。"他拿了一条毛巾，将手里的洗衣液擦干净，"我起身走的时候，她朝我大喊，说我和其他人一样。她还说要毁了我，让我付出代价。她说要让你离开我。然后她开始撒谎说你和别人乱来。可是我直接走了。"

我想止住不哭，可我做不到。我一边哭一边发抖，所以只能双手抱胸，不让自己颤抖。我之所以哭，一方面是因为愧疚，她说的其实是实话，可他没有相信。还有一些是因为愤怒。但主要是因为难过。有些事情已水落石出。"你都直接走了，她还说了那么多话，"我结结巴巴地说，"在你冲出门去时，她还能说那么多，真是厉害。"他羞愧地低下头，我知道自己说中了要害，"你是要穿衣服吧？所以她才有时间，对吗？在你穿裤子的时候，她才抛出那些威胁和指责的话，对吗？"

他知道，那一丝希望，那最后的机会，已经失去了，于是拿起戒指，用手指弹了几下，放进口袋里。这与他想象中的今晚一定大相径庭。他抬头看着我，眼泪从那沾了洗手液的脸上流下来。他点了点头。

事实。安东尼奥是个骗子。

第 32 章

"你只有一个小时。"我说着走开了，跨着大步、强装自信地往楼上走去。我想离他远点儿，因为我知道他可以轻易地击垮我。他只要稍微恳求，我就会求他留下来。过去那些年，我可能对他不好，可能拒他于千里之外，但是我更不喜欢孤独，会不顾一切避免孤独。

"伊里尼，求你了。我不走，除非你和我谈一谈。"

这话他说过几次了。透过浴室的隔板，我听到他在走廊上走来走去。等到没有声音时，我把耳朵贴在门上，听外面的动静，看他是否还在。当我听到地板嘎吱响，或听到他的身体摩擦着门的时候，就退回去。我很高兴他还没走，却放不下骄傲让他留下。如果我有一个可以求助的女朋友，当我需要她时，她会放下一切来帮我，或许我就不会感到这么孤立无援了。如果她建议我把他踢到马路上，或者说一句"狗改不了吃屎"，那么我会有尊严地点点头，再也不和他说话。可是我没有那样的朋友。何况，在我心里，安东尼奥其实并不是那样的人。我想，他的遭遇可能和我一样吧。他陷入了艾丽的承诺里，陷入了她的世界，并在幻想和真实之间的某个地方迷失了，现在正挣扎着寻找出路。

"伊里尼，求求你，和我谈一谈吧。"他轻轻地敲门。我听到他重重地倒在门上，他的身体挡住了门下的那束光。不难想象她是怎样以接近我为诱饵，引诱他进入她的世界的。

我躺在浴室的脚垫上，听到前门的敲门声。我一定是哭累了，睡着了。我看了看表，发现自己已经在这里待了近两小时。我听到安东尼奥——谢天谢地，他还在——下楼开门的声音。听出来人是福雷斯特和麦圭尔警官后，我抑制住自尊心，想起她在警察局告诉我的安东尼奥干的好事。我迅速照了一下镜子，发现怎么打扮也掩盖不了哭过的痕迹，于是直接下楼了。

我到达客厅时，他们好像已经在等我了。

"又见面了，哈里福特医生。"福雷斯特警官冲我笑着说，但我不知道她的笑是否发自内心。她越发得心应手了。也许她只是更加能看懂我的心思，知道该如何表现。

"你们好。"由于哭喊过，我的声音低沉而沙哑。我见他们环视着桌上没人碰过的酒杯、安东尼奥留在沙发上的戒指盒，以及溅到墙上的红酒渍。

"在庆祝吗？"她说着看了一眼沙发上的盒子和我那空空的无名指。然后她抬头看安东尼奥，我跟随着她的目光。他的脸又红又肿。毫无疑问，我们俩都哭过。"很明显不是。很抱歉打扰你们。只是，莫利纳罗先生，我们有几件事想找你聊一聊。"

"和我吗？"他问。

"聊什么？"我同时问道，好像不知情似的。他们俩都没有看我。

"莫利纳罗先生，也许你宁愿去警察局聊吧？"麦圭尔警官问。

安东尼奥摇摇头："不，有什么话就在这里说吧。"他用尽最后一丝真诚瞥了瞥我，像是要让我知道他已经坦白了一切。

"好吧。"麦圭尔警察说。

"莫利纳罗先生，"福雷斯特警官一边说一边示意我们坐下来，我照做了，"你能说一下上周的行踪吗？"

"我大部分时间都待在这里。"他看了我一眼，似乎在叫我振作起来，"在那之前，我去了霍顿，和埃莉诺·哈里福特在一起。"

"这么说，你承认自己和哈里福特小姐在一起了？"福雷斯特惊讶地抿抿嘴，看向麦圭尔。

"是的。"

"去了她的家，霍顿的'母山'，对吗？"她一边翻着小便笺一边说，"也就是埃莉诺和伊里尼的家。"

"你们去了那座房子？"我打破沉默说。

"是的。"他对我说，然后对着警察重复："是的。我去了那里。"

福雷斯特警官翻着几页纸，换了一个舒服的姿势。安东尼奥脸颊泛红，但脸上的其余地方是苍白的，他的皮肤因为发热而泛着光泽。"这么说来，我告诉你有目击者在那里看见过你两次，你也不会觉得惊讶了。一次是和埃莉诺，另一次是独自一人。那人还看见一辆白色的吉普车。目击者称房子前停着这辆车。除非你否认，不然我就假定是你的了。"她合上便笺，把它放进制服口袋里。麦圭尔警官接过话。

"目击者很详细地描述了上述男子。你觉得那会是你吗？"

"我不知道，可能是我。"他说着又看向我。

"你在那里过夜了吗？"麦圭尔警官问。

安东尼奥在座位上挪来挪去，最后才说："没有。"可我们都知道他在撒谎。

"哈里福特医生，我们从你的家庭律师那里拿到了财产清单。"福雷斯特看着我说，"涉及财产，你父亲似乎很会安排。他知道什么东西放在哪里。你家里有一个放珠宝的保险箱。你知道吗，莫利纳罗先生，那个保险箱现在空了。里面空无一物。珍珠、黄金、钻石，统统不见了。这你知道吗？"安东尼奥摇了摇头。"还有一枚钻戒，属于哈里福特医生的母亲，"她说着看向那个红盒子，"介意打开让我看看吗？"

"里面什么也没有。"我插嘴道。我想到他想开小餐馆，想到那尚未获批的贷款和他口袋里的钻戒。

"我有钻戒的照片。"麦圭尔警官从口袋里摸出几张照片，选出了一张。照片上面有个印戳，写着"惠若林顿和柯"，但他展示给我们看的是照片里的东西——几个小时前还戴在我手上的小钻戒。

"那是艾丽给我的，"安东尼奥承认说，"它现在在车里。艾丽很生气，说那是她的，"他指着我，"拜她们的父亲所赐，一切都成她的了。"

"只是埃莉诺·哈里福特小姐不能当面对质，对吗，莫利纳罗先生？我们在她的房间里发现了挣扎的痕迹。地板上有碎玻璃，床单是皱的，不止一个人在上面滚过，"麦圭尔警官停了一下，又补充道，"我们还发现了血和精液的痕迹。"

"不是你想的那样。"安东尼奥没有管那两个警察，对我说道。

"我所想的东西一定会让你很惊讶的，安东尼奥。"我不知道自己相信多少。这种情况下浮出的真相总是很温和，锋利的刀刃已经钝化，有些细节也被刻意遗忘。我不怀疑好的法医能鉴定出他进过那个房间，但我对他伤害了艾丽表示怀疑。那时候的任何挣扎都应该是两相情愿的。

"莫利纳罗先生，我们仔细核查了哈里福特小姐病例上的血样。床单上是她的血，我们认为你是她失踪前最后一个见到的人。"他们走向他，麦圭尔警官从腰间取下一副手铐。他晃了晃手铐，表示它要派上用场了。"以此为依据，我们怀疑你与埃莉诺·哈里福特小姐失踪一案有关，现在正式逮捕你。"

我的听力变得模糊，眼睁睁看着他们给他戴上手铐。安东尼奥看着我，嘴里说着什么。我努力去听，想听清他最后要对我说的一番话。因为这就是结束了。无论是不是他做的，艾丽都找到了她的最后一个受害者。可是我什么也没听到，才一会儿，警察就把他推出了前门。

第 33 章

我上大学前去俱乐部那晚是我和艾丽结束的开始。在这之前我都希望她留在我身边，尽管她精神不稳定，我仍然渴望她。可是那晚过后，那种渴望消失了。

我对安东尼奥讲的那晚的事并非全是谎话。我醒来时，她已经被赶出了俱乐部。她当众大吵大闹，高喊这一切不公平。我省略的那一点就是有个男人和她在一起。

他们东倒西歪地走在前面，我跟在后面。她的抹胸歪了，短裤缩上去很多。他走在她旁边，从侧面推着她，扶她站稳。那不算拥抱，他也没有笑。他艰难地控制着她，好像抓着她似的。她则不停地向他道歉，说很抱歉毁了他的计划。他友好地笑着，可是我觉得他是那种在朋友面前装好好先生，在背地里却会打老婆的男人。

"你在这里等一会儿，好吗？"在艾丽吃烤肉串和薯条时，他对我说。在廉价外卖餐馆里，我坐在她对面。他站在我们旁边，正好挡住我们的出路。我点头同意他的话。那时我才十八岁，缺乏自信，不敢不同意。"艾丽有事要做。"

她跌坐在桌上看着我，事实上只是瞪了一眼。他可能没有察觉，仍旧抓着她的胳膊，把她拉起来。可以确定的是，她还是飘飘然，但不足以让她失去思考能力。我突然强烈感觉自己应该制止她，但什么也没有做。她抓起一把薯条放进嘴里，整理好抹胸，很轻很轻地拍了一下我的脸。

她说："很快就回来。"有一瞬间，我以为她要哭出来了。

我看着他们离开。在他们消失在视线中之前，我看见他打了她一巴掌。我从座位上跳起来，想上去帮忙，可他看见了我。他指着嘴巴，用嘴型告诉我"在那里等着"，我便乖乖地照做了。

大约一个小时后，她一个人回来了。她抓起我的胳膊，将我拖出去，就像父母对待不听话的孩子一样。又过了一个小时，她什么话也没说，我问她还好吗，她也不回答，只是一直哭哭啼啼，大口喘气。我不知道该怎么办，于是提议回家，可她拒绝了。她看上去衣衫不整，头发乱糟糟的，睫毛膏也花了。又一个小时过去了，我们坐在路缘石上，看着来往的车辆，我发现她的眼睛肿了，嘴唇也肿了。她把头发捋到脖子后，我看到她的耳朵下方有类似吻痕的瘀青。

"艾丽，求你了，和我说话吧。"我朝她挪近一点儿，大胆地将一只手放在她手臂上。她躲开了，却没把我推开。"你还好吧？"

她擦去一滴眼泪，吞了口可乐，还吐了点儿出来。"不好，伊里尼。"她转过来对着我。她的瞳孔像鲨鱼的瞳孔一样黑，而且放得很大，我几乎看不到她的虹膜。"我不好。"

她的回答让我松了一口气，至少我知道了有些事情不对劲。"那个男人是谁？"我继续问道，把手臂放在她的肩膀上，她出乎意料地将头靠在我的头上，"他把你带去哪儿了？

"他是个好人，"她抽着鼻子说，"他给了我东西，我需要的东西。"在许多事上我都很天真，但我见过他们在俱乐部的样子，我知道他给她的是什么样的东西。

"我不觉得他是好人。"我小声说，"他卖毒品给你，对吧？你不需要那种东西，没什么用。"

"我倒希望他是卖毒品给我的。"她又开始哭了，同时抓起一把冷烤肉扔到路上，"你又知道什么呢，小假正经？我什么也没有了。"我转身看着她，她也看着我，她的瞳孔像洋娃娃的眼睛一样大，她的头发是粉红色的。我看见一滴眼泪从她的脸颊滚落下来。"连你也不再是我的了。"

"你什么意思？"我试着开玩笑，可我们都知道，我很快就要走了，要去大学开始新的生活。

"不记得了吗，你要走了。你会遇到新的朋友。我要怎么接受你不在这里的事实呢？"她贴紧我，亲吻我的脸颊。这里啄一下，那里啄一下，并不算太奇怪，但足以让我往后缩。"你看，"她失望地说，"连这都能吓到你。"

第二天，我顶着头疼看少儿节目时，听到有人敲门。打开门一看，昨晚的那个男人穿着白色西装站在门口。他上衣的腰部很宽大，衣服上有两个口袋。头发是暗金色的，往后梳着，暴露出他的男性型脱发。这让他看起来像是有个"寡妇尖"。我首先想到的是，我希望艾丽醒着。

"伊里尼，宝贝儿。我可以进来吗？"他可能是除了亲属以外我接触的第一个成年人，我不想表现得幼稚。于是，我往后站，让他过去。他轻快地走过没有窗户的门厅，好像是去房地产市场买这个地方似的，把手塞进衣兜里，一边环视一边点头。这里没有什么可看的，只有一面落满灰尘的镜子和一幅乡村鱼塘画。他转身笑了笑，走进客厅。我轻轻关上前门，在心里祈祷艾丽快快醒来。

"我给你倒杯茶好吗？"我站在安全的位置，朝客厅里问道。这时他已经坐到扶手椅上，不停地换着台，手指间还夹着一根烟。他最后停在了播放《甜蜜高谷》的频道，看到一集完了，他似乎很失望。"灰烬杯"系列板球比赛就要开始了。

"我喜欢那部电视剧,你呢?"他转身对着我,用遥控器指着电视问道,"你觉得杰西卡和伊丽莎白谁更漂亮?"

我并不是很喜欢看《甜蜜高谷》,分不清这对双胞胎。但我想回答,好像必须这么做才显得礼貌,尽管我直觉我很可能回答错误。

"我觉得是伊丽莎白吧。"说着我从客厅走到厨房。走到一半,他跟过来,堵在门口,害得我只能挤过去。他的呼吸中带着烟味。我近得能看到他鼻子上的丘疹。我闪身躲过去,拿起水壶,装满水,放在一边烧。

"也许你说得对。"他靠在墙上,抽着烟说,"但另一个很风骚。我打赌她做爱的时候很专业。"

我不知道说什么。身后响起开场曲,于是我说:"板球运动要开始了。"我希望他是那种看板球运动的男人。马库斯姑父就喜欢看,因此我不得不走开。

"是吗?"他说着转过身去看了一眼,"可还没开始,索普就下场了,澳大利亚人已经赢了前三场比赛。有什么意义呢?"他看着运动员出场,我泡了两杯茶。

"加糖吗?"我问。此时,他还靠在墙上,我出不去。我试着记起艾丽说的,他是个好人。但似乎很难让人相信。

他咯咯地笑着,把烟头扔在地板上。在他把烟头踢出去前,我闻到地毯烧焦的味道。"我没说过要喝茶啊。"

"抱歉,我以为……"我放了一大勺糖在我的茶杯里,尽可能大声地搅拌,希望能吵醒艾丽。可是,这一周她都没在中午之前露过面。昨晚那一番折腾后,我怀疑要晚上才能看到她了。他朝我走过来的时候,我一直问自己,如果他不是毒贩子,那他是谁?他看上去就像毒贩子,至少是我想象中的毒贩子。"你没说不要,我就以为……"我说到一半便没说了。他几乎停在我站的地方。我紧紧地抓着手里的茶杯。

"也好，那就给你上一课吧。如果一个人没有说想要什么东西，并不意味着他不想要。明白了吗？"

我感觉自己心跳加速。他就站在我旁边，远远高过我。"我不明白。"

"那我就说清楚一点儿。我告诉过你我想喝茶了吗？"他走向前，一只脚踩在我脚边。我能感觉到他的身体靠着我，我的臀部一阵阵地痛。我摇了摇头。"几个星期前，你有没有对夜店的那个男孩说你想和他上床？没有，对吧？那就对了。"他说着端起另一杯茶喝了一口，"我要一勺糖。"

我努力转身，还是不懂，可成功拿到了糖勺，往他的杯子里放了一勺糖。他怎么知道的呢？

电视里的说话声停止了，我只能听到球棒打在球上的当啷声。他的目光片刻不曾离开我。他把茶杯放在我身后，拿过我的茶杯，放在他的茶杯旁。

"我们去客厅看电视好吗？"我问。

"你想看吗？"我点点头，尽管我不确定除了远离他以外自己还想干什么。可是他摇了摇头。"你忘了吗？人们一般不说他们想干什么。"

他说着将一只脚伸到我的两腿间，把我的两腿分开。我知道接下来会发生什么，而且这和第一次不会一样。我不想我的第二次是和这个男人。我脑中想着刀、叉子和平底锅。我要拿什么打他才能逃走呢？我伸手去摸离我最近的抽屉，成功地将它打开。可他用手打我的手背，"砰"的一声关上抽屉。我痛苦地尖叫出声。

"我不要。"我试图推开他，可是他太强壮了，"艾丽很快就醒了。"我不知道用我姐姐来讨价还价有没有用，可也没有别的办法。

"也许吧，也许不会。"他笑着说，"也许我对艾丽不感兴趣。你知道吗？既然你已经破了处，就相当于给自己标了个好价钱。"他抓着我的脸，强行将我的嘴捏出一个抽象的微笑，"看，你喜欢这样。你想要。"

他开始扯我的睡衣，上面印着"永远的朋友"。一边乳房露了出来，但我抓着衣服将它塞了回去。他狠狠地扇了我一耳光，我尖叫起来。

"你在叫谁？没有人会来帮你的。"他在我耳边说道。我能感觉到他湿润的嘴唇。他朝我身上挤，把两腿间凸起的东西往我的臀部戳。

"艾丽！"我大声叫道，可他只是笑。

"她昨天晚上吸了那个，你觉得她会醒吗？"他把我向后推，猛地拉下我的短裤。但他不知道的是，我并不是想把艾丽叫来。我之所以尖叫，是因为她已经站在那儿了。

她将刀刺向他的脖子，然后抽出来。看见血从刀刃上往下流，滴在他那白色西装的领子上，我又尖叫起来。

"放轻松，艾丽，"他恳求道，"我只是闹着玩的。"

他举起手投降，但艾丽漠不关心。她的手伸向后方，抓起水壶，没等他从她身边挤过去，她就将里面的水浇到他身上。热水从他的脸上流过，他的皮肤立马就红了。然后，她将水壶狠狠地砸向他的头部，只见水壶碎成几片。他跪在地上，痛苦地哭喊。那时我才注意到他的皮带和裤门已经解开了。她救了我。

"艾丽，谢谢你——"我说着朝她走去。但她转过来，用刀对着我。"艾丽，当心点儿。"刀距离我的脸只有一英寸。她为什么要威胁我？我做了什么？我往后退，靠在柜台上。我听到远方的某处响起掌声。

"你以为你能和我的男朋友上床吗？"她把刀放低，直指我的胸部。我艰难地吞着口水，试着往后退，但已经无处可退了。

"不是的，艾丽。我没有——"可她没等我说完。

"哦，不是的，艾丽。"她模仿道，"我也不想的。是他自己强行压上来的。"她把刀向前刺，但还没碰到我，"你以为你可以离开我，还带走我剩下的一切吗？"我低头看那个被她称作男朋友的男人。他在地板上打滚儿，与其说在呻吟，不如说在抽泣。他试图硬撑着站起来，可她在他的头上踢了一脚，我立马想起她那条死去的狗。他再度倒地，失去了知觉。

"的确是他强迫我的。"我抗议道。她再次拿刀刺向我，这一次只是刺到我的胳膊，流了一点儿血。我甩开胳膊，看见笑容在她的脸上绽开。于是我皱了皱眉，抓着伤口。温暖的鲜血在我的手指下流淌。然后我哭了起来。"他正要——"

"闭嘴。我他妈保证，会拿它捅你。就像你对玛戈特·沃尔夫那样。"她拿着刀在我眼前晃，刀离得那么近，近到我能从刀片上看到自己的倒影，"她也活该，就像你一样。如果你再靠近他，我他妈的会杀了你。"

他又呻吟一声，稍微分散了她的注意力。我趁机从她身边溜走，抓起包跑了出去。我不得不逃离。最后，我终于明白，她可能是那个一直想要我的人，但也可能是那个一直带给我麻烦的人。每一次犯错，每一次事故，每一次我或别人受伤，都是艾丽精心策划的。我再也不能那样被她控制了。我得取回控制权。我溜出去前最后听到的是那个男人的呻吟声和艾丽的声音，她在保证会做出比杀死他更糟糕的事。

我甚至没有花时间换衣服，宁愿穿着那印有"永远的朋友"的睡衣跑出去，被刺伤的手臂仍是血迹斑斑。我不在乎有人正透过窗户看着我。那天，我去了大学校园。我相信，如果我留下来，她会杀了我，早晚的事。从那以后我便一直在逃离。

第 34 章

福雷斯特和麦圭尔警官将安东尼奥带走时，有一队人在搜查他的车，我像一个好管闲事的邻居，安静地站在窗前看着。又一队人进来搜查房子。他们告诉我明天还会有人来进一步问话。在得到我的允许后，他们带走了一些文件和我的电脑，还有安东尼奥的某些东西，比如他新买的雨衣。我能想象附近的人掀开窗帘窥视的画面，他们或许还会编点儿故事。也许他们以为他杀了我，以为会有穿制服的人前来封锁入口。他们还会在家里干坐几个小时，等着运尸袋被搬出去。人类就爱干这种事。我们等着别人倒大霉，然后在一旁看好戏，真是一群偷窥狂。

此刻我才意识到，在霍顿的房子里，我竟然从没见过艾丽的房间，真奇怪。可是我能想象它的样子。事实上，自从警察透露在那里有所发现后，我就不曾停止想象。我想象里面有一张大的双人床，平常整洁有序的东西被弄得一团糟。被子皱巴巴的，在无数个因为想不通父母为何抛下我而失眠的晚上，我的被子就是那样的。也许还有一排东倒西歪的泰迪熊，有几个被蹬落到地上。还有一个摔碎的水壶，和爸爸的那个一样。地上有碎玻璃。我想象那是一个陈旧的房间，好像里面住着一个五十岁的女人，她乳房下垂，处在绝经期，夜里还会盗汗。我想象被子下盖着血迹和精液的痕迹。

我先是拿自己的床撒气，好像它也脱不了干系。我狠狠地拉起床单被套，其中一件被撕破了。我把它们塞进洗衣机，选择了九十度洗涤。我踢了沙发旁的落地灯一脚，它倒在地上，灯泡摔碎了，接线"嘶嘶"两声后便放弃挣扎。我还拿起戒指盒，大力地扔了出去。它先是打在墙上，再碰到废纸篓的边沿，最后才落到地上。

我抓起一盘金属乐队的CD放上，又从橱柜里找出一瓶波旁威士忌，一醉方休。几首歌过后，因为抽烟过多，喉咙痛了起来，旁边的烟灰缸里堆了厚厚一层烟灰。我睡着了，可睡得不够久，不足以让夜悄悄消失，催太阳冉冉升起。

醒来后，我用冷水洗了把脸。脑子里全是安东尼奥被关在警察局的画面，我强迫自己想想别的。我得找到艾丽，证明她的失踪与他无关。我不能让他成为另一个被她害的人。因为我知道他没有伤害她。床上的血迹只可能来自一个地方，那也是他唯一有罪之处。

我抓起钥匙和遗嘱的副本跑了出去。我不想等飞机，直接开了车。红色嘉年华的乘客座位上放着1997版的道路交通地图。我没有安装卫星导航系统，也从没有多么迫切地渴望找到什么路。我从来没有目的地，快乐总是在"远"方。

我想这就是安东尼奥落入艾丽的陷阱的原因吧。如果你长期拒人于千里之外，你与他们之间的联结就会磨损。有一天，它会像坏了的线一样突然断掉。那时就会有另外的人拿起线的那端，将你拉过去。也许这正是我不生他气的原因。但也许因为我自己也犯了错。

我最开始产生罪恶感是在杰米玛姑妈家。当时她正在做晚饭，我们在桌上等。食物有乳蛋饼、土豆和豌豆。她切好乳蛋饼，正准备分到我们的盘子里。先分给马库斯姑父，然后是我的表哥表姐——吉尼、凯特、尼古拉，再然后……噢！她只切了五块。三个表兄弟姐妹，两个大人，加上我一共是六个人。你会想，切成六份还挺容易，五份就需要费点儿心思了。我看着她在抗议声中将分好的乳蛋饼重新铲起来，还找借口说中间没熟什么的。我知道她是忘了我，最后她把乳蛋饼切成小方块，我们每人都有一份，这一点也随之得到证实。我为自己麻烦别人而饱含愧疚，因为我本不属于这里，却在此打扰别人。像我这种事后才能被想起的人，本不该待在那里的。

我在高速路上开了一个小时，一路都在犯恶心，于是便在第一个服务站停车，去厕所呕吐。我没能一下子吐出来，只好蹲下，手指伸到喉咙里面，把胃里的东西抠出来。因为空气潮湿，加之一直待在车里，我蹲下时臀部开始疼痛。之后，我坐在马桶边上，审视着一张卫生纸，它带有沃霍尔风格的零星的呕吐物。

我把裤子稍微拉开一点儿，看着我的臀部。它看样子是肿了，疤痕清晰可见，而且像以往一样痛起来就发红。好像里面有什么东西要冲破封印闯出来似的。我捧起冷水往脸上泼，然后打湿一张卫生纸，敷在疤痕上。疤痕一带冷却下来了，这样倒还管用。我在包里找安定，但也只是出于习惯，因为包里根本就没有。最后一瓶安定被我爸爸吞了，我也还没有回去上班。

我走进商店，抓起第一眼看到的食物——薄饼干和软干酪——买了下来。考虑到离目的地还有几个小时车程，我又要了咖啡和三明治，况且我疼痛的肚子也需要食物的安慰。我打开广播，摇下车窗，口中津津有味地嚼着薄饼干，驶过一个又一个郡。根据沿途的标志，我从白金汉郡驶到了牛津郡，又从斯塔福德郡开到了柴郡。熟悉的、温暖的混凝土渐渐退去，日光照耀下的是青青的牧场和带有山丘和山谷的景致，以及远山。我回来了。进入苏格兰后，湿润的青草的香气飘进了车里。

所有爱消失的地方

244

到达霍顿的入口时，乘客座位和我的黑色外套上盖了一层碎屑。经过"母山"时，我呆呆地直视前方，强迫自己不去看。那是我父母的房子，不是我的。清晨的雾还悬停在田野间。天气也有了变化，霍顿的秋天已经到了。我等着房子、教堂和学校将这片绿色打断。不出所料，那里的一切都没有变化。

此时距离我看着他们埋了我的妈妈刚好过了两周。我把车随意停在教堂旁边的路上，好像要办一场4×4车展似的。一路吹着风过来，我的头脑很清醒。我照了照镜子，宿醉后遗症已经消失了，脸色也不再惨白。虽然气色不算好，但也不至于太糟。一醉真是能解千愁啊。于是，我朝"魔法天鹅"走去，将那些回忆连同晨雾一起抛之身后。

酒馆里很安静，我拉出一个凳子坐下。由于地板不平，凳子有些晃动。我看了看赖利老板，对着墙上的光斑点了点头。他看了看那胖手腕上戴着的手表。这位老板面色红润，看上去和蔼可亲，想必他是凯尔特人吧。他的发色是人们所谓的草莓金，亮晃晃的，犹如温和的火焰。他靠在吧台前，一双稳如磐石的手支撑着身体。然后他认出了我。

"回来了？我几个星期前见过你。"我以为他要说我长得像我的妈妈，可他似乎只记得我们第一次见面的时候。那晚我喝得烂醉。"你是新来的吗？这里好像没有房产出售。"

我在想该以怎样的身份介绍自己。是带着孩子的杰克逊太太、延长假期的游客，还是返程路过的旅客？可又有什么意义呢？"我叫伊里尼·哈里福特。"我意识到，要找到真相，找到艾丽，我就得对他人、对自己诚实。

他往后退了一步，这下他发现了相似之处。"你看起来——"

"很像我的妈妈？没错，我最近经常听到这样的话。"我又对着墙上的光斑点了点头，"可以吃东西吗？"

"现在稍微早了一点儿。"他想了一下，抓起一个大酒杯，手腕一扭，来了个漂亮的翻转。我没想到他还有这一手，这与他小小的乡间酒馆不太相称。他把酒杯举到一排酒瓶前方。"喝什么？"

"棕色的就行。"我说完便看着他将两杯量的格兰菲迪倒入杯中。他舀出一些冰块，但我摆了摆手，示意他不用加。"多少钱？"我想尽早付钱，以便吃饱喝足后迅速离开。

"免费。"他拿起毛巾擦了擦我面前的柜台，然后往后靠，双手交叉在又大又鼓的肚子前，"我听说了你父亲的事，真遗憾。短短几天就失去双亲，你一定很难过。"

"也没有那么难过。"我把杯中的威士忌转出一个漩涡，他等着我说下去，于是我解释道，"我们疏远了。"

他又擦了擦吧台，目光一直在我身上："是啊，我记得。说到这个村子，谁不知道哈里福特家失踪的小女儿呢。那家人的日子真是太难了。"

"我没有失踪，"我喝下一大口酒说道，"我是被送走了。"

"明白，明白。我想她只是应付不了，你姐姐又是那个样子。"他哼着鼻子，几乎是在吃吃地笑，好像想起了什么令人发笑的事情，"她可真像个小流氓。头发染成五颜六色，还穿了鼻环。"他降低音量，好像这酒馆里坐满了人，他害怕被别人听到。我甚至环顾四周，看是否有人溜进来了。然而，酒馆里空空荡荡的。此时才上午十一点。"那在我们这儿并不常见，而且很对男人的口味。"

"是啊，我也听说了。"我又喝了一大口，他谨慎地看了我一眼，似乎后悔给我加了两杯的量，"现在，失踪的女儿是她了。我真的需要找到她。"

里面的一道门突然打开，一个纤弱的女人拖着吸尘器走出来。

她冲我们笑了笑，然后理了理外套，往包间走去。赖利思考了一会儿，也许是在想跟我说话会有什么坏处。当人们知道你家有疯子基因的时候，他们总是会有这样的顾虑。然后，他把两肘靠在吧台上，等清洁工打开吸尘器才开始说话。

"村子里到处是警察。他们不停地盘问，连垃圾桶都翻遍了。我还看见一个人钻进了酒馆后面的垃圾站。我骂得他落荒而逃，但我对他们说了他们想听的话。"他凝视前方，将毛巾扔回吧台上。

"他们想听什么？"我问。

"是否有人见过她啊。我看见她在墓地里，行为很古怪。"我才想起是他打电话给乔伊斯的。

"她在干什么？"

"我觉得是因为她失去了母亲，没过几天又失去了父亲。"他拿起一大袋坚果，装进吧台上那快要见底的坚果盒里，"那足以让人疯掉。但我还是告诉了乔伊斯，她后来一定报了警。"

"所以，你觉得她疯了？"

他的眉毛高高扬起，好像要从他脸上逃走似的。我猜不到他在想什么。

"小姐，恕我直言，这里的每一个人都知道她是疯子。我还听说她小时候在'美丽田野'待过。"

"什么'美丽田野'？"

他又环视一眼四周，确定没人在以后，示意我靠近。"老医院。专门收体弱多病和精神失常的人，"他的腔调仿佛在读剧本，"你在路上可以远远地望见那个地方，就像一座老教堂。"

正是艾丽讨厌的那个地方。"你告诉警察了吗？"

"告诉他们什么？说我听到了流言吗？姑娘，在警察面前你可不能把流言当真。"他看着我，就像我是一个出门寻宝的天真无邪的小女孩，突然对什么东西心生怜悯，"我不知道告诉他们会有什么不一样。"

"我觉得会有影响的。"

我将威士忌一饮而尽，举着杯子，然后从包里掏出一张十英镑的纸币放到吧台对面。他会错意，把杯子斟满了，于是我又喝了一口。他没有碰那张钱。酒的味道熏着我的眼，酒精烧得喉咙火辣辣的。这里感觉很暖和，我听到噼啪的爆裂声，才知道后面烧着柴火。

"她在墓地里干什么，让你觉得很奇怪？我是说，对于一个疯子来说，哪里奇怪了？"我对他扯出一个微笑，希望他领会到我刻意的幽默。他领会到了。

"那天很晚了，天都要黑了。已经过了黄昏。我听到哭泣声。那天晚上本来很安静，天在下雨，所以外面人不多。我将头伸到门外，就看见了艾丽，你的姐姐，"他好心加了一句，好像我不知道似的，"她只穿着运动内衣，在转着圈跑。天上还下着瓢泼大雨。"

这时，几个男人走进酒馆，看样子是常客。赖利先生看了看表，暗示我等一下。一分钟后，他回来了。

"我刚说到哪儿了？"

"在雨中奔跑。"

"没错。我又退回来，取了雨衣，再回到那里。可之后我看到一个男人和她在一起。他开了车，没有熄火。他想把她哄进车里。我想那又是她的某一个男朋友吧，有人陪着她，想来不会有事。那男人和喜欢她的那些小伙子一个样儿。上次我还看见他把她送上乘客座位。"

"是什么车？"

"不太清楚。是白色的，四驱车。"吉普。大切诺基。安东尼奥的。是警察昨晚没收的那辆车，里面放着很多曾经属于我妈妈的珠宝。"接下来，警察就来这里问话了。"

我笑着谢过他，端起酒一饮而尽。起身欲走时，他说："前几天那房子里到处是警察，现在他们已经走了。如果说她还会出现的话，出现在那里倒也不足为奇。"

屋外空气冰冷，我的目光穿过田野望向老医院，那种犯恶心的感觉还在。艾丽可能在那里待过。透过低悬的雾，它仍然可见。想不到威士忌一点儿作用都没起。但我抑制住恶心，集中精力，迈出了去学校的第一步。我首先得去见恩迪科特校长，看看她想告诉我什么。

"我是伊里尼·哈里福特，来找恩迪科特校长的。"我走到接待处，不等他们关上门就脱口而出。接待员透过眼镜看着我。她不是之前那个女人，没有认出我。反正第一眼没认出来。之后，她慢慢张开嘴，肩膀往下垂。"哈里——"我正准备重复，她却阻止了我。

"是的，我听说过你，哈里福特。"在人们心中，这个名字显然还很新鲜，"你和她真像。"

我把袖子扯到手腕处，别过脸去。

"我是来见恩迪科特校长的。"我不太客气地说。然后，我在一把离得最近的矮小椅子上坐下，看着仍然装饰在墙上的孩子们的画。接待员起身朝恩迪科特校长的办公室走去，可中途又停下了。校长听说我来，已经在往外走了。

"你还是过来吧。"校长说着示意我过去。

她的办公室很大，就像她的小腿一样，比一般人的都粗。她拉着我的胳膊，避开一排色彩柔和的学生座椅，将我拉到成人座位上。学生座椅沿着墙排成一行，就像一串难嚼的糖果。上方是字母表，那些字母有的用蛇表示，有的用花表示，还有的用沙滩设备表示。

为确保万无一失，她关上门后又推了一下，然后朝旁边的茶几走去。那茶几的腿是用木头做的，做工很复杂。她给我倒了一杯咖啡，也不问我要不要。

"看样子你能应对。"她把咖啡放在桌上，笑着说。她坐到我对面，双手交叉又打开。就这样坐立不安地过了一会儿，她站起来，将一张客人椅子拖到我旁边，又从桌下的小柜子里拿出一瓶苏格兰威士忌。她往自己的咖啡里倒了一杯的量，又弯下身往我的杯子里滴了几滴。她在笑，但她的样子并不开心。"你看起来也能应对这个。解醉酒。"她点燃一支烟，再递给我一支。我接过烟放在桌上，感觉在这里抽烟不合适。

"恩迪科特校长，我们就不要像第一次那样假装了。你知道我是谁，你说有重要的事告诉我。是什么？"

"我怎么记得一直在装的人是你呢，'杰克逊太太'？"她吸了一口烟，吐出一点儿烟雾，剩下的都吞了下去。我拿起我的烟点燃。"不过我们暂且不说那个。看样子你已经一夜没睡了。你呼吸中的酒精味也不轻。"我闭紧嘴巴，想藏起气味。我发现自己吐过之后还没漱口，然后又吃了薄饼。于是我大口地喝着咖啡，希望盖住口气。"你真的不先回家睡一觉吗？我们可以稍后再见。"

"恩迪科特校长，我不知道你所谓的家在哪里，但肯定不在这附近。我开了七个小时车才到这里。我在寻找答案，还有我的姐姐。"我揉着臀部，她看着我的每一个动作，"警察逮捕了我的男朋友，因为他涉嫌艾丽失踪一案。他们认为她遇害了，但我知道我的男朋友没有伤害她。事实上，我怀疑根本就没人伤害她。"她又吸了一口烟。我顾不上口气，朝她移过去。"我想知道到底是怎么回事。"

"伊里尼，你姐姐是一位非常麻烦的女士。她小时候我就认识她了，她一点儿都没变。抱歉给你发了那条神秘的消息。其实我见你的第一眼就认出你了。我知道你是被他们送走的那个女儿。"

"可你什么也没说。"我的样子像被送走那天一样难过，"你放任我假装自己是杰克逊太太。"这一刻我觉得自己好傻。装成另外一个人真的很丢脸，虽然我这些年一直在练习着这么做。

"说出来有意义吗？"她集中精力扯裙子上的线头，"就算我认识你也改变不了什么。你还是哈里福特家那个被送走的女儿，你母亲还是死了。"也许是意识到自己说出我生命中最痛苦的事实的语气太过刺耳，她又补充道，"我是觉得，戳穿你只会让你感觉不舒服。"她说得没错，我很感激她，脸上泛起一丝浅笑。

"为什么现在又要告诉我呢？"

"因为现在事情有了变化。我听说你继承了房子。你知道，艾丽是不会允许这样的事发生的。让给她吧，你应该感谢他们把你送走。"

让给她？感谢？我从未想过要对发生在我身上的事心存感激，直到几个星期以前，那时候还是因为我看到了我的家庭失调得多么严重。恩迪科特校长是外人，是在我妈妈葬礼上坐在最后一排的人。可是她既然这么说，一定有她的道理。我必须知道为什么。

我喝了一口咖啡："你知道他们为什么要把我送走吗？"

"当然知道了，宝贝儿。"一开始，她几乎笑出声来，可后来发现我没笑，她便转而对着我。她的神情严肃而困惑。"你不知道吗？"

"不知道。我这一生都在寻找答案。"我大口地喝着温热的咖啡。我确定答案正在向我逼近，就像《女作家与谋杀案》里的最后一幕：演员们聚在一起，见证罪行的宣判。但我不小心打断了恩迪科特校长的思路，她说话开始结巴。

"那么……"她开始说，但只简短地说了一句。她用力呼吸，试着集中精力。"对他们来说，那是一个非常简单的决定。无论在家还是在学校，你姐姐都是个问题孩子。她很麻烦，还去过精神病医院，众人皆知。霍顿这地方不大。她回家以后，他们发现不能同时抚养你和你的姐姐。他们试过了，但明显可以看出他们办不到。艾丽需要特殊照料。"

"没错，这我知道，虽然警察认为她没有精神问题，而且也没有任何记录。"

"当然不会有了。在那时候这可是很丢人的事。那是一家私立医院，记录都是保密的。"她局促不安地别开脸，"当年和现在不一样。"

"是那个叫'美丽田野'的地方吧，"我说，"那栋在村子里的任何地方都能看见的巨大建筑。可这也没有解释清楚他们为什么要把我送走啊。"

她又要给我倒威士忌，但我拒绝了。"没错，艾丽确实在那里待过。我年轻时在那里教过书。只是偶尔过去，根本不算正式工。"

"你教过她？"

"一两次吧。那是很久以前了。"她又往杯子里加了两杯量的威士忌，却没打算加咖啡，"伊里尼，你是被迫牺牲的那个人。你和你父母一起在家的时候，他们很痛苦，一直在等着你的姐姐回来。她在里面待了一年，又或者两年。他们知道你们不能待在一起。他们必须得做出选择。"她又开始关注她的裙子，找到另一处开线的地方。

"可我还是不明白，为什么是我？如果她是疯子，我是正常的，为什么不把她送走呢？"

"因为没有人要她。你母亲忧心如焚。"她把咖啡喝光了，"她非常爱你，爱你们。不管怎么说艾丽还是被爱着的。他们是在保护你，希望你在一个稳定的家庭里过稳定的生活。他们不能让艾丽自己去谋生。他们担心她。"

她转过头去，又倒了一点儿威士忌，一饮而尽。我心想，她喝这么多酒，还怎么教书呢？

　　"伊里尼，我不应该这么说，但你姐姐确实是个很不讨人喜欢的孩子。她很刻毒，对其他孩子怀有明显的恶意。我教书时亲眼看见的。她看他们的眼神十分凶狠。"她闭上眼睛想象当时的画面，然后睁开眼看了看我的臀部，"你知道她对她的狗做了什么吗？她把它踩死了。我告诉你，是踩死啊！你问乔伊斯就知道了，是她发现的。当时她手里拿着黄油刀，手肘和膝盖上全是血。黄油刀啊！"她的声音变得很慌张，花了点儿时间冷静下来，"想象一下，一个十三岁的孩子竟能做这种事。大家都害怕她。她似乎总有能耐做一些大人无法理解的事。"

　　我完全能够想象。我渐渐开始明白，艾丽和我也并非完全不同。我也是不讨人喜欢的孩子，问问玛戈特·沃尔夫就知道了。这是我第二次感激父母将我送走。如果我和艾丽待在一起，天知道会变成什么样。

　　"什么样的事？"我问。她盯着我看了一会儿，考虑我是否能够接受。看来她需要鼓励、哄骗才能吐出真相。"恩迪科特校长，恕我直言，现如今没必要保留什么了。我知道我姐姐是什么样的人。我们上次在一起的时候，她还给我下了药。我清楚她的能耐。"

　　"那我就没有理由对过去的事情遮遮掩掩了。你要知道，发生的那些事让你的父母崩溃不已。他们很爱你，曾经尽最大的努力照顾你。埃莉诺不在的时候还容易些，即便这样，她的阴影也笼罩在这个家里。"恰好在这个时候，一片乌云从窗外飘过，恩迪科特校长打了一个冷战，然后将杯中剩余的东西倒进喉咙里，"她回到家以后，他们别无选择。之所以留下她，是因为没有人会收留她。他们不知道如果你留下来会发生什么，所以不敢冒险。不是有那么一句谚语嘛，亲近你的朋友，更要亲近你的敌人。"

"你是说他们把我的姐姐当成敌人？真是荒唐，她还是个孩子啊。"

恩迪科特校长站起来，叹了一口气，似乎对我有些失望。她把手放在桌上，喝了四杯威士忌，必然需要一点儿支撑。"你真的把她看作一个普通的成人吗？你没看到我所看到的吗？"

我在想自己看着艾丽的时候，看到的是什么。我想起自己之前多么确定妈妈的死和她有关。那个女人是爱我的，我从不曾像现在这般深信不疑。

"我曾以为是她杀了妈妈。"

"如果你亲爱的母亲不是得了癌症，我们大家都会这么想。艾丽知道是你父亲决定留下她、送走你的。她从来没有忘记那一点，也一直没有原谅你母亲的偏心。"

"但我总感觉她遭遇了什么事，他们是出于愧疚才把她带回来的。"

"胡说。艾丽都跟你说了什么？别信她的。"

"是乔伊斯说的。"

她摇了摇头："一个爱管闲事、头脑简单的人。"

"你刚才还让我问她关于狗的事。"

"我说她知道那条狗的事，又没说她什么都知道。"

"不管怎样，我觉得艾丽是爱我的。她一直都在找我。"我站起来，凑近恩迪科特校长，把一只手放在她的胳膊上。我的触碰吓了她一跳，她往后退了一下。"所以我现在才要找到她，帮助她。爸爸死的时候，我不应该逃走的。"

"别！"她跳起来大声喊道。她将我的杯子碰倒了，咖啡洒在一沓看似学校报告的纸上。有一瞬间我以为她要抓住我，可她在最后一刻停了下来。"别去找她。把房子让给她，把一切都让给她吧。不要寻找答案，别把过去翻出来，你不知道自己会发现多么可怕的事。"

"会揭开旧的伤疤吗？"我讽刺地问。她又看了看我的臀部。她比我还了解我自己。她的脸色就像刚下的雪一样苍白，眼睛像尿液一样泛着黄。

"什么旧的伤疤？"

"没什么，"我说，"是我爸爸说的。"我把剩下的咖啡放在桌上，擦干洒在膝盖上的咖啡。"但我必须找到她，因为警察逮捕了我的男朋友。他们在房子里找到了她的血。"恩迪科特校长皱起眉头，一脸担忧，好像她低估了艾丽失踪的本质。"但安东尼奥是无辜的。他没有伤害艾丽。"

"可是他们找到了血。也许是我错了，也许她真的遇害了。"她往后退，一只手捂住嘴，"噢，我什么都不应该说的。"

"她没有遇害，恩迪科特校长。她病了，精神有问题，"我敲着头说，"给我讲讲'美丽田野'吧。也许我可以向警察证明她有精神问题，好让他们知道自己下错了结论。"

她摇了摇头："'美丽田野'只剩下一个空壳。十五年前几乎烧光了。有些病人死了。里面什么都没有，就连记录也没有了。"她一定看到了我脸上的表情。那表情一闪而过，我自己都没意识到。当我知道安东尼奥在撒谎，而他自己都还没察觉时，当我知道自己听说的只是故事的一小部分时，就会露出这样的表情。"是啊，人们纷纷猜测起火的原因。村里的每一个人都知道艾丽有不良历史，有一些人知道她小时候在那里待过。对于发生在那个地方的某些见不得光的事情，大家议论纷纷。伊里尼，80年代的精神病医院可不是什么好地方。许多人认为艾丽不检点的行为和她在精神病院的经历有关。当然，我没有亲眼见过什么依据。"

我想起艾丽喜欢火柴，喜欢闻指甲烧焦的味道。"你觉得是她烧的？"

"我怎么想不重要。重要的是你怎么做。你爱你的男朋友吗，被警察带走的那个？"

"这和我姐姐有什么关系呢？"我问道。我发现我的衣服上起了个褶子。

"我是说，他对你来说重要吗？离了他你能活下去吗？"见我没有回答，她开始自行假设，"那就忘了他吧。伊里尼，他来过这儿。我看见他们在一起。他自己卷进来的，据大家所说，他的行为也不怎么端正。"她说着坐进校长椅子里，交叉着双手。她的手指像一窝多节的蛇。我听到窗外刮起了大风。"你父母让你远离艾丽是有原因的，我也建议你尽量和她保持距离。不要为了那个安东尼奥去找她。"

第 35 章

　　我靠近房子，慢慢地行驶在私家车道上。大门上了锁，残留的黄色警用带在风中摇曳。门没有自动打开，我便下了车。我拉下门闩，将两扇门推开，让它们紧靠着后面的针叶树。我等待某人出来阻止我，可是没有等到。

　　我往停车的地方走去，依稀想起了什么。我不知道是那排橡树在路旁摇曳，还是这片草将泥泞的道路分成了两半，也许是碎石在脚下嘎吱作响，也许是发动机在轰轰地运行，总之好像这一切都能让我想起妈妈将我放进杰米玛姑妈的车里那一刻。交接就在我家门前进行。我几乎能想象出车停在前方的样子。我看着房子，心里想着妈妈是否要求过必须在这里交接，这样的话离家很近，我才不会哭闹。

　　我回到车里，像艾丽平时那样把车停在车库外。我敲了敲门，希望弗兰克或乔伊斯也像其他东西一样被封锁在了犯罪现场。没有人应门。我绕到房子旁边，朝厨房走去。后门封住了，但没有锁，于是我推门而入。

　　房子里一片安静，只有那口老爷钟在走廊里嘀嗒作响。我听着记忆中的声音，我在厨房的地上爬的时候，妈妈用言语鼓励我。我什么也想不起来，好像这个地方连同回忆一起死了。我看了看通向我房间的楼梯，但没有上去，而是朝主楼梯走去。

我探着脑袋去看之前放棺材的客厅，里面的陈设都没变：沙发被推到一边；被拍得胀鼓鼓的花枕头散落成三堆，以备使用；画像都完好地放在原地；笨重的窗帘半掩着，上面的短帷幔如垂下的眼睑一般软弱无力。我退出去，走向书房。看样子警察来过这里。电话和书架上贴着小小的便利贴，门把手上还有灰尘指纹。我低头一看，发现自己的手上沾着灰。远处的墙上挂着一个像门一样的画框，后面是一个保险柜。里面是空的，东西都在安东尼奥的车里。我在腿上擦了擦手，离开了书房。

我朝楼上走去。栏杆上有一块血迹，旁边贴着黄色的便利贴。我往前走，来到爸爸的卧室。我想进去翻翻看。也许能找到一些妈妈的东西，比如一条带有她气味的裙子和一些不适合放到保险柜里的首饰。也许还会找到一捆写给我的信，是她过去那些年写下的，却一直没有勇气寄给我。而此刻我不确定自己是否有勇气看这些信，于是我关上门，继续往前走。

我又打开了两个房间的门，里面的东西都没有被动过。我来到最后一个房间，推门进去，看到了那张双人床，床单被套都是皱的。我还看到了血迹，只有几滴。那不是争斗时留下的，那是两相情愿的伤口，是那种女人会笑着接受的伤口。那种伤让人痛并快乐着，会让我们觉得自己在男人面前更有魅力。床架上挂着手铐，手铐的边缘有血迹。枕头上也有红色的痕迹。

这个房间与整座房子不相称，就像一个懒得打扮的女人穿着性感内衣。床头上方挂着艾丽的半身照，那是一张放大的黑白照，她的脸完美地定格在阴影里。她把头向后斜，赤裸的手臂充满诱惑力地抱在胸前，让我想起了80年代的麦当娜。房间里也充满了80年代的人造塑料，还有许多桃红色的蜡笔和靠垫，镜子周围用荧光灯管照明。好像一个时光隧道，和我想象中的不一样。

　　房间的床头柜上有一台CD播放器，旁边是一叠唱片。我拿起来翻了翻，里面有普契尼的《蝴蝶夫人》，那是我妈妈最喜欢的歌。我打开播放器，里面是空的，于是我把唱片放进去，按了播放键。很快，如我所料，一个女高音极为痛苦地唱着重复的调子，响彻整个房间。我听着歌，想起那个故事：一位母亲和她的孩子告别，希望他记住她的样子。妈妈听这首歌的时候想起我了吗，是否在祈祷我能记得她？艾丽曾说在那之前那是我们的妈妈最喜欢的歌，那是什么意思？在什么之前？在我们分开之前吗？

　　我放着音乐，避开血迹坐到床上。我把头往后靠，眼睛看着天花板。我闻着他的味道，好像他就在这里。生姜与豆蔻混合的味道，在我依偎过那么多次的、好闻的领口上。我知道他来过这儿，和她在床上翻来覆去，留下他身上的味道。我伸手过去，打开台灯。床头柜上同样覆盖着黑色的灰尘，玻璃杯和浅褐色的塑料听筒上被采过指纹。她就是用这台电话打给他，引诱他来的吗？她给我打了那么多次电话，也是从这里打出去的吗？电话的旁边有一个盘子，里面装满了火柴烧完后的黑梗。我伸手拨弄了一下挂在床上的手铐，然后看着艾丽的照片。

　　"你在哪里？"我问。

　　我拉开她的床头柜，寻找线索。里面有几本杂志，其中一本叫Elle（法国时尚杂志），这并不奇怪。主要讲的什么？《如何重新开始》，接着还有一个副标题：《彻底了断百宝箱》。此外，里面还有几瓶身体乳液和至少五瓶护手霜，以及一瓶眼药水。还有几根手链。一盒火柴靠在倒扣着的首饰盒上。更里面有一个振动器和一支润滑剂。

　　除此之外，里面还有几个相框，都是艾丽的照片。其中一张是小时候的，她正盯着镜头，没有笑。我拉出相框，想把它立起来，可是相框的腿断了。我拿起来一看，才发现整个后面都松了。我把照片取出来，发现后面还有三张照片。都是艾丽的照片，而且是裸照，背景就是这个房间。其中一张她正对着镜头笑。另一张照片中，她整个儿趴在床上，是从后面拍的特写镜头，上面还留有拍摄之人的手指尖。在第三张照片里，她戴着手铐，身体在扭动，镜头后的人在看着她。我把那些照片扔进抽屉，有些难过，也有些尴尬。为了被需要，她可以为任何人做任何事。我们并非完全不同。可之后我又想，那些照片会是安东尼奥拍的吗？如果是，也许就能向警察证明她是自愿的。我看着照片上的手指尖，它是安东尼奥的吗？也许吧。我又把照片拿出来，塞进了牛仔裤的口袋里。

　　我往后退时，发现地上有东西。它几乎藏在床头柜下，只露出一个角。我蹲下去，用指尖一点一点地掏，再用肩膀将床头柜往后推，终于把那张卡片取了出来。凡是藏起来的东西都可能派上用场。

　　我把它掏出来时，认出了上面的蓝色字母和名字。"格雷格·沃特森，投资银行家。"我大声读出来，这才想起我有马特的名片。我从外套口袋里掏出名片，它的边缘变得又皱又脏。音乐快到高潮时，我起身关掉了播放器。我不假思索地拿出手机，拨通那个号码。

　　"你好，马特·格思里。"电话响了两声他就接起来了。他听起来注意力有些不集中，而且周围很吵。

　　"马特，是我，伊里尼。"有一会儿他没有说话，我突然觉得自己好蠢。也许我没明白他给我卡片只是出于礼貌，而其中有不成文的规定，那就是我不该给他打电话。"我们几个星期前见过的，还有我的姐姐艾丽。"背景里的噪音减小了，我听到关门声。

　　"伊里尼，我记得你是谁。我只是没想到你会打电话来。但我很高兴你能打来。"

"马特，我姐姐出事了。"

"是，我知道。"我听到椅子的嘎吱声，"我在当地的新闻上看到了，昨天警察还来找我问话。"

"他们问了什么？"

"就是我们在一起那晚的事。关于艾丽给你下药的事。"他重重地叹了一口气，"我以为他们要以涉嫌强奸罪逮捕我。我想他们以为和我有关。"

我将卡片翻过来，用它敲着床头柜："警察找格雷格问话了吗？"

"问了。他很难过，一直想帮忙。他周末和未婚妻一起出去了。自从旅馆那晚以后，他就没见过艾丽了。你在哪里？你是从伦敦打来的吗？"

"不是。我在我家的房子里。我是开车来的。"我想告诉他安东尼奥被逮捕的事，可是话到嘴边又说不出口了，"我想离得近一点儿，看看事情有没有进展。"

"伊里尼，关于这件事有很多流言。关于你姐姐、格雷格、你父母，还有艾丽的遗产。"我多希望能把知道的一切告诉他，可我又觉得自己是个想把生活一分为二的骗子。"小村子就是那样的，"他继续说，"人们就爱议论纷纷。"他停了一会儿，见我没说话，又说，"伊里尼，你父亲去世了，我很遗憾。看起来你远离那些事是最好的。"

"也许吧。看样子我是因为艾丽有精神问题才被送走的。你说得没错，他们那么做的确有苦衷。他们的苦衷就是艾丽。她从精神病医院回来后，我就成了受害者。我的父母也是。"我能这样想自己都觉得很惊讶。可能我早已认同妈妈是个受害者，她是一个按照丈夫计划行事的好妻子。也许我的爸爸也被自己的决定困住了，被艾丽困住了。他的手不听使唤，让他不得不去做自己也不认可的事。我试着想象他们的感受，一个深爱的女儿是残疾，另一个在接受精神科护理。一个回家了，另一个得不到照顾。这和杰米玛姑妈说的抑郁症没有关系。我试着站在妈妈的立场去感受，这比爸爸的立场容易些，但我还是无法体会。我的心理还不够成熟，所以体会不到。"无论过去发生了什么，都不重要了。现在，我得找到艾丽。"

"你打算怎么找？据我所知，她一点儿下落都没有。"这时我才反应过来，我真的有计划吗？我也不确定。于是，我专注于一个想法：证明安东尼奥没有罪。

"你是在附近长大的吧？"我问。

"嗯，"他似乎很吃惊，"你还记得啊？是的，你问这个干什么？"

"你知道一个叫'美丽田野'的地方吗？是一个老医院。"

他停下来想了一会儿："在附近长大的人都知道。那地方很大，离霍顿不远。你可以从村子里看见它。那里再也不是医院了。九十年代初，那里的一部分被烧毁，后来就关门了。"

"只是一部分吗？"我看了看床头柜上那一堆烧过的火柴，又看了看艾丽那带着烟熏味的照片。如果只是部分被烧毁，那一定还能找到有用的东西。"你知不知道它在关门前有没有将原来的记录转移？是这样的，警察认为艾丽没有接受过精神治疗。因为那记录被秘密保存着，所以他们才没有找到。如果我能证明她接受过治疗，那么其他事也就另当别论了。他们抓了一个男人，认为他伤害了她。"

"是安东尼奥吗？你的男朋友？"

一瞬间，我无话可说。我艰难地吞了一下口水，然后继续说："你是怎么知道他的？"

"是艾丽告诉我的。"我听到电话那头传来敲门声，马特站起来的时候椅子也在嘎吱响。我听到他对来人说，他现在正在和一个重要客户通话，不方便谈话。我在想我是多么轻易地就为艾丽铺好了路，让她又回到了我的生活中啊。如果她知道死一个人就行了，我确定她多年前就会把我们的妈妈干掉。"抱歉，"他回来以后说道，"是艾丽告诉我的。"

我叹了一口气："是的。我在这里的时候，她和他通过话。我想她是在我们发生那件事以后告诉你的吧，这也不足为怪了。"

"伊里尼，不是的。她是在你来这里之前告诉我的。她说她妹妹有个男朋友叫安东尼奥，还说他是意大利人，你们住在一起。我以为你不想让我知道他，我还以为这是好兆头。"

为了调节气氛，他轻声笑了一下，可是我打断他："在我来这里之前？可是我来这里之前她并不认识安东尼奥啊。"

"是吗，可她真的和我说起过他。在你来的几个星期，或者一个月前吧。她说你是医生，他是主厨，他还拥有自己的餐馆。还说你们住在伦敦，你很快就会来这里。"

"什么？但那说不通啊。你告诉我——"我正要说话，却被门闩的声音打断了。我一下子站了起来。"等等，你刚刚开过门吗？"我小声问道。

"没有啊，我就坐在桌前。怎么了？"

这时，我又听到了，是门撞到什么东西的声音。然后又是一声响，是什么东西碎了的声音。

"伊里尼，我听到了。那是什么动静？"

"有人在这里！"

我跑下楼去，从我祖先的画像前经过，急急忙忙地拐过一个转角。我浑身发抖，呼吸就像手提电钻一样。马特在说话，但我把电话放在身侧，根本听不清他说了什么。一阵寒风吹来，针叶树沙沙作响，然后我就看到了敞开的大门。老爷钟还在走着，我走到门厅里，看到警用带在飘动，仿佛艾丽用手指在我腿上模仿蝴蝶拍打翅膀。

中式茶缸碎了一地，它的上方有灰尘粒子在旋绕。摆动的门一下一下撞击着方尖塔形状的台子。我听到电话那头在叫我，于是拿起手机放在耳边。

"伊里尼，你还好吗？"

"房子里有人。"我跑下楼梯时，手擦到了栏杆上的干血迹，便利贴飘落在地上。我走到门口时，没有看见任何人影。

"别留在那儿，赶快离开。"马特说。

我掏出钥匙，一瘸一拐地走到车库，我的臀部比任何时候都难受，疤痕一阵阵地抽痛。我跳进车里，将手机扔在乘客座位上，然后启动发动机，一溜烟儿地开走了，留下一路的尘土。我迅速开出大门，最后看了一眼后视镜。这时，我看到艾丽站在尘土中，她的头发搭在脸上，眼睛很深邃，身上很脏。于是我猛地踩下刹车，车子在泥巴路上打滑。我把手搭到乘客座位后面，迅速转过身左右查看，可是她已不知去向。我刚才确实看见她了。之后，我回到座位上，解开中控锁，将油门一踩到底。

我带着口袋里的几张照片——我现在确信照片是安东尼奥拍的——朝村外的小山驶去。我看见老医院就在远处，白色的木板在阳光中闪闪发光，薄雾像蒸汽一样从地面升起。

马特在给我打电话，手机在一旁不停地响。但我不能接。我必须集中注意力。我的目标只有一个，那就是真相。我必须回到故事的最开始，那意味着我只能去一个地方。

第 36 章

我的车行驶在密密麻麻的乡村小路上，路上有满地的青草，头顶是蓝色的秋天。我经过交汇的溪流、几个农场和满是油菜花的黄色田野。我不知道开到了哪里，只是一路追随着林木线上那时隐时现的白色塔尖。收音机里放着《旭日之家》(*House of the Rising Sun*)，然后是《加州旅馆》(*Hotel California*)。第二首歌放到一半的时候，树林变稀疏了，簇叶丛生的土地变得平坦，那座古老的建筑一览无遗。头顶上方有一个破损的标牌，木头已旧，字迹已残，只能看见"美丽田野康复医院，体弱多病者和精神病人之家"几个字。

我在一条裂开的柏油路的尽头熄了火。音乐停止了，只剩下风的呼呼声和几声鸟叫。我看了看手机，见没有信号，便将它放进口袋，下了车。

建筑的四面围着栅栏，金属网上到处是危险标志：小心！它们在风中疯狂地拍打，好像被困住了，正试图飞走。我站的地方很平坦，远处，医院的主建筑挺立在更小的建筑之间。我绕着周边走，欧洲蕨妨碍着我的移动。后来，我发现栅栏上有一个缺口。我蹲下身挤过去，不料外套被断掉的金属网钩住了。过去以后，我站起身，拍了拍弄脏的膝盖。到了另一边以后，我发现中央建筑看上去更大了。它高耸在眼前，好像在威胁我一样。

我来到一座小的建筑前，火灾后留下的黑土吞噬了墙上的木板边。我从破碎的窗户往里看，只见里面有如空壳，正如恩迪科特校长所说，像是一个伤口的内部，又黑又深。这里还能闻到煤烟和木炭的味道。火就是从这里烧起来的吗？到底是不是艾丽点燃的呢？

　　我继续向前，想看清楚那栋主建筑。走近一看，它的外观非常宏伟：前面的圆形石柱就像帕特农神庙的柱子一样，上面还有一片片灰绿相间的"老年斑"。我想象爸爸开着车慢慢靠近，对这里的奢侈印象深刻。这里的柱子很雄伟，窗户很高，还有华丽的尖塔骄傲地冲破屋顶。我想象他看了一眼塔尖，心里想着自己的安排没错。虽然后来是他想要留下艾丽、送走我，但我确定，如果能选择的话，他会让她留在这里，而不是家里。他是说一不二的人，是拿主意的人，是行动派。他发现了问题，就会尽量找到解决办法，就像他坚持将我送走一样。

　　我走上台阶，向大门走去，巨大的拱廊将我吞没。和整座建筑的其他地方相比，大门显得很小，就像娃娃屋一样。门上有一个标志：小心。我不惜破坏规矩，推了它一下。走到门前我才发现，一条又粗又重的链子将门锁住了。我需要断线钳才能进去。我摇了摇链子，然后放开手。链子打在门上，咔嗒作响，我看到更多干巴巴的油漆脱落下来。

　　我沿着整栋建筑的边沿走，来到一个角落。在一片常春藤下面，有一根熟铁做的栏杆，那里是另一个入口，有一段台阶通往地下室。我看见一个金属制的小标牌，上面写着：访客。我跟着箭头，抓着栏杆，走下布满攀缘植物的台阶，幸亏那栏杆还算结实。走到最后一个台阶，我扭动门把手，门似乎没有锁牢。我抬起肩膀抵着门，用力一推，门开了，常春藤的叶子和尘土一同飞扬。我溜进来了，心跳得很快。

　　此刻，独自一人站在黑暗中，我想起自己来这鬼地方的原因。

所有爱消失的地方

我不仅要向警察证明安东尼奥没有伤害艾丽，还要向自己证明艾丽是真的疯了。此外，我还想找到证据，证明我为什么被送走。多年的分离让我被打上了"没人要"的烙印。这墙内可能有我要的答案，某条简单的信息可能改变我的生活，这让我无比兴奋。

穿过几条昏暗的走廊，我来到一间屋子中央的大浴室，浴室两旁有厚厚的绿色橡胶窗帘，它们已然残破不堪。墙上的漆斑驳脱落，就像墙在蜕皮一样。也许这是一个旧的水疗室。所有东西的表面都蒙上了灰尘，我听到某处传来滴水声。我看向下一个房间，只见一排维多利亚女王时代的水槽依次排列着，现在看起来仍然很漂亮，像是专门设在老房子里用以再现时代特征的东西。

我穿过又一条走廊，沿着楼梯走上楼去。阳光照耀之下，房间门都开着。我走过去，脚步激起陈年的污秽，一道道微弱的光线照射着空气中灰色的尘埃，宛如一根根手指。上面比下面冷一些，风从破碎的窗户吹进来。墙被漆成了五颜六色，犹如出自孩童之手。一轮黄色的太阳中央漆着"康复"两个字，字迹歪歪扭扭，十分幼稚。我联想到恩迪科特校长接待处墙上的画。说到恩迪科特校长，我想起这栋建筑并没有如她所说被火烧毁了，不像第一栋那样。是她的失误吗？她为什么那么确定这里被烧光了？

"这里一定是孩子们的活动场所。"我走过一个类似礼堂的地方时，暗自说道。墙边堆放着椅子，还有的椅子乱七八糟地倒在地上，好像经历过一场龙卷风。窗户都很脏，有的上面还挂着破窗帘。我担心我一碰到窗帘，它就会在手上碎裂开来。

这个黑乎乎的地方将我接近真相时感到的兴奋吞没了。它仿佛围困着我，让我看不见出路。天知道这里的病人是什么感觉。但墙上的那些画又给了我希望，希望曾经的这里比我想象中好一些。即便如此，这里的潮湿味道和我的身体反应还是无法忽视。我伸手捂住鼻子，试着用嘴呼吸。可是我受不了，还差点儿呛到了。我将外套拉起来盖住嘴巴，用手按着。

这里还有涂鸦。有人在墙上画了一幅耶稣受难图，还在上方写着：你们会为在这里对我做过的事付出代价。我穿过迷宫一样的房间，经过翻转的桌子和废弃的物品，那幅画一次又一次地重复出现。那句话让我想起乔伊斯说过的话。知道他们是怎么对她的以后，他觉得那样不妥。他们必须把她带回家。这就是原因吗？艾丽在这里受到了虐待？被那些本该照顾她的人虐待了？

我走过一条狭窄的走廊，里面很暗，只有一扇透光的小窗户。走廊的一边是一排相互隔开的囚室，有的装了软垫，有的只有混凝土。所有的门都打开着，其中一道断成两半，好像有人穿了进去似的。门里面有涂鸦：你们会在这里遭到审判。我抑制住眼泪，生平第一次确定艾丽的生活可能比我的更糟，她可能和我一样心灰意冷。

我爬上一道嘎吱作响的楼梯，这层楼显然是他们的管理部。我打开一扇又一扇带玻璃窗的、易碎的门，并不知道自己在找什么。我走得很慢，确定这里就是摧毁我家庭的地方。这里发生过什么事，被我父母撞见了，它改变了一切。我不想错过真相。他们在这些墙内播种、浇水、催熟，直到我姐姐被彻底毁掉。若没有这个地方，也许我们一家人是生活在一起的。我放下外套，吸进陈腐的空气。

推开下一扇门时，我有了一丝希望。毫无疑问，这里是档案室。许许多多相间的小格子里放着一排排文件，像图书馆一样。我冲到第一个架子上，拿起一个米黄色的文件夹，它脏兮兮的，上面还有编号。但之后我的兴奋消失了，因为上面没有名字。我又拿起第二个文件夹，上面仍然只有编号：0021-94-59。没有名字就不可能找到艾丽的档案。

我打开第一个文件夹，里面的纸已经变成棕褐色，落满灰尘。这是夏洛特·格林的档案，她患有躁郁症。"现在叫双相情感障碍。"我小声说。里面附了一张斑驳不清的照片，小夏洛特·格林脸上的绝望向我席卷而来。"多么愚蠢的体制啊。"我将文件夹扔回去，打开了第二个。内封面上有一个年轻男子的照片。"克里斯托弗·格林，26岁，收于1959年，患有精神分裂症。"我还记得第一份文件夹上的名字，为避免弄错，我又拿起来看了一眼。没错，夏洛特·格林，克里斯托弗·格林，文件夹是按字母顺序排列的。

　　我继续打开文件夹，看上面的名字。我发现，其实有些文件夹的脊上是写着名字的，只是大部分都褪了色，看不出来了。马上就要找到哈里福特了，于是我继续往下翻，等着G变成H。但这时我有了另一个想法——马特。我拿出包里的名片一看，马特·格思里。他说他也接受过治疗，不是吗？他有可能一直都认识艾丽吗？

　　我不是很想看，好像这样是在窥探别人的隐私似的，而我没有权利这么做。这份档案就像是他卫生间里的陈列柜。但我还是情不自禁地拿起那个写着马特·格思里的文件夹。我打开一看，童年的他正盯着我，金色的卷发垂在悲伤的眼睛前。

　　我拿出手机，发现还是没有信号。我走到窗前，等着手机接收到网络。刚一有信号就有人打电话进来，是马特。

　　"噢，谢天谢地，你终于接电话了，"他呼吸急促地说，"我都打了半小时了。我在去霍顿的路上。你在哪里？和艾丽在一起吗？"

　　"没有。"

　　他的呼吸放松下来。"你说房子里有人……"想象中的事没有发生，他松了一口气，"告诉我你在哪里，我来找你。"

　　"我在'美丽田野'。"

"噢。"他停顿了一下，"你去了那里？好，在外面等着。我们在栅栏前的那条路上见。"我听到发动机加速的声音。

　　"太晚了，我已经进来了。"我看着内封面上他的童年照，心想，他和我姐姐有多熟呢？"我在档案室。"

　　"在档案室？你看到了什么？"

　　他保持沉默，我便展开猜测："为什么不告诉我你小时候就认识艾丽呢？"有一会儿，我听着他的呼吸和吞口水的声音。之后，通话断了。

第 37 章

　　我从窗户看着马特穿过"美丽田野"的操场，他脚步飞快，算是小跑过来的。我坐在窗框上，膝盖上放着他的档案。自从他挂掉电话后，我没有移动过，有十五分钟了吧。我离开"母山"的时候他一定就从爱丁堡出发了。走到建筑附近时，他消失在我的视野里，只一会儿就来到了档案室。他一定对这里很熟悉，知道该怎么走。

　　"伊里尼。"他一冲进来便叫我的名字。他的脸很红，眉毛上有汗珠。我举起他的档案。

　　"我没有看。"我有些愧疚地说。他在原地站了一会儿，眼睛在地上瞟来瞟去。

　　"听我解释。"他向我冲过来，我没有阻止他。他拉起我的一只手，就像在宾馆时那样。他触摸我的感觉很好，他抓得很紧，力道很足，让人感到安慰。见我没有抵抗，他便进一步将我抱在怀里。放开我的时候，他说："谢天谢地你没事。你说房子里有人，我就立马放下工作赶了过来。如果你出了什么事，我永远都不会原谅自己。"

　　他找了两把椅子放在窗边。我们坐下来，好像在录访谈节目似的。他把手放在两腿间扭动，样子很紧张。他西装笔挺，衣服上泛着光泽。他看起来和之前不太一样，更加严肃，没有胡楂儿，一脸担忧。我很想告诉他没有关系，不用这样。我既想让他别解释了，放轻松，又想知道真相。无法回头了。

"我之前应该告诉你的。你完全有理由生我的气。我只是不想承认自己在这里待过，"他扫了一眼周围的墙说，"我很羞愧。"

"为什么？你以为我会怎么样？"我试着让自己的声音听起来柔和一些，好让他安心，但我感觉此时此刻无论我说什么都像是在指责。

"也许你会像看待艾丽那样看待我。我不希望是那样。"这点我不能否认，我从来没对艾丽友好过，"再说我也不想记起这里发生过的事。这不是个好地方。"他抖着胳膊脱下外套，又解开领带，好像那领带要将他勒死了似的，"我在这里度过的日子非常艰难。"

"我想知道发生了什么，马特。"

他坐了回去，手放在膝盖上："嗯，我知道。我只在这里待了几个星期，就在我父母离婚后。医生说我需要待在这里，我父母相信了。他们因为离婚而内疚，什么都愿意做。"他擦了擦眉毛上的汗，"你也知道，我没能好好地接受事实。我很崇拜我的爸爸，以为没有他我根本活不下去。我开始在学校、在家里调皮捣蛋。他们带我到这里改毛病。但没用，情况反而更糟。"他看着地板，不敢与我对视。我迫切地想说些什么，但这么做的话会打破平衡，然后他瞬间就会意识到自己根本没必要向我解释。于是我等着，过了一会儿，他又开始说话。"警察对这里做了调查，报纸上还曝光了。医生把病人绑在床上，对他们实施休克疗法，毒打他们，还对女孩做不雅的事，她们有的还不到十岁。对男孩也是一样。我挨了几鞭子，他们想击垮我，但我父母趁早把我带了出去。其他人可就没那么幸运了。"

"你是说艾丽。"

"是的。"他还是无法直视我，"她在这里待了很久。我很快就认识了她，我们成了朋友。"我拉起他的手，很高兴在这期间他陪在她身边，哪怕很短暂。"那些受过伤害的孩子们离开这里，长大了，可那些伤痕伴随着他们的一生。"他撩起一簇头发，指着前额上那道小小的三角形疤痕，"艾丽也有一道，是用刚从壁炉里拿出来的拨火棍烫的，代表我们是不听话的孩子。"我想起她脸上的小伤疤，我还一直以为是水痘呢，真是大错特错。我在想，我的生活真如自己想象的那么糟糕吗？

"抱歉。"我说。他说话的时候，我想抱着他，安抚他。终于水落石出了。我朝他移过去，但他又开始说话了，于是我停下来，让他继续说。

"那些受伤的小孩长大后愤愤不平，他们想要正义。有的人来到这里，在墙上写字，到处乱砸一通。你一路上来，一定也看到了那些涂鸦。有的人还诉诸法律，但打上法庭的案子少之又少。我和艾丽保持着联系，因为我们住得很近。我感觉我们能相互理解。所以后来我们又回到这里。我以为我们是来找点儿小麻烦，做些打破窗户之类的蠢事。但艾丽计划把这里烧光。她在被褥保管室里点了火。他们在火势失控之前就把我们赶了出去，然后将火扑灭，谢天谢地。之后，我向妈妈坦白了这件事，她带着我搬走了。艾丽和我失去了联系，不过老实说，这样倒也轻松了。我后来意识到，为了感谢她的陪伴，我当时几乎愿意为她赴汤蹈火。"

"然后，大约在一年前，我和她在健身房偶遇了。一开始我还躲着她。后来格雷格卷了进来，我们便成了朋友。一个月前，她给我看你的照片，说你马上要来这里，还让我帮你们重归于好，我没办法拒绝。小时候她就很强大，经常帮助我。我觉得我欠她的，所以照做了。知道了她经历的那些事后，我特别希望她好，所以我答应带你逛逛。"

"可你告诉过我，艾丽说她妹妹死了。"

第 37 章   273

"我知道，我知道。"他面带愧色地抓着拇指，"为了引起关注，她总说那样的话。她会说谎，夸大事实，好让人们印象深刻。她总爱编瞎话，博取同情。我有点儿为她难过。抱歉，我这么做太不对了。"

我伸出手，碰了碰他的膝盖，用拇指在上面划了一下。我父母去世以后，马特是唯一一个像我一样了解艾丽的人。虽然他瞒了我，但我还是很感激。"已经不重要了。"

"也许吧。但重要的是另一件事，我真不该瞒着你的。你走后，艾丽来找我，说有人威胁她，要把她在'美丽田野'的档案公之于众。她看上去很害怕。她还跟我说，那个威胁她的人知道多年前放火的人是我们，还说我被认定为元凶。她告诉我，她要消失几天，如果我帮她遮掩，一切就会过去。我不想纵火的事被查出来。我已经拥有不错的生活，而且热爱我的工作。我不想因为小时候犯的错而失去这一切，所以我照做了。我替她遮掩了。"

我首先想到的是，她现在很安全。但我问出另一个问题："她的档案里有什么，她那么害怕被揭穿？"

"我不知道。"

我踢开椅子冲到架子前，马特紧跟在身后。"也许她的档案还在这里。"

"有的放反了。"我们仔细寻找的时候，马特喊道，"伊里尼，过来，我找到了哈里福特的档案。"他将档案往外抽，我跑了过去。他打开文件夹看了一眼，又停下来，一脸困惑地看着我。

"怎么了？"我抓着文件夹问，"是艾丽的档案吗？"

"不是。"他把文件夹转过来，我看到书脊上褪了色的字，"是一个叫凯西·哈里福特的。"

"凯西？我妈妈叫卡桑德拉。"我伸手拿过文件夹。翻过前面几页，我看到一张照片。照片上有个很可爱的婴儿，腿和脚被拍成了特写。水疗记录。"这名字绝不是巧合，但我不知道这是谁。她是哈里福特家的人，但和家人分开了这么久，我也不可能认识她了。"

"是堂姐妹吗？"

"我看不像。你看出生日期，"我拿起档案，指着里面的资料说，"1984年2月，那是我出生将近两年后。如果她是我的家人，我应该知道。我是三岁半才被送走的。"

"也许她也被送走了，而你不记得。"

我靠在身后的架子上，灰尘飞起来，像雪一样落在我的肩膀上。我任凭档案落在地上，咳嗽着清了清嗓子。

"这也是有可能的。"马特坚持说。

"不，哈里福特家只有一个女孩被送走了。"

我们坐在一堆旧档案中间，他伸手碰了碰我的腿。我感受到了那与之前一样的火花。这一次没有药，只有我、他和真诚。"是的。但你记住，遗嘱上只有一个人的名字。你的名字。什么都留给你了。"

这又一次提醒我，我在这趟浑水里陷得太深了。遗嘱，这个让我看起来有罪的东西，包含着我父母用以偿还罪孽的血汗钱。我想起它还在我的口袋里，想起接下来得去拜访惠若林顿，好放弃爸爸留给我的东西，并让他再去和警察谈谈。可之后，我又想到爸爸把它放在我包里的用意。信封上写着"伊里尼·哈里福特"，那是我的名字，错不了。我从身后的口袋里扯出遗嘱，将那揉皱的纸摊开。"把档案给我。"

马特把凯西·哈里福特的档案给我，我把遗嘱翻过来，找到写在背后的编号。我对着两份文件看了一遍。手写的编号和档案上的一样。最后六个数字是凯西的生日。

马特走到我旁边，用一根手指划过那些数字："伊里尼，两串数字是一样的。这是什么？"

"是我爸爸的遗嘱，他给我的，这串数字是他手写上去的。"

"这么说来他知道这个档案。"他用手指敲着数字，我抬起头，看见他的睫毛上有很多灰尘粒子。他见我盯着他，便移开目光，脸颊微微泛红。

"也就是说他知道一个叫凯西·哈里福特的小女孩的存在。"马特点点头，又若有所思地移开目光，"怎么了？你想到什么了吗？"

他的表情就像要宣布什么坏消息似的。他靠坐回架子前，嘴巴张开，两颊深陷："这就说得通了。"

"说得通什么？"

"艾丽告诉我她的妹妹死了。"他低头看了看档案，又看着我，"也许她没有说谎。也许她说的不是你，而是她。"

"另一个妹妹？不可能。如果有，我一定知道。"

"你还有别的家人吗？可以问问他们。"

"只有姑妈，可她不接我的电话。我想，还有几个表兄弟姐妹吧，但我没有他们的号码。"

那一刻，马特伸过手来，碰了碰我的脸颊，擦掉了什么东西。我发现，在认识他之后这段短短的时间里，我感觉离他这么近，比和安东尼奥还近。他接过档案，开始翻看。

"你在找什么？"

"我不知道。也许能发现有用的东西。比如她出生证明的复印件或者旧地址之类的。"他一页页地翻完，"什么也没有。"

"对了，我们知道她的出生日期，可以在网上查找出生证明吗？"他问。

"也许能吧。不过，不是有什么地方保留着这一类记录吗？"我想起自己当初级医生时看过的无数死亡证明，想起太平间的人总是催我快点儿，好让家属进行死亡登记、举办葬礼，"应该有个办公室专门登记这些，你知道有可能在哪儿吗？"

"不知道。"他边说边起身，向我伸出一只手。我牵起他的手，被他拉起来。"不过，我们可以在路上查到地址。"

第 38 章

我们决定开马特的车，车上路的时候，我给档案局打了个电话。那里现在还开着门，要一个小时后才关。但我们距离那里有二十英里。如果路上堵车的话，我们就来不及了。车开出至少五英里后我才转身面对前方，但我还是不太确定，总觉得艾丽开车跟着我们。每到转弯时，我都会忍不住扭过头去看。

我给麦圭尔警官打了电话，告诉他我在艾丽的抽屉里找到的照片，还有马特跟我说的那些事。他让我把照片扫描一份，通过邮件发给他们，于是我用手机发了过去。很难想象，发现男朋友和姐姐上床之后，我竟然如此冷静。也许是因为我知道他不再是我的男朋友，我们已经结束了。

我翻开档案，看着小凯西。也许这孩子真的是我妹妹。她和我有一样的鼻子，有一样的高发际线——我的用刘海儿挡住了。我往前翻，记录很少，并不完整。我往下读，竟发现和我一模一样的地方——里面有一张诊断单，左边臀部发育不良。

车转过约翰斯顿露台，爱丁堡城堡赫然屹立于左侧。"马特，"我抓着他的胳膊叫住他，好像在提醒他当心危险，"凯西·哈里福特诊断出了和我一样的病——左边臀部发育不良。她在医院里做水疗。好像她生下来的前六个月都在那里接受护理。后来治疗就停止了。"

"那意味着什么？"

"我也不知道。"我们的谈话被电话声打断了，是麦圭尔警官打来的。

"伊里尼，多谢。我们收到了照片。但我们需要原件，如果还来得及的话，我们希望你尽量不要用手触摸照片。如果我们能从上面找到艾丽的指纹，那么她基本就不可能戴着手铐被害。"

一瞬间，我都糊涂了。我以为一切已经很清楚了。"我告诉过你，我刚才在房子里看见她了，而且马特能证明她是故意失踪的。如果需要的话，他今天就可以过去录口供。"为什么他们还在找证据呢？

"但是，没有人能证明你说的都是真的。现在只有在照片上找到埃莉诺的指纹，才能真正起到作用。"

我感觉失望在胸中膨胀，仿佛被一大堆哥特式建筑吞没了。我们摇摇晃晃地开过鹅卵石铺成的小路，从一辆辆敞篷旅游巴士旁边经过，又穿过了拥挤的晚高峰车流。"你不会释放安东尼奥的，对吗？"

马特看着我，举起双手做出难以置信的表情。我们行驶在皇家英里大道上，马特按了按喇叭提醒行人让开。

我确定手机只开着免提，但麦圭尔警官仿佛在看到我点头后才继续道："恐怕没那么容易。"这时，福雷斯特警官开始说话了。

"伊里尼，下午好。先说重要的，我之前让你留在家里配合调查，你没有道理跑去苏格兰。"她停了一下，但我没有接话，"既然你已经在那里了，而且安东尼奥也交代了这一切都与你无关，那么就让我给你讲讲案件的进展吧。莫利纳罗先生承认，艾丽在一个月前联系上他。她是通过脸书找到他的。他还承认你发来的那些照片是他拍的，承认和你姐姐上了床，"她停顿了一会儿继续说，"很遗憾，伊里尼，据他所说，艾丽花钱从他那里买了你的消息和电话号码。她答应不说出他的名字。似乎在你母亲死之前，他们就有过几次秘密联络。艾丽以为你们的母亲死后，她会继承她的珠宝首饰，还答应安东尼奥，如果他的消息有用，她会再付钱给他。"

她又停顿了一会儿。我低头看了看空空的无名指，再看一眼马特。二十四小时内，一切都改变了。福雷斯特继续说话。

"看来他的消息的确有用。你可能还想知道，他的银行贷款根本没有被批准。我们还查到，自从他们第一次见面后，艾丽给他转了三次账。放心，伊里尼，每个人都会得到自己应得的。"我知道她话里的意思也包括我，我还感觉她对我的态度有所缓和。有一点，她不再称我为哈里福特医生了。"我需要你来一趟警察局，录口供，马特也一起。"

"好的。"

"还有，伊里尼，听着，如果我们说的这些都是真的，你最好还是离那房子远点儿。我们不知道艾丽会做出什么事。"

挂了电话后，我从车门旁抽出一张卫生纸。我用卫生纸包住照片，放进了手套箱。

"他们还不肯释放他吗？"马特一边问，一边把车转向苏格兰银行外面的人行道上。他又按了按喇叭，把车开上路缘石，行人在一旁咒骂。我从未见过他的这一面：强势、说做就做，好像什么也挡不了他的去路。他的眼睛看起来很沉重，好像哭过似的，但也许只是被灰尘迷了眼。然而，他的脸还是那么亲切、温柔。我发现，这就是身边有一个人支持着你的安全感。不像和安东尼奥在一起时那样总有一种令人窒息的迷失感。

"你不该把车停在这儿吧。"我说。

"没关系。跟我说说，"他踩下刹车，关掉引擎，说道，"他们到底放不放他？"

"目前还没有。"钱。报酬。安东尼奥出卖了我的信任。混蛋。"他出卖了我，把我的消息卖给艾丽。身体也背叛了我。也许让他待在牢里受受罪也挺好的。"此刻，我想，无论他们怎么对他，都是他活该。但我又试着去想，他是被艾丽引诱才做了不该做的事。只需想想玛戈特·沃尔夫就明白了。

"肯定嘛。"他冲着手套箱点点头，"还用上了手铐？你觉得是他的主意吗？"

"也许他也是第一次。"我说这句话的时候不敢看他。我觉得自己很傻，被他们骗得团团转。"目前，至少安东尼奥交代了他的部分，这样警察就会弄清楚一切都是艾丽的错，艾丽为了达到自己的目的，耍了他。"我顿了一会儿，补充道，"也许他们还会知道她也耍了我。"

"你觉得她这么做是想得到什么呢？"他一边解开安全带，一边说。

"她想让我回去，证明爸爸爱她比爱我多。父母是把我送走了，但艾丽觉得那不是他们想要的。她一直怀疑他们对她的爱。她要证明他们不后悔留下她。同时她也希望我需要她，就像我希望她需要我一样。要做到这点，最容易的就是确保我只有她。"

"你觉得这就是她和安东尼奥上床的原因吗，为了破坏你们的关系？"

"不是。我本来不应该发现她和安东尼奥的关系的，那会让我恨她，我们的关系就会因我而破裂。"我摇摇头，用手擦了擦脏兮兮的档案，"你以为她为什么给我下药？我和你上床就是她计划的另一部分。她会在合适的时候告诉安东尼奥。一旦她准备好成为我的英雄，她就会告诉他。但我爸爸的遗嘱改变了一切。而现在，这份档案，"我说着把档案举到他面前，"又改变了一切。"

我们把车倒出来，开进苏格兰的寒风中，我抬头看了一眼那宏伟的建筑。黄铜牌匾上写着：市政厅。里面也很富丽堂皇，走在纯色的大理石地板上，我的鞋子发出响亮的回声。我们来到档案室，里面密不透风，陈年档案的气味被中央空调散发出的干燥空气包围着。这里就像图书馆一样安静，勤奋好学的氛围让我想起了大学时的孤独时光。我拉起马特的手，他与我十指相扣，我紧紧地抓着他。

　　"需要帮忙吗？"办公桌前站着一位瘦弱的老妇人。她穿着一件扣子很高的罩衫，罩衫前面点缀着荷叶边。她的脖子上挂着一个盒子吊坠，那里面肯定装着她的亲人。她还算友好，但似乎很关心时间，我们还没来得及说话，她就已经看了两次表。都快下班了我们才过来，也难怪。

　　"是的。你是安娜吗？我们通过电话的。"我抱紧凯西的档案，朝她走过去。

　　"噢，你一定就是哈里福特医生了。"她打起精神，从桌后面走出来。刚才她一定站在台阶上，因为站到我旁边时，她看起来似乎比之前更矮了。"我找到了一些你可能需要的档案。"

　　她带我们来到一张大的橡木桌前，是那种佣人厨房里摆放的桌子。我们走过去，这栋老建筑嘎吱作响，镶木地板翘起来又落下去，尤其是马特跟在身后，那幅度就更大了。

　　"我们在找一份1984年的出生记录，"我们走到桌子前，我说，"是一个叫凯西的女孩的。"

　　"根据你在电话里提供的信息，我翻找了一些旧档案，也在电脑上查了一下。1972年以后，我们的大多数档案都做成了电子版。"她骄傲地说，"1984年确实有这么一份出生登记，日期是2月19日。"我低头看着档案上的编号：0020-95-03-19-02-84，又把档案偏过去让马特看，他已经在点头了。"在这里，我把原始文件给你，你自己看看。"

我看着上面登记的信息。凯西·哈里福特，生于1984年2月19日。母亲是卡桑德拉·哈里福特，父亲是莫里斯·哈里福特。

"我的妹妹，"我转身对着马特，眼泪汪汪地说，"我还有一个姐妹。"

安娜小声咳嗽了一下，我意识到自己是早产儿。"我不止找到这一份档案。我在电脑上查找的时候，看到了两份相关的档案。第一份是出生登记，"她敲着书本说，"第二份……"她停顿了一下，绷紧双唇，"是死亡登记。"

"是同一个人吗？"马特靠近我，问道。

"是的。"老妇人从架子上取下一本厚厚的、绿色的皮革书，灰尘像烟雾一样飞起来。她翻开夹着便利贴的一页。"看起来的确是同一个女孩，出生日期都对得上。死亡时间是1984年6月4日。她好像只活了三个多月。"

"你确定没搞错吗？"马特弯下身去看上面的名字，好像凑近一点儿就能改变什么似的。

"只有这一份登记符合各种细节。让你从我这里听到坏消息，真是抱歉。"安娜说着退了出去。

我们谢过她，返回车里。外面，购物的人在充分利用这干燥的天气。安娜走了十分钟后，我们还默默地坐在座位上。她朝我们挥了挥手，然后坐进一辆停在不远处的旧式菲亚特里，小心翼翼地驾车而去。

"你怎么看？"马特问，"我的意思是，你是什么感觉？"

"很困惑。我应该觉得难过，因为我刚刚得知自己有个妹妹，但档案上写着她已经死了。然而，这上面说，"我手里拿着凯西的病历，"因为臀部发育不良，她出生后的六个月都在'美丽田野'接受治疗。"我叹息了一声。那都不叫呼吸，因为我感觉自己仿佛十分钟没有呼吸过了。"我想知道真相。"

他发动引擎，把车往前开，我们又回到了那条鹅卵石铺成的路上。我们穿过市区，经过司各特纪念碑和巴尔莫勒酒店的钟塔，我情不自禁地想起艾丽，想起我们坐在钟塔下的公园里的情景，想起我们一起在这座城市度过的时光。这一切就结束了吗？这一次她真的消失了？永远消失了？过了一会儿，马特转身看着我。

"你现在想做什么？"

我试着给约瑟夫·惠若林顿打电话，可是他已经下班了。我们得等到明天。我想让马特载我去杰米玛姑妈的老房子，我大概记得在什么地方，也许她还住在那儿。但我害怕希望落空，于是放弃了这个想法。我们应该照福雷斯特警官所说去警察局，可去了又能怎样呢？警察可以等的。

"你是在霍顿的学校上的学吗？"我问道，"你是在附近长大的，对吧？"

"是附近，但不是霍顿。我父母离婚前，我住在塞尔扣克。从'美丽田野'出来后，我和妈妈一起搬到了皮布尔斯，怎么了？"

"有个女人，是村子里的老师。她是我唯一能联系上的、那时候就认识我家人的人。她肯定知道凯西的事。"

"值得一试。"马特建议。

我拿出手机打给恩迪科特校长，可是没有人接。

"你知道她住在哪里吗？"马特问。我回想着我们在学校的谈话，她告诉我她这一生都住在霍顿。她说什么来着？路尽头的小屋？

"知道。"

"那我们去找她谈谈吧。"

"好，那就去霍顿。"

车开了几分钟后，他开口说话。毫无征兆，没有铺垫。"伊里尼，对于你所经历的一切，我很抱歉。"

我伸手摸了摸他的腿，像安东尼奥对我做过的那样。现在我才发现，安慰一个受伤的人并不容易。淡忘过去并不容易，要让情况好转，也并非易事。可是，我生平第一次明白，我必须将回忆搁置一边，努力淡忘，努力扭转局面。为了马特，我得这么做。为了艾丽，我必须学会这么做。

第 39 章

我们到达的时候，太阳低垂在天际，远处的树林和教堂的塔尖投下的阴影悄悄地爬上田野。我们在墓地的石墙边把车停下。有两个人正朝"魔法天鹅"走去，还有一个人正在给爱的人扫墓。新鲜的泥土还堆在坟上，等着土地陷下去。我放眼望去，找到了埋着我妈妈的坟堆。要等几个星期，甚至几个月，土地才能变结实，才能长出新草。

"哪一座？"马特关上车门，问道。

我也关上车门，走到车前方。我的手指放在发热的引擎盖上。"是那一座吧。"我看到一座以五颜六色的樱草花和漂亮整齐的树篱为装饰的房子。

我们朝房子走去，发现所有的灯都是关着的，只有楼下的一扇窗里亮着一盏小台灯。这是一座简陋的房子，并不完美，但自然而古雅。墙上的漆掉了很多，就像"美丽田野"的墙一样，庭院里的草长得很茂盛。从前修剪齐整的草坪边上开始长出乱草，奄奄一息的大丽花紧紧抓住生命的最后时刻。我们沿小径走进去，关上大门。我敲了敲前门。

"也许她还在学校吧。"见没有人回应，我说道。我又敲了敲，还是没人应门。

马特看了看表:"早该放学了,不是吗?快五点了。"他放下衣服袖子,整理好外套,望向旁边的小路,等着我回答。我知道他说得对,于是又敲了敲门。这一次,声音比前两次响亮。

"恩迪科特校长,你在家吗?"我朝着信箱喊。

"伊里尼,你叫她什么?"我转过身。马特退了一步,正盯着我。

"恩迪科特校长。我不知道她的名字。听,"我转身对着门说,"有电视声。"

"我们还是下次再来吧。"马特说着慢慢从我身边移开,走向大门。我没有理他,只管踩在花坛上,脚下是一片片红色和紫色的花瓣。"伊里尼,我们真的该走了。我确定她什么都不知道。"

"你怎么就能这么确定?"我站在一条绿色的旧长凳上,那长凳靠着一个黑色的熟铁架子。我把双手握成杯状放在两只眼睛上,朝窗里看去。我看到一张样子有些别扭的沙发,是20世纪50年代的款式,绘有花卉图案的靠垫摆成菱形放在沙发上,整齐地排成一排。沙发后是一个装满书的书架和一个烧着火的壁炉。桌子上有一个托盘,里面装满了烤鸡肉和蔬菜。然后,我看见了她。

"撞开门,"我从凳子上跳下来,踩着花坛过去,朝马特喊道,"她在地上。"

马特犹豫了一下,然后从我身边挤过去。他试了试门把手,发现门是从里面锁着的。他用肩膀推门,可门没有挪动。他将一只手捏成拳头放在另一只手的掌心,然后用手肘去撞门上的玻璃板。之后,他小心翼翼地避开破碎的玻璃,把手伸进去找到了门闩。门弹开了。

我们一进去就闻到一股味道,烧火的味道、木炭的味道,还是食物的味道?我也不确定。我们飞快地穿过陈旧的客厅,朝那冒着烟的厨房走去。我是第一个见到它的人。过了几秒,马特也看见了。

我的舌头打结了，没办法提醒他。

恩迪科特校长躺在地上，她的皮肤发黑，像余烬一样冒着烟。她被花园线绑在一把椅子上，线勒得她浑身都是红色的伤口，一根拨火棍从她的胸腔穿出来。她的身体冒着烟，就像一座暴乱后街道被烧得精光的弃城。

马特抓起离得最近的毛巾，用水浸湿，扔向那烧焦的尸体，好像还有什么可以挽救似的。湿毛巾碰到尸体时，尸体冒着气，发出嗞嗞声。他抬头看我，用眼神询问着这令人费解的情形。但他的目光很快移开，我跟着看过去，只见墙上用血写着：你会在这里遭到审判。

"和'美丽田野'的一样。"他说着和尸体拉开一段距离，终于发现它没救了，又或者说，他觉得恩迪科特校长不值得被救。

他冲到房子前，手机贴在耳边。这时我看到了桌子下的档案，它就在尸体旁边。我一只手抓起湿毛巾，另一只手紧紧地捂着嘴。然后，我伸手去拉档案。这份档案和放在车里的凯西·哈里福特的档案一个样儿。档案的四角黑黑的，但我打开封面一看，照片清晰可见。那是小时候的艾丽。我站起来，将档案拿到窗前。我把窗户打开，以便驱散味道。我能听到马特打电话叫救护车和报警的声音。我翻开档案，用眼角的余光瞟到了什么东西：后门旁边的屋外有动静。

我冲到后门口，生平第一次朝着危险跑去。我奔出花园，撞开大门，先看看右边，再看向左边，一排房子矗立在恩迪科特校长的宅邸后面。我看到金色的头发在转角处一闪而过，我知道，那是艾丽。我合上档案，将它塞进牛仔裤后面，然后将外套拉下来盖住。无论她做了什么，不管她为什么出现在这里，我知道，我要保护她。现在，我唯一后悔的，就是没能早点儿认识到这一点。

第 40 章

我们坐在屋子前的长凳上，等着救护车的到来。彼此无话可说，也没人经过打破这沉默。我看着附近墓地里的吊唁者，凝神听着从"魔法天鹅"传来的欢呼声。远处传来救护车的呼啸声，马特转过身来，脸色煞白。

"我们要怎么说？"他问我，"他们肯定想知道我们为什么出现在这里。"

蓝色的灯光在远处闪烁。"就说实话吧。"

他舔了舔干燥的嘴唇，但舌头好像也不见得湿润。"我觉得我们不能告诉他们我去过'美丽田野'。"他移开目光，抱着双臂，仿佛有点儿冷。

"我也觉得我们完全不需要告诉他们'美丽田野'的事情，"我回应说，感觉档案钻进了我的后背，"而且我们也不该提到艾丽。也许我们只是经过这儿，在去酒馆的路上，闻到了什么气味？"

"谢谢你。"他说，我把手指按在他的嘴唇上，亲了亲他的脸。我们站起身来，向停下的救护车招手示意。马特伸出手来，我抓住他的手，紧紧地握着。

我们在警察局录的口供包括：我们是谁，从哪儿来，去恩迪科特校长的小屋做什么。他们把我俩分开询问。他们在桌对面用疲惫的眼睛一脸严肃地看着我。有个警察口音很重，很难听懂他在说什么。不过我还是从另一个警察那里听懂了大意。我们一到，恩迪科特校长的邻居就看见我们了，听见我在大声喊她开门。此外，她还在半个小时以前听到了一声尖叫。她的陈述帮我们摆脱了罪名，所以午夜之前我们就被放走了。

马特开车带我穿过繁忙的爱丁堡市中心，轮胎在鹅卵石路面上摩擦，一直持续到他公寓门口。这是一幢非常漂亮的建筑，灰色中透着乔治王朝时期的优雅。我很高兴又回到了城里，在这里，我能躲进无尽的砖墙里，隐身于数百人之中。

对恩迪科特校长谋杀案的调查迅速展开了。我把艾丽的档案连同凯西的一起藏了起来，但警察也没花多长时间就查明了真相。多年以来，针对恩迪科特校长的投诉从未间断，如果谣言可信，那她来霍顿之前在"美丽田野"教书这件事也就没什么值得骄傲的了。

20世纪90年代曾发生了一连串的自杀案件，受害者遍布苏格兰边境。每一个都曾是"美丽田野"的病人，每一个都是在学龄年纪进入的"美丽田野"。

她的一些同事都受到指控并被判了刑，但似乎没有人愿意相信对恩迪科特校长的指控，尤其是那些住在霍顿的人们。为此，她得以逍遥法外，不曾为她的罪行付出代价。

马特对那晚的事闭口不谈，似乎想要把它们抛诸脑后，和我一起往前看，我也是这样想的。但是，在未来某些时候，我们总得谈论过去发生的那些事情，在那之前我们只能僵持着。我得承认我在恩迪科特校长的小屋看到了艾丽，而他也得坦白他所知道的关于艾丽过去的一切。同时也意味着，他得向自己悔过。

所有爱消失的地方

我决定向医院递交辞职信。经理啰啰唆唆，说这不符合流程，说我不能只是打个电话就认为这事儿就这么定了。但我就是可以。我已经这么做了。我不想回伦敦。我需要一个全新的开始，生平第一次觉得自己能美梦成真。我开始明白我的家庭是需要我的，明白这一切都不是我的错。我没有计划，没有逃跑路线，而且没有什么好隐瞒。我只是伊里尼。

恩迪科特校长谋杀案发生了几天后，我们去"美丽田野"取我的车，然后我返回"母山"。母亲的山，一座属于我的房子，多亏了我的爸爸。我确信在某个时刻艾丽会回来的。她只是个吓坏了的小女孩，想要逃离过去。我知道那是什么感觉。我曾想过要生她的气。她是个凶手，而且至少两次行凶。第一次她袭击了那个想要强奸我的男人，我一直认为她把他杀死了。但她是为了救我，所以我选择保持沉默。现在她又杀人了，这次是为了救她自己，所以我还是会保持沉默，为她保守秘密。接受她做了这样的事情对我来说并不容易。但没有什么比面对她在"美丽田野"的遭遇，面对她无数次需要我的时候我都离她而去的事实更艰难的了。

她的档案解答了不少疑问。这也是我还没把它交给警察的原因。我怕他们会把两件事放在一起推断出更多不好的事来。虽然其中丢失了好几页，似乎是被人为地烧毁了，但明眼人稍微一整理也能发现艾丽就是恩迪科特谋杀案的凶手。也许丢失的那几页文件正好能够解释我自己过去的空白，不过我想，有些事我们可能永远都无从知晓。

我知道的事情有：艾丽在她六岁的时候被我父母送去了"美丽田野"，也就是1984年6月。他们抱怨她与生俱来的破坏性，说她难以相处，总想伤害别人，尤其是伤害别的小孩子。有一次，她把一个小男孩绑在育婴室的暖气片上，还调高了热度。那时她才四岁。

那时的她知道自己在做什么吗？根据已知的一切，我总不由得觉得她是知道的。

我看了精神病医生的报告，还有他们对拍的脑电图的说明。脑电图显示艾丽的前额叶变量活动呈增长趋势。他们得出的诊断结论是，艾丽有反社会人格，基本上已经不适合社会生活，说得好像她是某种家畜一样。他们推测她还患有儿童躁郁症，同时也容易自残。还有一些记录，手写的字迹很难辨认，大概是说她的病属于社会病态人格障碍，但之后的记录又否认说这一诊断不合时宜，已经过时了。其实，笔记还有很多很多。随着艾丽年龄的增长，她的身高和体重也制成图表记录在册。关于该怎么定性她的病，这个问题一直没有得到解决。我认为诊断里说的每一个字都不可信。艾丽似乎仍是个谜。

接下来，没有任何解释地，她的治疗停止了，她也回了家。应该是我父母发现了她的遭遇。就在我离开的前一天，她回来了。如果说我仍然对他们把我送去杰米玛姑妈家的原因心存疑惑，那么我只需要知道这一点——艾丽的回来就是原因。他们做出了选择，留下她，把我送走。

了解她的过去让我身心俱疲，所以我把艾丽的档案往床上一扔就出门了，这已经不是第一次。走在秋风中，我感到些许慰藉，头脑也变得清醒了，终于有机会喘息一下。围着房子走一圈，这成了我每天的习惯。但气温似乎一夜之间降低了不少，大约二十分钟后，第一滴雨落下来，打在脸上有些疼。我跑进屋内，朝厨房门走去。我伸手推门的时候，外套还顶在头上。推开门时，我发现除雨声外，我还听到了里屋传来的音乐声。一瞬间我以为出门的时候忘了关掉什么，即便我这么想着，内心深处还是知道不是这么回事。

我走进厨房，让门就那么开着。越往前走，音乐声越大，地上留下一串湿脚印。我听出来了，是《蝴蝶夫人》最后一幕里那段急促、颤抖的咏叹调。就在这一瞬间，我意识到艾丽回来了，我一直相信她会回来的。我蹑手蹑脚地穿过厨房，顺着楼梯往上一瞥，看向我以前的房间，可音乐并不是从那儿传来的。我走进门厅里，音乐声仍然很大。

"艾丽。"我轻声喊道。我回头往开着的门看去，大雨倾盆而下。我可以离开的，抓着楼梯栏杆时，我告诉自己。我应该现在就离开，如果需要的话可以给警察打电话。然而，我顶着胃里的翻江倒海，开始往楼上爬。

每走一步，我的脚都像灌了铅一样沉重，一步比一步困难。不过我还是来到了楼梯最顶端，听见音乐从艾丽的房间传来。灯开着，音乐声很大，我都听不到自己的呼吸声了。但我能感觉到，感觉到自己急促的呼吸断断续续，我鼓起勇气推开了门。

"艾丽。"我又喊了一声，声音小而颤抖，不想吓到她。我不想她跑掉。但她不在这儿。一开始我觉得这房间还跟我离开时一样，床单还和跟安东尼奥做爱后一样，皱巴巴地揉成一团，一盘燃过的火柴放在一旁。但当我看向她的照片时，发现它被涂脏了，她的脸上多了一道深红色的污迹。这是她来过的证据。听到身后传来摔门声，我整个人都僵住了。

一开始我确信她就在这个房间里。我确信自己能感觉到她的存在，她的存在就像我身上的负累。但后来我听到楼梯上传来脚步声。我转身冲了出去。

"艾丽。"我大叫，可是没人回答。"艾丽！"这一次我叫得更大声，以确保音乐开着她也能听到。"等一下。"但我知道已经太迟了。我坐在楼梯上喘气。这时我发现走廊弯道处的一个小桌子被推翻了，里面的东西撒了一地。我起身朝它走去。我蹲下身，拾起一个相框，小心地不让碎玻璃割到手。我摇了摇相框，甩掉上面的玻璃残渣，然后把它拿起来。

　　这张照片里的场景和我在书房的相册里看到的是一样的。照片里，艾丽坐在我的三轮车上，她的腿过长，动作有些别扭，但脸色毫不动摇。我站在旁边，流着眼泪，嘴巴大张着，像是在尖叫。没有人有所顾忌，也没有人打扰。有人在镜头后看着这一切，憧憬着美好的未来。我妈妈也在这最后一张照片里，她正朝我走过来，神情哭笑不得。她瞟着相机，尽量绷住不笑。然而，她的样子并不令人憎恨，因为在后来的事情发生以前，那是再自然不过的场景。这张照片捕捉到了皆大欢喜的画面，那时候没有人在害怕什么，艾丽也还没去"美丽田野"。

　　再看一眼时，我发现这张照片上还有别的东西。妈妈的肚子是鼓起的，肯定是怀孕了。是那个后来被叫作凯西的孩子，我那去世的妹妹。然后我将目光移到两个孩子身上：坐在三轮车上的艾丽和站在一旁、两条腿都完好的妹妹。没有画着蝴蝶的石膏。那时候我都三岁了，还不会说话。照片上没有人臀部发育不良。那个小女孩不可能是我。

　　我跑下楼梯，冲向我的卧室。我将门摔上，抓出凯西在"美丽田野"的档案，它就藏在艾丽那凌乱的档案下面。我匆忙翻找，想找到真相，我翻得很快，把其中一页都撕裂了。所有的细节都在这儿了。凯西天生臀部畸形。凯西出生不久就打上了石膏。凯西需要做手术，手术在她的左边臀部留下一道又直又长的疤。凯西在"美丽田野"登记过。照片上，艾丽抢走三轮车的时候，妈妈怀的是凯西吗？我就是凯西？

　　我从屋里出来，看着楼道上那个陈列柜里的照片。艾丽和另一个小女孩。我知道那个小女孩不是我。一定是有什么地方搞错了，我一张一张地翻着照片，寻找我的身影。可是没能找到。这些照片里没有我。

我此刻愤怒不已，抓起最重的相框扔向陈列柜。它咔嗒一声在柜子后面摔碎了。我默默地站在那儿，浑身发抖。当我抬头看时，发现陈列柜的一部分也跟着相框碎了。木头碎片到处飞，一束光从洞里透出来。我把手指放进去，发现另一边还有空间。我抓起破了的木板使劲拉，将洞扩展得更大。木板那边不是墙，而是一条走廊。我一只眼往洞里望去，只见那边的红地毯和我脚下的一样。

我将柜子拉开，发现后面还是走廊，只有狭窄的一排砖盖住了周围的缺口。我跨过之前放柜子的地方，进入我从未涉足过的房子里的秘密之地。我沿着走廊右转，在走廊的尽头，我看到了那个倒下的小桌子，不久之前我还蹲在这里。除此之外我还听到音乐声，一抬头还能看见艾丽房间的门开着。

但我又退了回去，因为来的路上有一扇到今天为止一直被藏了起来的门。我打开它，冲了进去，好像要当场捉住谁一样。面前是一个粉色的房间，里面放了一张小床，和我卧室里的一样。让人更难过的是，家具陈旧，一切都布满了灰尘，好像在逐渐消失似的。房间里有一个大飘窗，窗帘紧闭。一个架子上有三本相册，它们和书房的相册尺寸相当，风格类似。我拿起第一本，褪了色的金色字迹写着1984。妈妈根本就没有怀孕。她手里反而抱着一个婴儿。我往下翻。还是那个婴儿，只是更大一些。背景里有两个孩子。其中一个是艾丽，她手里拿着一支红色的记号笔。那婴儿的石膏上有一只蝴蝶。石膏从她的两条腿上一直延伸至臀部。那是我的臀部。另一个小女孩用手抓着我的婴儿床。她有一头金色的卷发，眼睛是蓝色的。她是三轮车上的那个女孩。我以为那是我，但不是的。

因为我是凯西，三人中最小的，生于1984年2月，臀部发育不良。我是那个本该死了的女儿。但如果我是凯西，那另一个女孩是谁呢？

我又抓起写着1985的相册。我在里面，比之前更大了。我在长大。我一个人。没有其他小孩。我父母和我在一起，他们在给我洗澡、换尿布，我们在花园里度过光阴。所有的照片都是在这房子里照的，好像他们从没把我带出去过一样。父母的表情很沉重，年轻时的舒适已不知所踪。他们的脸上写着赶走一个孩子的无奈和不知为何失去另一个孩子的悲痛。"1986"也一样，我和父母在一起，但翻到一半就没有照片了。未完成的相册，消失的家庭。

我看着我的妈妈，多希望能问问她到底发生了什么事，求求她告诉我真相。可是已经太迟了，因为剩下的只有她的坟墓，过去的秘密连同她一起被埋葬了，无法触及。我想起了马特的话：我们的父母死后，也带走了我们的一部分，那一部分一直是属于他们的。我在想反过来是否也成立。也许他们也把一部分留给我们了，那部分一直是我们在保管着。也许我的意愿足够强烈的话，她的一部分还会活在我身上。

我突然想起了什么。我从房子里跑出去，抓起钥匙就冲出了后门。我来到车前，呼吸急促，雨水从我的脸上流下来，我的心跳得很快。我开车往村子里去。我猛地踩下刹车，将车停在墓地旁边。我一瘸一拐地往前走，臀部一阵阵抽痛，好像它也知道了，好像它也在为真相水落石出而激动。我摇摇晃晃地走向埋着我妈妈的土堆。它的旁边，和葬礼那天我看见的一样，是另一座墓。墓碑上没有刻日期，而是一句空空的承诺，还不如他们对我的承诺有力。

我拨开覆盖在坟上的苔藓，擦去残余的泥土，看着墓碑上的刻字。

我们最亲爱的凯西。

你活在她身上。

第 41 章

　　警察花了好几个星期的时间等待挖掘尸体的许可证获得批准。终于，在十一月初，许可证获批了。

　　他们要挖谁呢？我猜是一个叫作伊里尼·哈里福特的小女孩，卡桑德拉和莫里斯·哈里福特的第二个女儿，那个被我占了位置的小女孩。我不知道她发生了什么，也不知道是否和艾丽有关。要是艾丽在这里，也许能够回答这些问题。但我猜她的死因和艾丽有关，因此父母才将艾丽送去了"美丽田野"，孤注一掷地认为这样能帮到她。凯西三个多月被上报死亡，这和艾丽所说的一致。他们让我冒充伊里尼，也许，比起学步儿童之死，人们更容易相信一个有健康问题的婴儿的夭折。于是我成了伊里尼，没有更好的解释了。我继承了她的名字，她继承了我的健康问题。可是，当我父母发现了艾丽的遭遇后，他们不得不带她回家，如此，他们就别无选择，只能送走我，要不然就可能再失去伊里尼一次。

　　我想，之后还会有很多问话。警察会展开调查，会想知道谁杀死了小伊里尼，真正的伊里尼。他们会想了解谁知道真相，谁又掩盖了真相。一定有人在没有死去的婴儿的死亡证明上签了字。村子里肯定有人猜测过，为什么他们突然把伊里尼关在家里了？也许他们中的有些人还参加了凯西的葬礼。

我知道了伊里尼的遭遇后，还是继续以她的身份生活。凯西的名字不太适合我，也许是因为我比我前三十年以为的年龄小了十四个月。杰米玛姑妈一定知道真相，难怪她不希望艾丽出现在我们的生活中。但她再也不能继续隐瞒了，现在，既然警察已经掺和了进来，她就不得不面对真相。不知道她是否想和我谈一谈，为她的隐瞒而道歉，恳求我原谅呢？至少那是我应得的。但我只想向前看，寻找新的生活，真正属于我的生活，无论它会是什么样子的。

为此，我带着从"美丽田野"找到的病历去了伦敦，告知福雷斯特警官真相。一旦她嗅到尚未解决清楚的地方，她就会不顾一切，就像一个血腥的杀手面对挡了她道的人。她奋力争取，让苏格兰警方去挖掘尸体。但我不必担心，因为在"美丽田野"接受过治疗的病人曾经大量死亡，这事实无可争辩。

在伦敦的时候，我见到了安东尼奥，那是他从警察局出来后我第一次见到他。我们是在家里遇到的，他回来拿东西。他拼命为自己做过的事道歉，想与我和好。他还问我："我现在该怎么办？"好像还搞不明白自己的生活怎么就崩溃了。他还没有意识到，一切都已经不重要了。至少对我来说不重要了。我用了三年时间让他适应，避免他找借口。现在，我再也不用那样做了。我发现他没地方可去，便把房子留给了他。当知道我不会住在这里时，他只是有点儿失望。

我在伦敦待了好几天，这期间，我将我的大部分东西打了包，签好了工作解约合同。此刻我在回苏格兰的路上，感觉整个行程都不太真实，因为这是我第一次回到属于自己的地方。一个有着我的历史的地方。

我到达霍顿的时候天色还很早，车里放了三个箱子。我经过"母山"的标志，朝私家车道驶去，大门已经打开了。至少此刻，我感觉留在这里挺好。马特手里拿着外卖咖啡，站在门口等我，好像我们身处荒无人烟的地方，买不到任何食物。"母山"也许一点儿都不像家，可如果艾丽回来，它就不得不像了。我知道，可能我每天早上醒来都会想，今天艾丽会回来吗？在那之前，我希望我的存在会引诱她回到我身边，这样我就可以开始撤销我在她的罪行中所担负的责任了。

我把衣服从车里拿出来，放进一个看起来从未使用过的卧室。我不在的时候，工人将走廊修好了，所以它现在是通的，将我以前的房间与其他地方连接了起来。我还带了整套亚麻织品和成包的淀粉。马特给我当帮手。我们在一起时感觉很舒服，好像我们相依为命似的。两个人一起向前看，重新开始。我们约好暂时一起待在这里。也许将来我们会离开，回到他那漂亮的公寓和新的生活里。也许我会一个人去一个完全陌生的地方。我不知道自己会在哪里长住。但此刻，和马特一起待在这里就足够了。几个月后，这座房子和全部财产都会归我所有，那时我就可以自由选择自己想做的事了。

明天的阴影悬挂在我们头顶——要挖掘尸体了，不过我们选择相对快乐地度过在一起的时光。虽然都没有兴趣做爱，但我们仍然赤身裸体躺在床上。好像短短几周，我们将十年的情谊藏了起来，此刻终于自由了。他告诉我他在"美丽田野"遭到了虐待，那段日子让他想与世隔绝。我相信，我是第一个听到这番话的人。我一点一点地鼓励他，似乎这能让我们两人将过去淡忘。我们共同的故事，再加上我和他各自的过去，合起来诉说着艾丽的往事，那是一个我们都需要的女人，她的存在证实了我们对生活的叙述。

如命中注定一般，那天早上下起了雨，我们离开房子的时候天还很暗。他们搭了一顶大帐篷，大得足够盖住坟墓和围观者，但是地面已经淋湿了，冷空气刺痛了我们的脚趾。几个村民在附近逗留，其他人打着寒战匆匆而过，他们告诉自己只是因为天太冷了。我在想，那些挖掘坟墓的人是什么感觉呢？通常他们都是挖完一个洞就走开。而这一次，他们是带有目的的。找到真相就像中大奖一样。

他们挖的时候，我在一边等，心想他们也许还要辛苦几个小时吧。但一个多小时以后，他们就碰到了硬的东西。他们发现东西的时候，正在休假的福雷斯特警官将我们疏散开。我们站在细雨中，听着急匆匆的指示和翻土的声音。又过了二十分钟，他们挖出一个小木盒。那盒子并不漂亮，不像我妈妈的那样。盒子上也没有漂亮精致的金丝柄。他们把墓穴填满，又过了二十分钟，人群全都被疏散了。福雷斯特警官向我保证，他们会在接下来的几周内得出结果。

"耐心等着吧。"她说，之后借口说她要坐下一趟飞机回家，"随时联系。"

我们回到家时天已经大亮了。我的脚麻了，脱下袜子，发现脚趾也冻红了。"我要去洗个澡。"我朝马特喊道，他并没有说要跟着来。

水淋在身上的感觉很好，我赤裸着身子，这一次并没有像之前那样觉得不舒服。我让热气渗透到身体里，洗了个头。十分钟后，旧热水器里的水变冷了，我伸手去拿浴巾。就在此时，我看到了门下的影子。

即便知道马特在房子里，我首先想到的还是艾丽。我打开门，左看右看。如今陈列柜已被搬走，过道敞开着。我穿过走廊，发现我原来的卧室门半开着。我推开门，看见她坐在我小时候的床上。她看上去比之前小了，她的脸很脏。我确定她睡眠不好，也许是在地上睡的。我发现这个想法意外地令人安慰。我关上门，轻声开口。

"艾丽，"我的呼吸卡在了喉咙里，"你究竟去了哪里？"我坐到她旁边。她站起来，走到门口。她不希望我靠近，我知道她没打算留下来。

"你缩短了我和恩迪科特校长待在一起的时间。"她的脸上没有笑容，她不觉得高兴，也不觉得自豪。只是陈述事实，进行指责。

"抱歉，"我不觉得这个道歉很荒谬，"我只是去那里寻找真相。"

"那你现在知道了，凯西。你知道他们会从盒子里找到什么。"她把门打开一条缝，时刻准备着像箭一样"嗖"地蹿出去，以防我藏着警察。

"伊里尼，"我看见她脸上闪过第一抹微笑，"是你干的，对吧？你杀了她。所以他们才送你去'美丽田野'，所以你回家后他们才会把我送走。他们为了隐藏你的罪行，让我冒充伊里尼，把我藏起来，直到我长得足够大，让人不会产生怀疑。"我认为她不说话就代表默认，"你为什么那么做？"

她耸了耸肩："你想让我说什么好呢？一个六岁孩子的解释和逻辑吗？你不至于那么笨吧。"她摇了摇头，打开门，然后又关上，转身继续看着我。她的身体还是做好了逃走的准备。一个六岁的女孩怎么样才能杀死一个婴儿呢？我试着想象那种画面，但怎么也想象不出来，于是只能接受自己永远不可能知道的事实。"我想，他们叫你伊里尼，是为了假装她还活着吧。"她说。

"不。他们是为了掩盖你的罪行，也是因为这个才把我送走。为了保护你。"

"你知道吗，他们试着把我们俩都留下。我回家以后，我们在一起待了一会儿。即便把你送走了，他们还是希望有一天能将你带回来。但我克制不住自己。"她看着我的臀部，现在我知道父母为什么要将我送走了，这也是不得不留下她的原因。从"美丽田野"回来以后，她一点儿都没变。"抱歉，让你多了一道伤疤。我以为它最后会是蝴蝶的样子。但你应该庆幸。不像伊里尼那样，你至少还活着。"她悲伤地转移了目光，好像连她自己也不清楚事情怎么变成了这样。

她穿门而出时，我跳起来跟着她。我在楼梯顶部抓住了她，她只走了两个台阶。"为什么不留下呢？我会帮你的。"我对她说。诱骗她留下的想法在我脑海里疯狂叫嚣。我应该报警，让她为自己的行为赎罪。她杀了我的姐姐，毁了我的生活。但我现在不能放弃她，就像我父母不能放弃她一样。

她笑了。她的脸又变成我认得的样子，我永远不愿接近的样子。那狡黠的笑，那没有情感的眼神。此刻，我想起了自己为什么要逃，也明白了为什么父母把我送走是在保护我。"我留下来，你能信任我吗？"她说，"把我藏起来？你能让我睡在你旁边吗？"我知道我不能。见我不回答，她又说："不能，我也不能。"她说着掀起我的浴巾。

她用指尖摩擦着那从未愈合的伤疤。她没有摸那条像漂亮脊椎一样的又长又直的疤痕，而是专注于它上方那条不规则的弧线。那是她的杰作。我一动不动，皮肤上起了鸡皮疙瘩。她用手描摹着伤疤的曲线。她难过吗，抱歉吗，伤心吗？可能都有，也可能都没有。我意识到，我一直以为自己失去了一切，可事实并非如此。我从没失去过父母的爱。我爸爸穷尽一切保护我。他是这么对我说的。其实艾丽的心里也明白。所以她永远都不会原谅我，所以我再也不能信任她。此刻我对她的感觉就像那天她用刀刺我时一样。她只是用手指触摸我，我就像当初一样不安。

"至少变浅了。"她说着把浴巾扔在地上，"这是我们的爸爸一直希望的。"她转身，走下楼梯。

我追着她，在她快要出门时抓住了她。我拉着她的胳膊，小声说："艾丽，你觉得我们的爸爸原谅你了吗？"她笑了，但没有看

所有爱消失的地方

我。她没有回答我，至少没有口头上回答，她从我的生活里消失了。我不知道是否是永远的消失。她自己的伤口太深了，只能走开。

虽然我知道她不相信，但我确信爸爸已经原谅了她。因为她是他的一部分，正如她是我的一部分。知道自己是为了她而牺牲的，我不能说不难过。毕竟那个小女孩划伤了我的腿，还杀了我们的姐妹。但是我们的父母已经拼尽全力，不仅保护了我，而且保护了我们俩——他们剩下的两个孩子。不管他们是出于什么动机，我都原谅他们。我要忘记过去，忘记艾丽的罪行。不管他们的行为多么糟糕或多么可怕。因为我们是他们，他们是我们。

我们是一家人。

图书在版编目（CIP）数据

所有爱消失的地方 / （英）米歇尔·亚当斯著；余莉译. 一
北京：北京联合出版公司，2018.3
　ISBN 978-7-5596-1436-0

　Ⅰ. ①所… 　Ⅱ. ①米… 　②余… 　Ⅲ. ①推理小说－英国
－现代 　Ⅳ. ①I561.45

中国版本图书馆CIP数据核字（2018）第007904号

My sister
by Michelle Adams
Copyright © 2017 by Michelle Adams
Published in agreement with Madeleine Milburn Ltd,
through The Grayhawk Agency.

所有爱消失的地方

作　　者：（英）米歇尔·亚当斯　　译　　者：余　莉
责任编辑：夏应鹏　　　　　　　　特约编辑：王周林
产品经理：梅　子　　　　　　　　版权支持：张　婧

- -

北京联合出版公司出版
（北京市西城区德外大街83号楼9层　100088）
北京联合天畅发行公司发行
天津旭丰源印刷有限公司印刷　新华书店经销
字数 240千字　880mm×1230mm　1/32　印张 9.75
2018年3月第1版　2018年3月第1次印刷
ISBN 978-7-5596-1436-0
定价：49.80元

- -